LES MALVENUS

Audrey Brière

LES MALVENUS

Éditions du Seuil

ISBN 979-10-414-1283-9

Prologue – 1881

Quelques années avant la fin du siècle, on trouva un enfant dans les bois de Combe-Lavau.

C'était un matin d'hiver, le jour faisait une incursion timide sur la région. En vue il n'y avait rien, pas une belette, pas un sanglier, pas un oiseau. Rien que la forêt qui recouvrait les collines enneigées. Quant aux hommes du bourg voisin, il n'y avait pas une âme vivante assez hardie pour affronter les températures effroyablement basses qui s'étaient abattues sur le pays. La nature était en sommeil.

Seul le comte de Maison-Rouge osa sortir de chez lui. La hardiesse n'était pas en cause, mais plutôt l'eau-de-vie dont il s'imbibait chaque nuit depuis le trépas de sa femme, deux ans auparavant, alors qu'elle s'employait à mettre au monde un chétif garçonnet. L'ultime effort lui arracha son dernier souffle ; elle laissa, en vestiges de sa vie, un grand lot de tristesse et un demi-orphelin.

Ce matin d'hiver, donc, le comte enfonça un chapeau haut-de-forme à ruban pourpre sur sa tête et quitta le château avant l'aurore, dans l'idée d'aller prendre le frais. C'est que l'eau-de-vie qu'on ingurgitait par malheur tenait chaud. Il siffla ses chiens, deux choses décharnées et puantes qui vouaient à leur maître une infaillible loyauté, et s'enfonça dans les bois, creusant un sillon dans l'épais duvet de neige encore vierge.

Le halètement des chiens, le crissement de ses pas, le comte allait sans but, l'esprit empli de sa défunte épouse. Triste et faible comme il était, il ne dérangeait pas la nature et la nature ne se souciait pas de lui. Le comte pouvait bien mourir de froid dans les bois de Combe-Lavau, qui s'en préoccuperait ? Non pas qu'il fût méchant homme, c'était seulement un soûlaud. Son château, Nobles-Pierres, tombait en ruines et son fils aurait mangé de la nourriture pour animaux sans l'intervention des villageois. La mort, alors, n'endeuillait pas les gens si longtemps. On n'avait pas que ça à faire. L'élan de commisération collectif atteignait ses limites.

Un cri, soudain, tira le comte de ses sombres pensées. Un cri perçant de peur et de colère. Il cligna des paupières pour stabiliser sa vision et marcha vers la provenance du bruit avec un entrain mesuré.

Il le trouva là, le petit enfant, assis dans la neige au pied d'un arbre mort. Seul, ô combien seul, tout juste vêtu d'une tunique taillée dans une toile de jute, ses pieds minuscules bleus de froid, de la glace dans ses rares cheveux. Pâle, frêle, délicat comme une tige exposée à la tempête. La Faucheuse essayait de le cueillir, les chiens retroussaient leurs babines et grondaient, alléchés par la perspective d'un repas, si frugal fût-il. Le visage baigné de larmes, l'enfant poussait des vagissements féroces.

Le comte en resta statufié.

Il n'y avait rien de vivant dans la forêt que ce petit enfant qui était là depuis un certain temps, à en juger par la façon dont la neige recouvrait ses jambes. Ce petit enfant qui luttait pour survivre, quand on avait voulu le faire mourir d'une atroce manière. Le comte, dessoûlé sur le coup, estima qu'il avait peut-être deux ans, comme son propre fils. Il était possible cependant que sa maigreur et sa petite taille le fissent paraître plus jeune qu'il n'était en réalité.

Un des chiens jappa en se rapprochant du petit et ce dernier hurla de plus belle. Le comte sortit de son état léthargique et se précipita pour éloigner les cabots. Il ôta sa pelisse et enveloppa sa trouvaille à l'intérieur. L'enfant empestait, mais le comte n'y prit pas garde. Il le souleva de terre, l'arrachant à ce qui serait devenu sans son intervention un linceul glacial. Le petit cessa de crier, pour ne laisser place qu'à des sanglots silencieux. Il fixa intensément son sauveur, imprégnant ses pupilles de ce visage buriné, bouffi par le chagrin et l'alcool. Il se recroquevilla contre la poitrine chaude du comte. Ce dernier sentait entre ses doigts les bras fins et les pieds gelés du bambin.

C'était un petit garçon.

Laissant là les deux chiens déconfits, le comte de Maison-Rouge quitta promptement le bosquet et retrouva le sentier mal entretenu – puisqu'il lui incombait d'entretenir ces bois, il va sans dire que la nature n'en faisait qu'à sa guise sans rencontrer la moindre résistance. À cette époque de l'année, le sentier ne consistait qu'en un mince filet de terre serpentant entre les arbres, recouvert d'une épaisse couche de neige qui ressemblait à de la crème. Le comte salopa la crème sans y penser autrement, bondissant à grandes enjambées. À présent, son souffle rauque résonnait dans le matin. Le petit, sur sa poitrine, ne faisait pas un bruit. Le comte espéra qu'il n'était pas finalement mort. La bonne blague, s'il avait attendu d'être recueilli pour crever bien au chaud contre quelques litres d'eau-de-vie enfermés dans un torse émacié.

Ignorant la route de sa demeure, il bifurqua sur un chemin qui serpentait entre les vallons. D'un côté, les prés désertés par les troupeaux, de l'autre, les vastes champs. Dans la blafarde lumière de l'aube, les collines majestueuses en imposaient dans leur manteau immaculé. Si l'on observait attentivement, on pouvait percevoir la terre qui respirait imperceptiblement.

Crevant le paysage sans tache de sa minuscule silhouette d'insecte, le comte galopait vers Haut-de-Cœur.

*

Sœur Léonie se pencha en avant sur son baquet et vomit les restes de son dîner de la veille. Dans ce marasme, elle identifia quelques morceaux de carottes qui flottaient, quelques haricots qui surnageaient et cela provoqua un nouveau hoquet. En cette fin de nuit silencieuse, il lui sembla que ses dégorgements résonnaient dans tout le couvent.

Une fois son affaire terminée, elle s'affaissa sur la pierre froide, l'estomac tourmenté. Ses yeux fiévreux balayèrent l'environnement autour d'elle.

Seize pieds de long sur sept pieds de large. Les murs, blanchis à la chaux, reflétaient la chiche lumière du dehors qui s'infiltrait dans la cellule au moyen d'une lucarne au ras du plafond. Pour tout ameublement, un matelas recouvert d'une courtepointe, posé à même le sol, un pot de chambre, un meuble de toilette garni d'un broc et d'une vasque en porcelaine. Il y avait là également un marchepied sur lequel trônait une vasque plus petite pour l'eau bénite. Au fond de l'alcôve qui abritait le semblant de lit, un crucifix pendu à un clou.

L'endroit était propre et sec. Il y faisait froid été comme hiver.

Léonie n'avait guère qu'une vingtaine de printemps et déjà, elle se trouvait dans une panade gigantesque. Qu'allait-on dire d'elle ? Qu'elle avait abusé du vin de table. Que cette bonne vivante de bonne sœur était trop joyeuse, trop bavarde, trop gourmande. Elle souffrirait bien une réprimande supplémentaire et quelques travaux de peine à effectuer afin que Jésus pardonnât son écart. *Ce coup-ci, Jésus, dans toute Sa miséricorde, va avoir du mal à me pardonner*, songea Léonie en se remettant d'aplomb sur ses jambes. *Mon écart fait la largeur de tout un pays.* Elle essuya ses lèvres luisantes d'un revers de manche et se dirigea vers le meuble de toilette. S'emparant du broc, elle versa de l'eau fraîche dans la vasque et se nettoya le visage.

La douleur se dissipa dans ses entrailles et elle se détendit. L'aurore pointait et laudes allait sonner, mais Léonie se laissa choir sur sa couche. Peu à peu, elle sentit ses joues rebondies de poupée se colorer, le sang battre à nouveau dans ses lèvres charnues. Cela lui procura un léger réconfort.

Le bruit du verrou tiré, le courant d'air glacé qui se ruait dans la cellule, le raclement de la porte sur le sol de pierre inégal l'arrachèrent au repos. Sœur Marie pénétra dans la pièce et referma la porte derrière elle. Léonie détourna les yeux, irritée.

– On vous entend jusqu'à Montminier, ma chère. C'est tout à fait répugnant.

La jeune femme ignora le teint frais de Marie, ses yeux bleus alertes malgré l'heure matinale, sa mise impeccable et sa grâce légère tandis qu'elle s'asseyait sur le sol près du matelas.

– Une indisposition passagère, je suis navrée que cela vous ait réveillée, ma sœur.

Marie haussa un sourcil et la commissure de ses lèvres frémit. Elle croisa les bras.

– Une indisposition passagère ? Vous me prenez pour un âne ?

– Un… ? Voyons ma sœur, qu'allez-vous penser ? Je n'ai pas digéré le repas d'hier soir, voilà tout. Ça arrive. Je suis fragile de l'estomac. Voyez, les haricots qui flottent dans le baquet.

Léonie y avait mis toute sa conviction, mais Marie répliqua après quelques secondes :

– Souhaitez-vous que je me mette à braire, Léonie ? Cela vous plairait-il ?

Cette dernière, mal à l'aise, se leva subitement, rajusta sa coiffe d'où s'échappaient ses folles boucles brunes.

– Bon, si je ne puis dormir, autant aller à l'office qui va démarrer.

– Comptiez-vous le manquer ?

– Comptez-vous me harceler toute la journée avec vos questions ?

– Cela ne tient qu'à vous, ma chère. Dites-moi dans l'instant qui est le père et je vous fiche une paix royale une fois que nous aurons décidé quoi faire. Une paix céleste, si cela vous chante.

Léonie se figea, le visage brûlant. Il lui sembla qu'elle allait s'enflammer sous l'effet de la honte.

– Ma sœur, comment osez-vous… ?

– Avant que vous ne songiez à nier davantage, je vous prie de nous épargner cela à toutes deux. Figurez-vous que ma mère était accoucheuse ; j'en sais quelque chose des femmes grosses. Vous mangez davantage, mais votre silhouette a perdu de sa générosité récemment, les nausées et les vomissements sont bien sûr en cause. Vos yeux brillent plus que de coutume et vos cheveux, eh bien vos cheveux sont luxuriants et épais. Et je crois bien que vous êtes encore plus distraite qu'à l'accoutumée, c'est dire.

Déconfite, Léonie s'appuya sur le meuble de toilette, faisant dangereusement danser le broc.

– Mais, mais… Cela ne se voit pas encore…

– J'ai l'expérience, je vous le répète. Alors ?

– Je n'ai rien à vous dire. Ce ne sont pas vos affaires.

– Au nom du ciel, Léonie, vous rendez-vous compte ? Notre Seigneur…

– M'a envoyé une épreuve et j'ai lamentablement échoué, je sais. Quelle mesquinerie de Sa part !

Léonie se mit à s'agiter en tous sens, en proie à un sentiment d'injustice qu'elle ne parvenait pas à dissimuler.

– Je ne lui ai rien demandé, moi, à Votre Seigneur ! Rien du tout ! Figurez-vous que la vie de ferme m'allait fort bien ! Et voilà que mon paternel me flanque une chasuble ! Le vieux a eu une vision, voyez-vous. Une vision ! Il s'est pris pour Jeanne d'Arc ! Sa bonne femme n'a été que trop contente de se débarrasser de moi, ça oui. C'est que je coûte cher, je mange beaucoup. Et Votre Seigneur est radin. Oui, radin. Regardez un peu cette cellule. Cette *cellule*. Une prison serait plus confortable ! Et la mère supérieure, qui me rabroue sans cesse parce que je parle trop. Est-ce un crime de parler, de rire, de chanter ? Je vous le demande, est-ce un crime ? Oui, triple oui ! Tout est un crime ici-bas ! Manger, rire, parler, forniquer surtout ! Alors votre épreuve, mon bon Seigneur, votre épreuve, vous savez ce que j'en dis ?

– Bon, avez-vous fini ? l'interrompit Marie. À moins que vous ne teniez à avertir toutes les sœurs et tous les enfants de votre infortune…

Elle se leva à son tour.

– Ce n'est un secret pour personne que vous n'êtes pas là de votre plein gré, ma petite. Hélas vous êtes encore novice et mineure, ce qui vous laisse peu de choix. C'est vous qui êtes un âne, Léonie. Un âne, oui, ne prenez donc pas cet air offusqué, les ânes sont des créatures du bon Dieu comme il en est tant d'autres. Vous n'aviez qu'à prendre votre mal en patience. Encore quelques mois et votre noviciat touchait à sa fin. Mais c'est que vous étiez pressée, sans doute.

Marie parlait le plus calmement du monde, usant du même ton pédagogique qu'elle employait pour enseigner aux orphelins. Pourtant, Léonie crut déceler dans son regard clair une sorte de tristesse, une peine résignée.

– Je dois vous dire que cela me fatigue, Léonie, de devoir résoudre ce genre de soucis. Je suis religieuse, moi. Pas entremetteuse ni intrigante.

Léonie achevait de nouer sa ceinture de cuir sur sa tunique. Sa figure poupine prit une expression confuse. C'est vrai qu'elle était jolie, Léonie.

– Ma parole, que sous-entendez-vous là ? C'est la première fois que…

– Rien, rien, je ne parlais pas de vous, s'agaça Marie. Cessez de toujours tout ramener à votre insignifiante personne. Bien. Votre mésaventure. Il va falloir trouver une solution, à moins que vous ne souhaitiez en référer directement à la prieure.

– Non, non. Je n'y tiens guère. C'est le fouet qui m'attendrait.

– Nous ne fouettons pas les sœurs, Léonie.

– Je parlais de mon père, soupira la jeune fille. Si mon père apprend ce que j'ai fait portant le voile… Vous n'aurez plus qu'à me creuser une tombe.

– N'exagérons rien. Nous sommes dans un orphelinat. Les enfants mal conçus, ça nous connaît. Avant tout, il faut nous assurer que le géniteur ne parlera pas. Dites-moi qui c'est, j'irai le trouver pour vous et le menacerai de tous les feux de l'Enfer s'il ose ne serait-ce que murmurer votre nom.

Léonie secoua la tête, dépitée.

– Pourquoi feriez-vous cela, Marie ? Cela ne vous concerne pas. Vous n'avez aucun tort. La prieure vous tient en haute estime, les enfants vous adorent. D'ici vingt ans, vous dirigerez cet endroit et je suis convaincue qu'aucun enfant ne regrettera plus d'y avoir été abandonné. Vous êtes parfaite. Et vous risqueriez tout cela pour une novice sans vocation ?

– La perfection n'est point humaine, ma chère. Croyez-moi, je suis bien placée pour le savoir. L'erreur, en revanche, l'est. Son nom ?

– C'est inutile, il ne parlera pas.

– Les hommes parlent, c'est pour ça que Dieu les a dotés d'une langue. Ils parlent, à tort et à travers, ils adorent ça. Votre… ami, s'il n'est pas muet de naissance, cancanera sur votre compte dès potron-minet.

– Il aura oublié. Il ne se souviendra de rien.

Marie scruta le visage de Léonie.

– Oublié… ? Mais comment est-ce possible ?

À cet instant très précis, le heurtoir du couvent résonna. D'un même mouvement, Marie et Léonie tournèrent leur regard vers la porte de la cellule. Le saisissement les tenait si bien qu'il fallut un second coup de heurtoir pour qu'elles se dirigeassent vers la sortie.

– À cette heure, qui cela peut-il être ? Maugréa Marie. Allons-y, avant que cet importun ne rameute tout le couvent.

Les deux religieuses parcoururent le couloir et sortirent dans la cour enneigée. Le jour pâlissait, jetant une chape de froid sur le monde. Léonie retint une grimace en sentant l'ourlet de sa tunique se gorger d'humidité, la neige traverser ses bas. Marie ne parut pas indisposée, suivant le sentier invisible jusqu'à l'enceinte du couvent. Une bicyclette abandonnée et quelques cerceaux jonchaient les lieux.

Comme chaque fois qu'elle traversait la cour du couvent des Ursulines, Léonie s'arrêta un bref instant pour contempler, par-delà les massifs, la vieille serre abandonnée. Quelle vision étonnante que cette structure de verre et de métal qui reflétait les rayons de lumière et dont le dôme arrogant s'élançait vers le ciel avec des prétentions de clocher. C'était autrefois un lieu majestueux, qui avait abrité des espèces de plantes rares venues de lointaines contrées. Hélas, le climat dans la région s'était dégradé et les spécimens avaient péri. Quand Léonie était arrivée, il y avait déjà belle lurette que la serre ne servait plus qu'à entreposer de vieux outils de jardinage et des jouets cassés. Personne n'y mettait plus les pieds, l'accès en était strictement interdit.

La jeune novice reporta son attention sur le visiteur.

C'était le comte de Maison-Rouge qui attendait devant la porte bleue, sous l'arcade de pierre. Le comte, que l'on ne voyait jamais que chez lui avec ses cabots ou à la taverne. Le comte, dont on avait oublié jusqu'au prénom et qui se mourait d'alcool et de douleur, englué dans son veuvage.

Marie eut un mouvement d'humeur.

– Que voulez-vous, comte, qui n'ait pu attendre quelques heures ?

Léonie, quant à elle, recula comme pour se dérober à la vue du nouvel arrivant. Il l'aperçut quand même et les salua toutes deux placidement.

– Un petit que j'ai trouvé abandonné dans les bois de Combe-Lavau, sœur Maria…

– Marie. Quel petit ? Qu'est-ce que vous racontez ?

Alors, le comte desserra les pans de sa pelisse miteuse et dévoila l'enfant, paisiblement endormi. Durant un temps infini, tous trois se perdirent dans la contemplation de ce minuscule visage aux traits purs, aux longs cils recourbés, aux lèvres fines entrouvertes.

Enfin, Marie murmura :

– J'ai beau en voir, des petits dont personne ne veut… Laissé à mourir dans les bois, quelle méchanceté.

– C'est le Seigneur qui m'a fait sortir, sœur Maria. Dans toute ma misère, il voulait que je fasse un peu de bien avant de clamser.

Marie tendit les bras pour recevoir l'enfant. Les yeux rivés sur son précieux paquet, elle dit :

– Vous n'allez pas *clamser*, comte. Ne soyez pas si poltron avec la vie. Elle vous a donné un fils, si vous vous rappelez bien. Antoine.

– Oui, bien sûr. Antoine.

– Et cessez de m'appeler Maria. Ce n'est pas mon nom.

Comme le comte ne faisait pas mine de bouger, le regard perdu entre le lointain et sa trouvaille, elle ajouta :

– Bon, merci comte. Nous allons nous en occuper, bien sûr. Léonie ira à la mairie tout à l'heure.

– Comment allez-vous l'appeler ?

– À cette heure, l'inspiration me manque. Nous verrons bien. Quelque chose Lavau, puisque c'est là-bas que vous l'avez trouvé. Ainsi, il sera aisé de s'en souvenir. Léonie, une idée ?

Léonie paraissait mortifiée. La novice fixait le comte la bouche ouverte, avec une insistance qui fit détourner le regard au maître du château de Nobles-Pierres. Il prit l'air embarrassé de celui qu'une attention excessive met mal à l'aise.

– Eh bien Léonie, que vous arrive-t-…

Marie se tut d'un coup, dévisageant l'expression crispée de sa consœur, et comprit. Dans ses bras, l'enfant commençait à s'agiter doucement. Son souffle chaud sur son cœur ne la réconforta pas. Elle n'éprouvait que pitié pour la pauvre novice ; Léonie, si jeune, regrettait déjà sa décevante récréation dans les bras d'un comte qui, s'il possédait encore de beaux restes, n'en était pas moins un ivrogne malheureux et à demi amnésique.

Sans y croire, Marie demanda néanmoins :

– Comte, vous connaissez sœur Léonie, je crois ?

L'œil absent du comte daigna se poser sur la novice, sans que la moindre étincelle vînt éclairer son regard. Il opina poliment du chef, l'air de se conformer à ce que l'on attendait de lui.

– C'est chose faite. Enchanté. Bon, si vous n'avez plus besoin de moi, je vous laisse le petit Lavau et je m'en retourne. Bon jour, mes sœurs.

Et le comte s'en fut sur le chemin pavé qui menait au village ; il s'en fut de cette démarche caractéristique des hommes défaits, des hommes tristes aux bottes usées. Les épaules basses et le regard traînant à terre, comme les chiens qui progressent en reniflant le sol. Il passa la croix debout à l'entrée du chemin, recouverte de bois de lierre. Il la contempla un instant, puis s'éloigna. Sous l'arcade de pierre, l'offrande du comte lovée au creux de leur chaleur, Marie et Léonie le suivirent des yeux tandis qu'il disparaissait dans la fade lumière du matin.

On ne le reverrait pas de sitôt et c'était pour le mieux. Elles ne parlèrent plus jamais du comte de Maison-Rouge. Marie s'occuperait de Léonie, la couverait et la soignerait jusqu'à ce que son enfant naisse et que la vie civile reprenne ses droits sur la novice. En attendant, elles donnèrent un nom au petit orphelin.

Elles l'appelèrent Matthias Lavau.

1917

Chapitre 1

Quand sonnèrent cinq heures au clocher de l'église de l'Assomption, la vieille se glissa hors de sa maison, au numéro 10 de la rue des Halles, une bâtisse mitoyenne à la façade grisonnante. Aux quatre fenêtres (deux au rez-de-chaussée et deux au premier étage), les volets étaient résolument clos. Seule la lucarne au-dessus de l'étroite porte d'entrée permettait au demi-jour de pénétrer à l'intérieur. Intrus fiché dans la pierre, un réverbère servait d'ordinaire à l'éclairage de la voie publique. « D'ordinaire », car la vieille ne se rappelait plus la dernière fois qu'elle avait vu la lanterne allumée ; il y avait du laisser-aller.

Elle inspira l'air glacial de la rue silencieuse, resserrant un manteau aux couleurs fanées autour de ses épaules. Il était encore tôt et elle n'y voyait guère, mais elle savait qu'il ferait à peine plus clair à midi. Une perturbation climatique, aussi déroutante qu'inexpliquée, avait plongé toute la région dans un hiver polaire qui semblait ne jamais vouloir prendre fin. Les nuits succédaient aux jours sans que l'on s'en rendît vraiment compte, les couleurs de l'aube et du crépuscule se diluaient aux tons de midi ou de minuit indifféremment.

Après quelques semaines, il devint impossible de savoir si, réellement, l'hiver durait depuis plusieurs années ou s'il ne s'agissait que d'une impression.

Sans y regarder, la vieille femme fouilla la poche de son tablier, en tira une cigarette roulée et une boîte d'allumettes. Tandis qu'elle grillait son cône de tabac, frissonnante, elle chercha des yeux l'anomalie qu'elle flairait depuis l'aube.

La vieille était à l'image de sa maison. Son épaisse chevelure brune grisonnait, et de ses rondeurs d'autrefois il ne restait que quelques chairs affaissées. Une peau de vieux, toute polie. Le tablier, lustré et amidonné, portait encore les stigmates de festins d'antan. Le volant sur le col de sa robe indiquait un reste inaltérable de coquetterie. La femme et la maison, deux vieilles ladies aigries par le passage du temps.

Un chien fila au loin sans lui prêter attention, un volet grinça. Une volute bleutée nimbait le toit de l'hôtel de ville et l'échoppe du boulanger, rue Basse, faisait montre d'un début d'agitation. Dans quelques minutes, elle entendrait les chants des laudes monter du couvent. Rien que des visions et des sonorités familières, pourtant la gêne profonde qu'elle avait ressentie en se réveillant ne se dissipait pas. Elle restait là, en suspens, comme un arrière-goût amer et douteux. La vieille se secoua l'échine, histoire de décoller la gêne.

Rien à faire, toujours là.

Elle distinguait une faille, une fêlure subtile qui venait contrarier la relative tranquillité de Haut-de-Cœur, bourgade de cinq cents âmes nichée au creux de la Bourgogne. Il s'était passé, durant la nuit, une chose terrible. L'air était chargé de cette chose.

En soupirant, la vieille referma la porte de sa maison et contourna l'angle, s'enfilant dans la courte ruelle en pente qui reliait la rue des Halles à la rue Basse. À mi-chemin, elle s'arrêta devant une porte d'à peine un mètre de haut : l'entrée de sa cave. Alors qu'elle sortait de sa poche la petite clé du cadenas qui en interdisait l'accès, elle constata avec surprise que ce dernier était ouvert. Elle maudit son étourderie. L'âge, que voulez-vous.

Elle poussa la porte. Une forte odeur de viande froide s'échappa du conduit et la vieille amorça un mouvement de recul. Il arrivait que de gros rongeurs viennent mourir au chaud entre ses étagères ; chaque fois, c'était infernal pour se débarrasser de la puanteur. Elle s'engagea avec précaution sur la volée de marches qui plongeait dans la pénombre. Elle s'occuperait de la bestiole plus tard. Pour l'instant elle voulait de la confiture pour son petit-déjeuner, aussi se dirigea-t-elle vers le fond de la cave, où ses bocaux étaient dissimulés derrière des rideaux de jute. Si d'aventure on avait appris qu'elle cachait de la nourriture, elle aurait essuyé une sacrée volée de bois vert ; en cet hiver tout le monde manquait de tout et les ventres étaient désespérément vides. Mais la vieille considérait qu'elle avait bien assez partagé, alors la confiture, et puis quoi encore.

Un obstacle sur le sol, invisible dans l'obscurité, interrompit sa progression. Son pied buta dessus et la vieille s'étala de tout son long en étouffant un juron. Un vieux qui tombe, c'est comme une mécanique rouillée, ça met du temps à repartir. Elle s'accroupit avec difficulté pour identifier l'objet coupable. Ses mains rencontrèrent une matière souple et rêche. *Une chemise. De toute évidence, il y a quelqu'un dedans*.

L'anomalie. La vieille avait du cœur à l'estomac et avait eu sa part de malheurs ; on ne l'effrayait pas aisément. Elle secoua la masse d'homme inconsciente, lourde et grasse.

– Réveille-toi, pochard ! Tu es dans ma cave. On n'entre pas comme ça dans la cave de Mélanie Gauthier. Gros tas, ajouta-t-elle pour faire bonne mesure.

Mais le corps ne frémit pas. Du bout des doigts, la vieille inspecta le bras épais, l'abdomen ventripotent. L'embonpoint avait coûté à cet individu quelques boutons de chemise et une chaîne aux larges maillons se perdait dans le duvet de sa poitrine. Mélanie caressa l'idée de subtiliser le bijou – en ces temps de disette, on se servait où l'on pouvait. Toutefois, ce fut cette chaîne grossière qui lui permit d'identifier le bonhomme qui gisait là. Elle s'exclama.

– TS ! TS, debout, sale racaille. Va-t'en donc cuver ailleurs !

Mais la voix de Mélanie mourut. Elle se pencha sur le corps, renifla le liquide poisseux qui imprégnait les habits et qui collait à présent sur ses mains parcheminées. *Pardieu. C'est donc lui, l'odeur.*

La vieille tâta à la hâte le gros visage, le crâne hirsute, le cou de taureau. Un bruit de succion faillit lui faire dégobiller son café matinal. Dégoûtée, Mélanie retira ses mains vivement et pour ne pas perdre son équilibre précaire, s'assit sur le gros corps. Dans la poche de son tablier, elle chercha une autre cigarette. La flammèche de l'allumette éclaira ses mains rouges, le devant taché de sa robe. Elle fut soulagée quand elle s'éteignit.

Griller une cigarette le derrière posé sur un macchabée, voilà qui n'était pas banal.

La vieille femme fuma lentement, prenant soin de laisser les émotions affluer tranquillement, pas de précipitation là-dedans. Les tourbillons de sentiments, c'était tout juste assez bon pour les amoureux imbéciles. Non, Mélanie savait qu'il fallait, en toutes circonstances, prendre du recul. D'ailleurs, cette mort ne lui inspirait guère plus qu'un sacré soulagement. Là, on y était. De la tristesse ? Quelle rigolade. De la peur ? Les morts ne faisaient plus grand mal à grand monde. Du dégoût, certes, pour ce tas de graisse tout couvert de sang et de transpiration, sans parler de la pisse dont l'odeur imprégnait ses narines. Crevé en se faisant dessus, bah voyons, et dans sa cave encore ! Mais que l'on ne s'y méprenne pas, Mélanie avait envie de danser une gigue. TS était mort ! Alléluia ! Elle irait brûler un cierge.

Pourtant, à mesure que l'euphorie la gagnait, elle sentit poindre en elle les premières notes d'embarras. La mort de TS l'arrangeait bien. Il savait sur elle des choses qu'elle avait tenues secrètes pendant très longtemps. Il menaçait, ce mauvais homme, de l'exposer et de la détruire. Comment avait-il appris ce qu'il avait appris, Mélanie n'en avait pas idée et s'en moquait, maintenant qu'il était raide comme une saillie. Elle était sauvée ! Il y avait de quoi déboucher une bouteille de gnôle. *Mais sacrebleu, pourquoi ce crétin a-t-il été tué dans ma cave ? Le verrou était mis. Celui qui a fait ça aurait pu planquer le cadavre ailleurs sans s'embarrasser autant. Voulait-on me dire quelque chose ?*

Mélanie se leva pour regagner le dehors, incommodée par l'odeur que dégageait le corps.

La matinée avançant, le boulanger finissait d'ouvrir son commerce. La locataire de Mélanie, qui tenait la quincaillerie sous la maison, arriverait bientôt. La boucherie, comme à l'accoutumée, resterait fermée. La vieille femme s'assit sur une grosse pierre, à côté de la porte de la cave, et interpella un enfant qui passait là, quelques journaux roulés sous le bras. Elle leva deux doigts impérieux et les fit claquer.

– Toi ! Machin…

– Pierrot, madame Mélanie. Pierrot, je suis dans la classe de vo…

– Grand bien te fasse. Va donc chercher l'inspecteur. Dis-lui qu'il y a chez moi une urgente affaire à régler.

Le petit haussa un sourcil, rendu curieux par tout le mystère que faisait la vieille. Il changea ses journaux de côté et s'approcha.

– Qu'est-ce donc, votre affaire, madame Mélanie ? Je peux vous aider ?

– Que non, gamin. Ça te flanquerait des cauchemars jusqu'à ta majorité. Va quérir l'inspecteur. J'ai besoin de lui.

– L'inspecteur Lavau n'est pas une lavette ! s'esclaffa le gosse, enchanté de sa bonne blague.

– Ça vaut mieux pour mes affaires.

– Monsieur le maire est une lavette. Et un sale radin. C'est votre fille qui le dit à l'école.

– Ça ne m'étonne pas d'elle. Mais si tu veux mon avis, le maire, il bouffe les mêmes patates que nous autres et il dort dans des draps aussi rapiécés que les nôtres. Maintenant, petit, si ça ne te fait rien de faire ce que je t'ai deman…

– Qu'est-ce que vous avez sur les mains, madame Mélanie ? Vous êtes blessée ?

La face de l'enfant avait blêmi. La vieille baissa le regard sur ses mains ensanglantées, agrippées l'une à l'autre.

– Voilà pourquoi tu dois aller chercher l'inspecteur, mon gars. Va lui rapporter que mon gendre gît dans ma cave, la gorge grande ouverte. Quelqu'un a cru bon de l'égorger comme un cochon et il a les boyaux qui lui sortent par l'ouverture. Il a commencé à sentir et si tu traînailles, ça va devenir une infection là-dedans.

Mélanie s'affaissa, soudain épuisée, tandis que l'enfant s'enfuyait à toutes jambes.

*

Au 7 de la rue des Juifs se dressait une vilaine façade de pierre abîmée, percée au hasard d'une porte et de trois fenêtres. Sur le côté droit de la maison, surmontée d'un linteau triangulaire et pompeusement hissée au sommet de deux marches, l'étroite porte d'entrée présentait une peinture rouge écaillée et un minuscule œil de Judas. Il n'y avait pas de heurtoir pour s'annoncer, pas d'écriteau ni de fente pour les lettres. Les rideaux aux fenêtres étaient tirés. On avait vu plus accueillant.

C'était là le domicile de l'inspecteur de police.

S'il n'avait pas été en perpétuelle bisbille avec le maire de la ville, Matthias Lavau aurait profité du logement de fonction qui jouxtait la mairie, au-dessus de la prison – c'est-à-dire des trois misérables cellules qui servaient à enfermer les ivrognes. Au lieu de quoi, il logeait sans se plaindre dans cette habitation douteuse. À dire vrai, il s'y trouvait bien. Le matin de bonne heure, il s'asseyait sur le minuscule perron, une tasse de café bien corsé à la main. Il s'alimentait à l'oxygène du village, guettant les cloches de l'église, le chant des religieuses, les premiers cris des enfants. Il surveillait à l'oreille les bruits du couvent et de l'orphelinat. L'âge ne l'avait pas délesté de cette habitude. Il sentirait jusqu'à son dernier souffle ces fragrances de camphre et d'encens, il entendrait jusqu'au bout les sonorités familières des Ursulines. La vie du couvent continuait de rythmer ses jours et ses nuits, même s'il en avait franchi la porte depuis bien longtemps. Cela lui allait.

Trente-six années avaient passé et le garçonnet sauvé des bois avait cédé la place à un gaillard frisant la quarantaine. Les épaisses boucles brunes qui voilaient son regard se teintaient tout juste de quelques mèches argentées, de fines pattes-d'oie s'inscrivaient inexorablement au coin de ses yeux gris. Il avait le cuir tanné, Matthias, d'avoir vécu jusque-là. Un menton carré et un nez busqué achevaient de donner à ce visage un air d'étrangeté flanqué de son lot de charme et de suavité.

Au matin de la mort de TS, il se trouvait sur son perron. Son cache-poussière de cuir noir à col de fourrure passé sur son veston à double rangée de boutons, également en cuir, s'étalait autour de lui. Ses deux ceinturons, dont le second tombait négligemment sur une hanche, luisaient dans la lueur bleutée du matin. Ses mains gantées tenaient une tasse de café fumant, tandis que ses bottes miteuses surmontées de guêtres comptant pas moins de sept boucles chacune, étaient fermement plantées dans la neige. Il n'avait pas froid.

Un jeunot d'une dizaine d'années interrompit abruptement le cours de ses pensées. Le petit arriva en courant et manqua de s'étaler sur les bottes de Matthias. Haletant, il mâcha quelques paroles auxquelles l'inspecteur ne bita rien. Patiemment, il attendit en buvant une gorgée de café.

– Inspecteur Lavau !

– Je suis devant toi. Inutile de m'appeler.

– Il vous faut venir ! Tout de suite ! Une affaire extrêmement urgente !

– Sois plus précis. Et ne crie pas. Mes oreilles fonctionnent très bien.

– Madame Mélanie… Elle saigne… Du sang sur les mains, les boyaux qui sortent… Ça commence à puer !

Matthias en resta coi. Il posa précautionneusement sa tasse sur la marche à côté de lui.

– Qu'est-ce que tu racontes, gamin ? La vieille Gauthier a cassé sa pipe ?

– Loin s'en faut, loin s'en faut !

– Alors quoi ? Quelqu'un l'a zigouillée ?

– Non, souffla Pierrot… Pas elle… Le TS. On a tué le TS.

Il s'égrena quelques secondes silencieuses. L'enfant ne pouvait pas s'en douter, mais un profond sentiment de délivrance envahit l'inspecteur. L'afflux d'oxygène dans ses poumons lui donna le vertige et il exulta son soulagement aussi imperceptiblement que possible. Une seule pensée se forma dans son esprit. *Enfin.*

Matthias plongea les doigts dans sa poche, en tira une cigarette. Le tabac avait un goût de miel. Il attendit d'avoir savouré sa première bouffée pour reprendre la parole.

– Tiens donc. Tu l'as vu ?

Pierrot hocha négativement la tête, horrifié.

– Alors pourquoi es-tu si certain qu'il est mort ?

– C'est que madame Mélanie me l'a affirmé. Mort, dans sa cave. Et que du sang recouvrait ses mains. J'ai cru qu'elle allait défaillir.

– Et comment est-il mort ?

– Quelqu'un lui a…

Pierrot hésita, pas bien sûr de comprendre pourquoi il devait se prêter à cet interrogatoire morbide.

– … tranché la gorge.

Il sursauta quand Matthias Lavau éclata de rire et se leva. Sa tête effleurait le linteau de la porte, quand sa carrure ne lui permettait tout bonnement pas d'en franchir le seuil sans se tourner de côté. L'homme était un colosse, doté d'une paire d'yeux d'aigles. Il gonfla la poitrine. *Ce parasite de TS est enfin cané. Quelle matinée parfaite !*

Puis, aussi soudainement qu'il était venu, le soulagement le déserta. En lieu et place, un doute effroyable le saisit et la température lui sembla chuter de plusieurs degrés. Car si la mort de TS représentait une bénédiction tombée du ciel pour un paquet de gens, il fallait bien que quelqu'un se soit chargé de la sale besogne. Or, Matthias ne savait que trop bien qui, de tous les habitants de Haut-de-Cœur, avait le plus de raison d'occire cette canaille. Pour la première fois de sa vie, l'inspecteur fut tenté de s'enfermer chez lui et d'ignorer l'appel du devoir qui lui commandait de visiter le cadavre de TS, de mener une enquête et d'arrêter le coupable.

Hélas, il n'était pas dans sa nature de se planquer. Matthias Lavau leva la tête vers l'étage supérieur de la maison et, sans plus se soucier de l'heure, beugla puissamment :

– ESTHER !

Le son de sa voix se répercuta dans le bourg tout entier, faisant fuir les bruits du matin comme la détonation d'un fusil le chant des oiseaux. Matthias ramassa sa tasse de café et la vida d'un trait, alluma une autre cigarette. Importuné par la présence du gamin, il lui fit signe de déguerpir sans plus de considération que pour un chien errant. Il s'apprêtait à renouveler son appel, le grincement de la porte l'en dissuada. Une femme, de quelques années sa cadette, apparut dans l'encadrement, étrangement accoutrée. Outre une épaisse jupe à rayures et des bottines à boucles et lacets, elle portait, par-dessus son chemisier blanc, une sorte de collerette de cuir marron fermée par une rangée de dix-sept minuscules boutons noirs. Découpé juste au-dessus de la poitrine, l'insolite vêtement lui enveloppait les épaules et lui prenait le cou jusqu'au menton. Matthias s'était habitué à cet habit qui lui donnait l'air paralysé. Il s'était habitué à ses cheveux noirs et bouclés, coupés courts sur sa nuque à l'exception d'une longue tresse, épaisse comme son bras, qui dégringolait sur son épaule gauche. Ses yeux d'ambre, en revanche, il ne s'y était pas encore fait et doutait de s'y faire un jour.

Elle était prête. Quelle que fût l'heure du jour ou de la nuit à laquelle il croyait la tirer du sommeil, Esther Louve était toujours prête, comme si elle se tenait sur le départ. Matthias ne se rappelait pas l'avoir jamais vue autrement ; constamment sur le point de lui échapper.

– Quelqu'un est mort, dit-il pour entamer la conversation.

C'était une façon comme une autre. La voix rauque d'Esther secoua l'air glacial du petit matin.

– Ces temps-ci, il faut s'y attendre.

– Ce mort-là a les intestins qui lui sortent par la gorge.

– D'après mes connaissances en anatomie, cela me paraît assez peu probable.

– C'est une façon de parler, Esther. Une façon de dire que le bonhomme s'est fait trucider. Éliminer, descendre, occire.

– J'avais compris. Où est-il, ce cadavre ?

– Dans la cave de Mélanie Gauthier.

– Ça par exemple. Ce n'est pas banal. C'est elle qui l'a tué ?

– Pas sûr, non. Cela reste bien entendu à déterminer, mais l'âge et la stature de Mélanie ne lui auront certainement pas permis de s'en prendre à un gars de la carrure de TS.

– De…

Esther Louve en resta soufflée comme une chandelle, la respiration suspendue. Les sourcils plissés, elle scruta la figure burinée de Matthias. Elle inclina la tête et il pensa à une chouette intriguée.

– TS est mort ? Bel et bien mort ?

– Aussi mort qu'on peut l'être, à ce que j'en sais. C'est-à-dire peu de choses pour l'instant. Nous y allons ?

Esther disparut à l'intérieur de la maison et revint bientôt emmitouflée dans une pelisse pourvue de larges poches desquelles s'échappa un tintement, les doigts enfilés dans une paire de gants à boutonnières. Elle tendit à Matthias un étonnant casque en métal et, en croisant son regard, il eut la sensation physique de manquer d'air. Une raideur familière le prit dans ses muscles, il fit craquer ses phalanges. Matthias avait bien vingt-cinq ans de fréquentation de femmes dans les os ; des jeunes, des vieilles, des nonnes, des catins, des paysannes et des bourgeoises, il ne s'était pas refusé grand-chose. Il ne se considérait pas tellement exigeant. Mais aucune, par Dieu aucune ne lui inspirait autant d'inconfort qu'Esther Louve, qu'il avait eu la faiblesse d'engager comme assistante deux ans auparavant – assistante, bonniche, comme on voulait. La jeune femme possédait quelques connaissances en médecine puisqu'elle avait fréquenté – avec plus ou moins d'assiduité d'après ce qu'il avait compris – une école qui formait les infirmières et un institut médico-légal. Un curriculum pertinent pour travailler aux côtés d'un inspecteur de police.

Matthias ne savait pas s'y prendre avec Esther. Il ne la saisissait pas. Par-dessus le marché, elle vivait chez lui, louant pour quelques sous la chambre voisine de la sienne. Plus commode, avait-elle dit, et moins cher.

Pour évacuer sa gêne, Matthias enfonça le casque sur sa tête et ajusta une paire de grosses lunettes attachées à un masque de cuir qui lui recouvrait entièrement le visage. Il ne sortait jamais sans ce dispositif, vestige d'une époque où il conduisait une motocyclette Rover Imperial. L'engin avait depuis été réquisitionné par l'armée, mais l'inspecteur continuait d'arborer son attirail – ce qui intriguait beaucoup la jeune femme.

Il aboya à travers le masque :

– Je n'ai rien trouvé à manger, ce matin. Ne deviez-vous pas vous rendre chez…

– Je suis arrivée trop tard. Il n'y avait plus rien.

– Dieu du ciel, Esther ! Qu'espérez-vous que je mange ? Mes doigts ?

La jeune femme soupira avec impertinence, lui jeta une œillade hautaine en fermant la porte de la maison. Il était tôt, elle ne répondait jamais à ses provocations avant midi passé. Elle semblait davantage renfermée en matinée, comme si les nuits constituaient une épreuve de laquelle elle émergeait lentement.

Ils remontèrent au pas de course la rue des Juifs, passèrent sur la place de l'église et comme chaque fois, le regard de Matthias glissa vers la sente qui menait au couvent. S'il fermait les yeux et s'en allait au hasard des rues de Haut-de-Cœur, il n'avait pas de doute que ses pas le conduiraient tout droit vers la porte bleue sous l'arche de pierre.

Quelques minutes plus tard, la glace crissant sous leurs bottes, ils arrivèrent rue Basse. Dans la ruelle, Mélanie Gauthier attendait toujours, assise sur la pierre à l'entrée de la cave. À ses pieds, un savant petit tas de mégots avait fait un trou dans la neige. Les apercevant qui apparaissaient au coin de sa maison, elle se redressa et grommela :

– Ma parole, vous êtes passés voir la mer avant de venir, ou quoi ? Je suis complètement gelée !

Matthias dégrafa un pan du masque pour révéler sa figure et pressa l'épaule de la frêle petite vieille, en signe de compassion. Il n'était guère capable de plus.

– J'espère que vous n'avez touché à rien et que vous n'avez pas fumé à l'intérieur.

– Et puis quoi encore. C'est ma cave, que je sache. Pas ma faute si cet empaffé est venu crever là. J'ai trébuché dessus, figure-toi ; j'ai bien failli me casser les guiboles.

Matthias s'efforça de garder son calme, tandis qu'Esther saluait placidement la vieille femme d'un signe de la tête. Alors qu'ayant allumé une lanterne elle s'apprêtait à descendre dans la cave, elle suspendit son geste.

– Inspecteur…

Du menton, elle désigna le cadenas qui oscillait, toujours accroché à la charnière de la porte. Matthias s'empara de l'objet pour l'examiner.

– Sectionné net, commenta-t-il placidement. On est entré ici par effraction.

– Par effraction ? répéta Mélanie. Je croyais avoir oublié de le fermer ! L'âge, tu comprends ?

– Je comprends que vous avez mal regardé, répliqua Matthias en faisant signe à Esther, qui disparut dans l'ouverture béante. Donc, vous avez trébuché sur le corps. C'est tout ? Vous êtes ressortie aussitôt sans rien toucher ?

– Mon petit, je ne suis pas une poule mouillée, moi. Et puis, je n'y voyais goutte. L'a fallu que je détermine ce qui encombrait mon chez-moi comme ça. D'abord, j'ai pensé que c'était ma Jeanne, qui ne range jamais rien. Mais non. Quelques tâtonnements plus tard, j'ai compris. Ça glisse, les boyaux.

Pour ponctuer ses mots, Mélanie leva ses mains ensanglantées à hauteur de son visage.

– J'ai taché ma bague, regarde-moi ça, se lamenta-t-elle en jouant avec un anneau autour de son annulaire.

Matthias s'étira avec raideur, excédé. L'envie le saisit de houspiller la vieille femme, tant la perte des indices qu'elle avait causée l'embarrassait. Un attroupement de curieux commençait à se former rue Basse et pour passer ses nerfs, il rugit impérieusement :

– Circulez ! Il n'y a rien à voir, bandes de vautours ! Esther, comment ça va, là-dedans ?

Matthias sentit sur son visage le regard scrutateur de la vieille femme, tandis qu'il s'appuyait d'une main au mur de la cave et plaçait l'autre sur sa hanche. Au bout de quelques secondes, la voix calme d'Esther monta de la sombre cavité.

– Cela empeste. C'est immonde, proprement immonde. Oh, ciel…

Un bruit de succion ponctua les mots de la jeune femme. Mélanie prit un air très satisfait.

– Vois, je ne raconte pas d'histoires !

– Les faits, Esther, les faits. Que voyez-vous ?

– Pourquoi ne descends-tu pas là-dedans toi-même ? intervint encore la vieille femme.

Matthias l'ignora.

– Esther !

– Un homme d'une cinquantaine d'années, couché sur le dos. La gorge est tranchée comme celle d'un cochon. Aucun boyau n'en sort, je m'en doutais. Il semble surpris.

– Qui semble surpris ?

– Eh bien le mort. TS. Il a les yeux grands ouverts et me regarde béatement comme s'il ne m'avait jamais vue et que j'étais une sorte d'apparition effrayante. Le sang a éclaboussé toute votre cave, madame Gauthier.

Le mort en a plein le plastron et cela lui coule jusque dans l'entrejambe.

Un silence de quelques secondes s'ensuivit, avant que la voix d'Esther ne s'élève à nouveau.

– D'après la température du corps et la rigidité cadavérique, je dirais qu'il est mort depuis plus de cinq heures. Et il faut nous dépêcher de le sortir de là. J'aperçois quelques rats qui frétillent de la queue.

Matthias se redressa et inspira profondément. Fait regrettable pour un homme de sa fonction, il ne supportait pas la vue du sang. Depuis l'enfance, cela provoquait chez lui un malaise susceptible de le faire défaillir. La présence d'Esther à ses côtés, qui se chargeait sans broncher des examens les plus sordides, lui permettait de dissimuler ce détail de lui-même. Prenant soin de ne pas croiser le regard inquisiteur de Mélanie Gauthier, il s'efforça de se concentrer.

– Il faudrait photographier la scène… Hélas, je ne dispose pas du matériel nécessaire. J'avais bien un Leica, mais ce crétin de maire l'a réquisitionné quand je suis rentré de Lyon.

La voix d'Esther se fit à nouveau entendre.

– Elles ont un vieux Brownie 2, aux Ursulines. La prieure me confiait l'autre jour qu'elle conservait religieusement les photos annuelles des enfants.

Mélanie acquiesça de la tête et Matthias se demanda pourquoi il n'y avait pas songé plus tôt. Ne l'avait-on pas, enfant, fait poser devant cet engin à plusieurs reprises ?

Il mit ses mains sur les épaules de la vieille femme.

– Mélanie, soyez un ange et allez me chercher ce Brownie. Dites à sœur Marie que je lui rapporterai moi-même.

La vieille prit un air courroucé.

– Tu me prends pour un garçon de courses ? Me faire galoper dans le village, à mon âge et avec cette neige qui recouvre tout ! Et puis mon petit, il faut te mettre à la page. Sœur Marie est prieure depuis quinze ans.

– De mon temps, elle était sœur et c'est ainsi que nous l'appelions. Si vous n'y allez pas, je laisse TS se décomposer dans votre cave sans lever le petit doigt. Figurez-vous que son trépas ne m'indispose pas plus que cela.

– Pourquoi n'y vas-tu pas toi-même ?

– Je ne puis laisser Esther seule. Elle n'a guère l'expérience pour conduire la procédure sur une scène de crime.

– Je m'en sors très bien, merci, intervint encore la jeune femme.

– Allez, Mélanie, vous retardez l'enquête et TS commence à tomber en poussière.

À court d'arguments et parce qu'elle entendait être débarrassée du cadavre le plus vite possible, Mélanie s'en alla par la rue Basse quérir le précieux appareil photographique chez les sœurs. Matthias attendit qu'elle disparaisse de sa vue pour souffler :

– Bon débarras.

La tête brune d'Esther émergea de la cave. Balayant la ruelle du regard, elle dit :

– Les photographies ne sont pas votre problème principal, inspecteur.

– Je sais. Les empreintes le sont. Vous en avez vu ?

La jeune femme hocha la tête.

– Il fait trop sombre à l'intérieur, mais d'après le désordre, je veux bien gager que TS et son meurtrier ont lutté comme de beaux diables. Ce dernier a forcément laissé des traces sur le corps… À moins qu'il n'ait pris la précaution de porter des gants.

– Traces de lutte, pas de sang dans la rue… TS a bel et bien été tué sur place. Ce qui en fait un acte prémédité. Si le meurtrier a deux sous de jugeote, il portait des gants.

– Pourquoi prémédité ? C'est peut-être une simple altercation qui a dégénéré. Rien ne dit que le tueur ait planifié son geste.

Matthias haussa les épaules, agacé de l'entendre contester sa déduction.

– Rien, sauf le fait qu'il ait conduit TS dans cette cave en particulier, qui d'ailleurs était fermée à clé. Je pense que le tueur voulait zigouiller TS, et qu'il voulait le faire ici précisément.

Esther hocha lentement la tête.

– Cela se tient.

– J'espère que vous n'avez touché à rien.

Esther ne daigna pas répondre. De sa poche, elle sortit un petit sac dans lequel se trouvait un bouton de vêtement.

– Cela traînait près du corps.

– Donc vous avez touché à la scène de crime.

– Inspecteur, l'endroit est grand comme un mouchoir de poche et ce porc de TS en occupe une bonne partie. Il m'était difficile de n'y rien déranger. J'ai marché sur ce bouton en me penchant sur le corps.

– Une scène de crime salopée, pas de matériel pour relever les empreintes… Et guère plus de lumière pour réaliser des clichés. Voilà une enquête qui commence bien.

Matthias s'éloigna de quelques pas.

Les restrictions qui accompagnaient l'hiver, ainsi que la guerre qui sévissait au loin dans les provinces rendaient son travail plus ardu qu'il ne l'était à l'accoutumée. Maintenu en poste pour assurer la sûreté du village, il ne s'occupait plus, depuis son retour de Lyon deux ans auparavant, que des ivrognes et des disputes de voisinage. Il n'y avait à Haut-de-Cœur ni commissariat ni laboratoire et l'état d'urgence avait si bien isolé le petit bourg que le corps aurait eu le temps de s'enfoncer dans le sol gelé avant qu'une équipe scientifique se déplace d'une ville lointaine.

Le regard rivé sur la devanture de la boulangerie, fumant avidement, Matthias songea qu'il allait lui falloir employer des moyens moins conventionnels pour élucider cette affaire. Tandis que Mélanie revenait en trottinant, le Brownie 2 sous le bras, il beugla :

– Esther ! On remballe. Mélanie s'est assise sur le corps, a fumé dans la pièce, rien n'est plus bon dans cette cave. Débrouillez-vous comme vous voulez, mais faites-moi bouger ce gros tas jusqu'à la chambre froide de la boucherie. Le plus vite possible. Et en toute discrétion.

– Chez Pertuis ? Il va en faire une syncope ! commenta Mélanie. Il va nous débiter le TS en lamelles et le servir à manger à tous les crève-la-faim du village.

– Pertuis peut bien venir me voir s'il a quelque chose à dire, répliqua Matthias avant de tourner les talons. Esther, je vous retrouve plus tard. Dépêchez-vous de vous occuper de ce corps. J'ai une affaire urgente à régler.

Il se détournait quand une main à la douceur caractéristique des peaux de vieux lui agrippa le bras avec une surprenante fermeté. Matthias rencontra le regard bleu et froid de Mélanie. Il sut, bien sûr, ce qu'elle s'apprêtait à lui dire.

– Laisse ce crevard pourrir dans les bois de Combe-Lavau, siffla-t-elle. Nous savons tous deux qu'il n'a eu que ce qu'il méritait. Et nous savons aussi qui aurait le plus à pâtir d'une enquête de police. On s'en fiche de qui l'a tué. Il est mort et ça nous arrange bien. Pour qui tu sais.

L'inspecteur se dégagea doucement.

– Et Lestrange, croyez-vous qu'il va s'asseoir là-dessus ? TS était son bras droit à la mairie…

– Son laquais, tu veux dire.

– Peu importe. Le maire va demander des comptes. Je vous le dis, Mélanie, nous avons tous intérêt à ce que je mette mon nez là-dedans avant qu'une obscure petite frappe à la solde de Lestrange ne s'en mêle.

Matthias échangea un regard avec Esther qui s'extirpait de la cave, la semelle de ses bottines tachée de sang. Puis il les salua d'un signe de tête, remis en place son masque de cuir et tourna les talons. Les deux femmes le regardèrent s'éloigner de son pas vif, son cache-poussière flottant derrière lui.

Chapitre 2

Adossé à l'église de l'Assomption, niché dans le giron de la bien-nommée ruelle Notre-Dame, le couvent des Ursulines se dressait, immuable, depuis les très anciennes époques royales. La bâtisse aux lauzes calcaires formait un U bancal, fermé sur le dernier côté par un mur d'enceinte troué d'une porte bleue sous une arche de pierre. Parce que le couvent était ainsi protégé des regards extérieurs, les villageois le nommaient affectueusement : le Clos.

En quittant les Ursulines par la porte bleue ce matin-là, Jeanne Sorel eut, comme chaque fois, le sentiment de tirer sur un élastique attaché autour de sa taille. À mesure qu'elle s'éloignait de l'enceinte du couvent, son souffle s'accélérait et la pression augmentait sur son thorax, comme si le Clos voulait la retenir, la garder douillettement entre ses vieux murs. Les pierres soufflaient son nom, l'odeur de camphre qui imprégnait tout le linge du couvent lui chatouillait les narines. Née d'une indigente accueillie au couvent le temps de sa délivrance, Jeanne avait été adoptée avant l'adolescence, elle avait grandi auprès d'une mère aimante et elle s'était mariée. Elle avait aujourd'hui plus de trente ans, bien passés même, mais cela ne changeait rien : Jeanne appartenait au Clos. Elle se trimballait dans la vie avec cette certitude rivée au cœur et son élastique autour de la taille. Pour anéantir tout risque d'éloignement, elle s'était attachée à devenir institutrice et, comme au temps de sa propre enfance, elle passait ses journées en compagnie des orphelins.

La neige se mit à tomber dru d'un ciel couleur lavande. Elle enfonça sa chapka sur ses cheveux et ses mains dans des gants doublés de fourrure, puis resserra sa pèlerine de mouton sur ses épaules.

Les enfants du Clos ne le quittaient jamais vraiment. Ils ne s'en allaient pas courir l'aventure à bord de bateaux ou d'aéroplanes, ils ne contractaient pas d'union lointaine, ils ne voyaient rien du monde. À la place, ils vivaient au rythme des offices et des rires des orphelins, ils tendaient l'oreille quand retentissait la cloche qui signalait la fin de la classe. Ils entendaient dans leurs rêves les voix des sœurs qui les avaient sauvés de la mort ou de la rue, le bruit de vaisselle cacophonique des repas. Ces enfants-là, les orphelins des Ursulines, savaient écouter le silence et y entendre de la musique. Ils récitaient le bénédicité sans être croyants. Ils n'avaient qu'à fermer les yeux pour revoir, avec une netteté déchirante, les scènes de leur enfance. Ils vieillissaient, se mariaient, se reproduisaient parfois, mais leur cœur demeurait aux Ursulines.

Ils appartenaient au Clos, à jamais et pour toujours.

Matthias s'en est bien allé, lui. Mais il est revenu. Il était si pressé de partir ! De se libérer de cette emprise... Tu parles.

Jeanne traversa la place déserte et s'engagea rue de l'Église, tâchant d'ignorer les cris que produisait son estomac mécontent. Elle n'avait pas mangé depuis la veille, à l'exception du quignon accompagnant le café offert par la prieure le matin même, avant le début de la classe. La neige plongeait le village dans un état de somnolence délicat ; les flocons absorbaient le moindre son et il semblait tomber du ciel un silence impérieux.

Jeanne ralentit le pas en passant devant le café Bontemps, dont la devanture bordeaux apparaissait des plus défraîchies. Les rideaux au crochet pendaient mollement aux fenêtres crasseuses et bien qu'il fût aux alentours de midi, l'endroit était plongé dans la pénombre. La jeune femme tordit le cou pour tenter d'apercevoir l'intérieur. Il arrivait que son bon à rien de mari atterrisse là avant l'heure convenable, à picoler un immonde ersatz d'alcool que François Lauriac distillait lui-même dans sa cave. Jeanne aurait préféré crever de soif plutôt que de boire ce poison. Yvette Lauriac lui adressa un sourire absent de derrière son comptoir, leva une main distraite dans sa direction. De la rue, Jeanne observa un moment cette rousse planturcuse qui essuyait les verres au moyen d'un torchon douteux, le regard perdu dans le lointain. Yvette gardait sur la figure quelques traces de beauté et de jeunesse, mais il fallait plisser les yeux pour bien les voir, tant l'ennui et la morosité avaient envahi ce minois fané.

Encore une orpheline qui n'a pas pu s'en aller, songea Jeanne. *Elle a grandi, malheureusement pour elle. Et en sortant du Clos, elle n'a pas su quoi faire. Elle aura épousé cet abruti de Lauriac rien que pour avoir un nom de famille.*

Comme tous les autres, Yvette Lauriac levait systématiquement le regard quand son oreille détectait les bruits du couvent et pendant une seconde, une courte seconde, elle retenait son souffle comme si quelque chose devait se passer qu'on se tuait à attendre. Il ne se passait jamais rien.

Ne trouvant pas son mari au comptoir d'Yvette, Jeanne poursuivit son chemin. Un instant, elle avait espéré l'y ramasser, abruti d'alcool et ronflant comme un sonneur ; cela lui aurait évité de devoir justifier sa propre absence pendant la nuit.

Place du Perron, à l'embranchement de la rue Basse, de la rue des Halles et de la route de Grand-Cœur, elle s'arrêta de nouveau pour espionner cette fois l'échoppe du barbier et celle, davantage entretenue, de l'antiquaire. Son homme visitait ces commerces plusieurs fois par mois, mandaté par le maire pour collecter les loyers, mais il ne s'y trouvait pas non plus. La boutique du barbier était vide, Marcel Jacquemin ronflait dans l'un de ses fauteuils usés jusqu'à la corde, inconscient de l'attention ponctuelle dont il faisait l'objet. Les jambes maigres de Marcel, ses bras squelettiques, son ventre rond et gonflé et son crâne à demi chauve répugnaient Jeanne. Il avait quitté le couvent à la même époque que Matthias, si elle se rappelait correctement. Le jeune homme s'était traîné, larmes aux yeux et morve au nez, jusqu'à la première porte qui ne s'était pas refermée devant lui et s'y était enraciné. Le vieux barbier avait tout juste eu le temps de lui enseigner l'art de tailler une moustache avant de casser sa pipe. *Pauvre Marcel. Je me demande bien comment tu arrives à manger. Ce taudis est toujours désespérément vide.*

L'antiquaire, en revanche, faisait partie de ces illuminés qui étaient venus de la grande ville – Grand-Cœur ; il faut relativiser le terme de « grande » – s'installer à Haut-de-Cœur. Il se nommait Alphonse Bertrand et frisait la quarantaine, ce qui rendait la chose encore plus incompréhensible. Le froid ne semblait pas l'affecter outre mesure, tant son enthousiasme pour les vieilleries le tenait occupé. Jeanne nota qu'il était amaigri, mais qui ne l'était pas ? Alphonse était en pleine conversation passionnée avec le père Anselme, une autre aberration de Haut-de-Cœur. Fraîchement sorti du séminaire, ce dernier ressemblait davantage à une gravure de magazine qu'à un curé affecté dans ce coin de pays. La prieure Marie le tenait pour un jeunot et s'irritait de son exaltation permanente à propos de toutes les choses de la vie.

Les deux hommes aperçurent Jeanne et lui adressèrent un sourire radieux. Avant qu'ils ne fassent mine de l'inviter à contempler de vieilles poteries auxquelles elle ne trouverait pas le moindre intérêt, la jeune femme s'esquiva. Au passage, elle ébaucha un sourire en direction du Vieil Anar, affalé contre un mur sur une bâche qui prétendait le protéger un peu de la neige. L'indigent porta deux doigts à sa tempe et lui rendit un rictus bancal. Jeanne arrêta sa progression quelques secondes, le temps pour elle de scruter cette silhouette voûtée et abîmée, ce visage duquel les autres détournaient les yeux. Fouillant la poche de son tablier, elle tira une pièce qu'elle lui tendit. Il secoua la tête, il n'acceptait jamais l'aumône. L'homme vivait entre le village et la forêt, muet du fait de sa mâchoire brisée et difforme. Personne ne savait son nom. Personne, d'ailleurs, ne se souvenait du jour exact de son arrivée à Haut-de-Cœur. Il était vieux, soixante-dix ans peut-être, et il était comme ces choses qui ont toujours été là mais que l'on n'a jamais remarquées avant. On s'était réveillé un matin et l'indigent faisait partie du décor, les villageois ne s'étaient pas étonnés. Jeanne l'aimait bien.

Rue Basse, elle passa à l'Alimentation Générale acheter des oignons et des rutabagas. Déambulant entre les étagères dépouillées, elle croisa son reflet dans un miroir brisé placé là par Lorraine Chablon pour surveiller les chapardages dans sa boutique. Jeanne contempla un instant les cheveux châtains qui s'échappaient de sa chapka. Quelques mèches frisottaient. Elle se trouva maigre, bien sûr, elle ne mangeait rien. Mais sa chevelure restait lustrée, son teint frais, ses lèvres vermeilles. Seuls ses yeux bruns, en amande, semblaient éteints.

Lorraine tenta de lui faire la conversation, demandant avidement des nouvelles du Clos. Une autre piquée, Lorraine, si piquée celle-là qu'elle avait épousé un camarade qui se nommait Lorrain. Jeanne se souvenait vaguement que les deux nourrissons étaient arrivés au couvent la même nuit, ramassés sur le côté d'une route par un cavalier qui rejoignait Grand-Cœur. Stupéfait de trouver deux bébés abandonnés à quelques lieues de distance dans un champ de glace, le cavalier avait fait halte aux Ursulines pour déposer ses trouvailles. Comme il se prénommait lui-même Lorrain, la prieure ne s'était pas fatiguée ; elle avait baptisé les gamins Lorraine et Lorrain, les rendant ainsi inséparables.

Si cela se trouve, ils sont frère et sœur. Ce serait le comble. Mais non, ils ne se ressemblent pas du tout. Enfin, qu'est-ce que ça prouve ? Aucun intérêt, de toute façon.

Payant ses commissions, Jeanne mit fin à l'entretien et quitta l'Alimentation Générale. Somme toute, Lorraine et Lorrain s'en sortaient convenablement. Ils étaient jeunes, faisaient tourner leur commerce et paraissaient heureux. Lorraine donnerait bientôt naissance à un enfant. Jeanne secoua l'échine. Les gens gais, ça la mettait mal à l'aise.

Elle ne dépassa pas la boutique de souliers, fermée pour une durée indéterminée depuis le trépas de la vieille Augustine, pas plus qu'elle ne poussa la promenade jusqu'à la quincaillerie de Mélanie. Elle était arrivée chez elle ; une demeure parmi les plus anciennes de Haut-de-Cœur, coincée entre deux maisons en face de l'Alimentation Générale.

Jadis occupé par une boutique, le rez-de-chaussée était laissé à l'abandon depuis si longtemps que plus personne ne se souvenait de quelle sorte d'articles on vendait là-dedans. La peinture blanche de la devanture avait presque entièrement disparu, le bois s'effilochait par lambeaux entiers. Il était impossible de voir à travers les carreaux, tant ceux-ci étaient recouverts d'une épaisse couche de crasse.

Jeanne sortit une clé de sa poche et pénétra à l'intérieur. Ne prenant garde ni à l'obscurité, ni à la poussière, ni aux souris, ni aux objets laissés à mourir dans les coins, elle gagna l'escalier qui menait à l'appartement de l'étage.

Deux pièces minuscules sans chauffage, chichement meublées, et voilà la maison de Jeanne. Un trou à rats. À peine rentré dans la première pièce, il fallait s'asseoir sur la banquette, faute de pouvoir déambuler. Il n'y avait pas d'endroit pour pendre les vêtements, aussi s'entassaient-ils au petit bonheur. La cuisine était dans le salon, la salle de bains dans la chambre (un robinet et un baquet, c'est tout).

Jeanne ôta ses bottines enneigées en regardant l'intrus dans son logis. Puis elle fit un pas et mit de l'eau à bouillir.

– Comment es-tu entré ?

Matthias Lavau paraissait beaucoup trop grand pour un tel lieu ; assis sur la banquette, ses bottes frôlaient le mur opposé. L'inconfort que lui procurait la situation se lisait sur son visage. Il faisait tourner entre ses doigts deux crochets en acier, qu'il finit par glisser dans sa poche.

– Tu as crocheté ma serrure ?

– Plains-toi auprès de la police, répliqua-t-il sans une once d'humour.

Haussant les épaules, Jeanne l'embrassa sur la joue et se détourna de lui, oppressée par sa présence envahissante.

– Ne recommence pas. On est amis, mais ne recommence pas.

– Ton mari est mort, lâcha-t-il. TS est mort.

Une colonie d'anges passa. Jeanne posa la bouilloire sur la gazinière éteinte et entreprit de compter les carreaux de porcelaine devant ses yeux. *Dix-huit. Il doit y en avoir dix-huit. Non. Il en manque un. TS en a brisé un. Il était en colère, il a jeté quelque chose sur le mur et cela a brisé ce carreau. Il n'y en a plus que dix-sept. Dix-sept carreaux de porcelaine. TS est mort.* Elle inspira largement, puis expira. Ses épaules se détendirent. Elle étira sa nuque. Clignant plusieurs fois des paupières, elle chassa le vertige qui brouillait sa vision. *Dix-sept carreaux.*

Enfin, elle se retourna. Comme elle s'y attendait, Matthias la scrutait, les yeux plissés en deux fentes implacables.

– Comment ça, mort ? Tu es sûr ? Il faut être sûr. Thomas est un indécrottable vivant. Et tu sais ce qui le maintient en vie ? Son besoin compulsif, son plaisir sadique, sa tendance maladive à empoisonner ma vie. Cela me semble évident. Le type est allé à la guerre sans la moindre notion de combat, de stratégie, de tactique ou que sais-je encore. Mais il y est allé et il est *revenu*. Des milliers d'hommes sont morts, mais lui, non. Fallait-il qu'il s'accroche à la vie, qu'il repousse la mort encore et encore ! Et tout cela pour mieux revenir me tyranniser.

Matthias, tu dois être sûr. Ce serait une très mauvaise plaisanterie à me faire.

L'immobilité de l'inspecteur – il s'abstenait de remuer de crainte de se cogner dans un mur – l'irrita. Elle se retint de hausser le ton, de le presser de répondre, de sauter d'impatience, d'espoir et de joie. Son cœur battait si fort que Jeanne sentait le sang affluer dans sa gorge et dans ses oreilles, provoquant un bourdonnement sonore. Le matin même, elle se plaignait du froid et voilà que subitement elle transpirait, le tissu de son corsage collant à ses aisselles et son dos. Elle s'assit près de Matthias, si près dans cette pièce si étroite, ses genoux touchant les siens avec impudeur, ses mains s'agrippant aux siennes.

– Où étais-tu cette nuit ?

La question claqua dans l'air de la pièce comme un plomb de carabine. Elle creva le voile d'intimité tissé entre les deux. Jeanne recula le buste et haussa un sourcil, son exaltation douchée. Matthias la fixait toujours sans bouger un muscle, avec sur la figure cette expression de prêtre impavide qui pouvait bien attendre toute la nuit que sa suppliciée ne parle ou ne crève sous la question. Matthias était très patient.

– Qu'est-ce que tu veux dire, où j'étais ? Je dormais, pardi. Dans mon lit.

– TS était avec toi ?

– Bien sûr.

Matthias secoua la tête avec contrariété.

– Je veux dire, non. J'étais seule. Comment aurait-il pu être avec moi ? Il était mort. Il est mort. C'est bien ça ?

Jeanne se dressa d'un bond et cette fois, alluma la gazinière. Son agitation était telle qu'elle laissa échapper la bouilloire qui se fracassa sur le sol. Elle avait froid à présent et son estomac protestait plus que jamais. Elle en aurait avalé ses rutabagas crus et non pelés.

– As-tu assassiné ton mari, Jeanne ?

Matthias se pencha en avant, posa les coudes sur ses genoux et croisa les doigts. La jeune femme se raidit, le visage soudain fermé et le ton sec.

– Bien sûr que non. Comment peux-tu imaginer que je ferais une chose pareille ? Ça me donne envie de te gifler, tiens.

– Tu as un mobile. Un excellent mobile. Des dizaines, devrais-je dire. Tu le détestais de toutes tes forces.

Jeanne leva les yeux au ciel.

– Oh, je t'en prie. Tout le monde détestait Thomas. La plupart des gens dans ce patelin s'épuisaient littéralement à le haïr.

– Mais toi, tu l'as épousé.

– Il fallait bien que j'épouse quelqu'un. Je n'allais pas rester vieille fille.

– Mais TS ! Épouser quelqu'un que l'on abhorre, ce n'est pas banal.

Jeanne ricana, ses pensées galopant vers Yvette Lauriac, la rousseur d'Yvette, l'ennui d'Yvette.

– Ouvre les yeux, Matthias. Épouser un homme que l'on abhorre est une chose très répandue. Mais je ne vois pas le rapport avec la mort de Thomas. Pourquoi me demandes-tu si je l'ai tué ? Sa mort n'est pas accidentelle ?

– Il a les intestins qui lui sortent par la gorge.

– Les…

Jeanne marqua une pause.

– C'est possible, ça ? Je veux dire, anatomiquement parlant.

Matthias se leva à son tour et sa silhouette occupa tout l'espace disponible. Jeanne résista à l'envie d'ouvrir la fenêtre.

– Tu avais un paquet de raisons de vouloir TS mort. Et visiblement, tu n'as pas d'alibi pour cette nuit…

– J'ai un alibi. J'étais avec Dieu. Avec la prieure, j'entends. Nous avons prié une bonne partie de la nuit. Pour le salut des pauvres.

Elle but un verre d'eau, jouant du bout du pied avec la bouilloire restée sur le carrelage. Sur sa figure, le regard sombre de Matthias la démangeait.

– Tu priais.

– Je priais.

– Tu me prends pour un grand niais ?

Jeanne posa les poings sur les hanches, dans une posture ulcérée qu'elle espérait convaincante.

– Je priais, je te dis. Va interroger la prieure Marie si tu ne me crois pas. Penses-tu qu'elle te mentirait ? Va donc ! Seigneur, tu ne t'arranges pas avec les années. Toujours si suspicieux…

– Je viens de trouver un cadavre mutilé. N'ai-je pas de bonnes raisons de l'être ?

– On s'en fiche. Tu me connais mieux que quiconque, Matthias. Tu m'as tenue dans tes petits bras d'enfant dès mes premières minutes de vie. Et voilà que tu remets ma parole en question. C'est ça qu'on t'a appris dans ton institut de Lyon ? À douter de moi, ta presque sœur ? Cet institut qui t'a dérobé à Haut-de-Cœur tant d'années ! C'est pour ça que tu étais absent le jour de mon mariage, me laissant seule comme une cloche ?

– Tu n'étais pas seule. Et d'après ta réaction aujourd'hui, je n'ai pas raté grand-chose.

Jeanne attrapa le menton de Matthias avec colère.

– Il n'y a personne dans ce pays qui me connaît mieux ou depuis aussi longtemps que toi. Si tu me suspectes du pire, alors… On va me brûler sur un bûcher.

Matthias se dégagea, rajusta son manteau sur ses épaules et se tourna vers la porte. La propension de

Jeanne à exagérer ne le faisait plus rire depuis longtemps.

– Tu devrais passer voir ta mère. Tu sais, ta mère, Mélanie.

À l'évocation de sa mère adoptive, Jeanne fronça les sourcils.

– Elle est souffrante ?

– C'est elle qui a trouvé TS ce matin. Égorgé dans sa cave.

La jeune femme se décomposa, le souffle lui manqua.

– Chez Mélanie ? Mais pourquoi… ?

– Je ne sais pas, Jeanne. Mais je le découvrirai bientôt. Esther se charge du corps. Je m'en vais, à présent.

Il ouvrit la porte et posa le pied sur la première marche de l'escalier. Sans se retourner, il conclut ainsi leur entretien :

– Tu priais pour le salut des pauvres. Tu me prends vraiment pour un grand niais.

Chapitre 3

Matthias Lavau se rendit aux Ursulines peu après l'office de la mi-journée. Le temps de griller une cigarette, il s'adossa à la croix qui accueillait les visiteurs à l'orée du sentier. De cette position, il observa longuement la porte bleue sous l'arche de pierre. Noyée sous les branchages sans feuilles alourdis de glace, le genre de porte qui gardait les jardins secrets ou les domaines enchantés. Le genre poétique, onirique même, et pourtant Matthias était bien placé pour savoir que derrière, c'était le même hiver et le même foutoir que partout ailleurs.

L'inspecteur écrasa son mégot sur la croix et le glissa dans la poche de son cache-poussière.

À l'instant où il soulevait le heurtoir pour annoncer sa présence, la porte s'ouvrit largement devant lui, révélant une silhouette familière. La silhouette se raidit de surprise, avant de l'enlacer chaleureusement. Le cliquetis du chapelet pendant à sa ceinture, la rigidité de son vêtement, l'odeur de camphre qui imprégnait ses mains le firent se sentir, malgré lui, apaisé.

– Matthias ! Mon petit, voilà longtemps que je n'avais eu le plaisir de ta visite !

Ôtant le monocle cerclé d'or qui lui grossissait l'œil droit, la prieure Marie lui adressa un sourire éclatant, le même sourire qui faisait frémir le village depuis plus de quarante ans. Malgré les sillons creusés par le temps et les taches apparues sur ses mains, elle restait l'une des plus belles femmes du pays de Bourgogne. Elle portait au bras un panier d'osier, qu'elle déposa près de la porte avant d'attirer l'inspecteur dans la cour.

– Entre donc ! Je m'apprêtais à me rendre en commissions, mais cela peut attendre quelques minutes. Les enfants sont encore en classe. Dépêchons-nous d'aller prendre un café avant que le chahut ne reprenne.

Matthias gravit les marches du perron. Il ne put s'empêcher de jeter un regard vers la serre abandonnée, dont les verrières soutenues par des arcanes de métal reflétaient les teintes roses et bleues du ciel. L'édifice était grandiose et mystérieux. Seule Marie s'y rendait parfois pour jardiner ; de tout temps, elle en avait strictement interdit l'accès à quiconque. La serre était le domaine réservé de la prieure.

Il n'était pas entré dans le couvent depuis des années. L'escalier de pierre qui s'élançait dans les étages, les dalles noires et blanches usées, les rampes polies, les hautes fenêtres à croisillons, tout était resté identique à son souvenir, jusqu'au silence paisible qui vous pénétrait les os.

La prieure occupait un modeste bureau au premier étage. Matthias s'assit dans un craquement de cuir et de boucles sur un siège et accepta la tasse de café fumant qu'elle lui tendit.

– Du vrai café ! Où l'avez-vous trouvé ?

Marie haussa les épaules, évacuant le sujet du ravitaillement.

– Alors, mon enfant. Qu'est-ce qui t'amène au Clos ?

L'inspecteur prit le temps de savourer une autre gorgée de café avant de répondre.

– TS est mort, sœur Marie.

Depuis le matin, il prononçait ces mots pour la troisième fois. La religieuse le fixa un moment, puis plongea son regard par la fenêtre du jardin. La neige s'était remise à tomber sur les massifs. Marie se signa nonchalamment.

– Puisse-t-il trouver la paix, même s'il ne la mérite pas vraiment, si tu veux mon avis. Mais je ne suis pas Dieu ; Il fera bien comme ça L'arrange.

Matthias hocha la tête. Pas plus que Mélanie, Esther, Jeanne ou encore lui-même, la prieure ne semblait affectée en quelque façon par le trépas du bonhomme. Chez toutes, il suspectait même une sorte de soulagement à savoir que Thomas Sorel n'était définitivement plus de ce monde.

– Je suppose qu'il va y avoir un office, continua Marie en sirotant son café. Je verrai cela avec le père Anselme. Tu peux dire à Jeanne qu'elle ne s'occupe de rien. Je ferai le nécessaire pour envoyer chercher le corps dans la soirée.

– Ce sera tout à fait inutile, ma sœur. Le corps n'est pas chez Jeanne.

Elle darda sur lui son regard vif et lumineux. Curiosité et étonnement. Elle sourit.

– Ah non ? Et où donc Thomas s'en est-il allé mourir ?

– Dans la cave de la vieille Mélanie Gauthier.

Marie entrouvrit la bouche, saisie, mais ne trouva rien à répondre que :

– Mélanie n'est pas si vieille. Nous avons le même âge, elle et moi.

– On lui a ouvert la gorge de là – Matthias plaça son pouce sous son oreille gauche et l'étira jusqu'à l'oreille droite – à là. Puis on l'a laissé se vider de son sang comme un porcelet à l'arrière d'une basse-cour.

Marie haussa un sourcil, l'air circonspect, et croisa les bras sur sa poitrine.

– Je ne vais pas m'évanouir sous la somme de détails morbides, si c'est ce que tu te demandes.

– Ce que je me demande, c'est où vous vous trouviez ce matin avant l'aube, et en quelle compagnie.

La prieure se leva et se posta devant la fenêtre. La classe était terminée et les enfants jouaient dans la cour, chaudement emmitouflés ; on percevait le brouhaha de leurs rires et de leurs cris. Laissant à la religieuse le temps de composer sa réponse, Matthias balaya la petite pièce du regard et avisa, sur une commode, une photographie dans un cadre. La scène figurait trois enfants aux yeux malicieux de polissons. Alignées en rang d'oignons dans la cour du couvent, deux fillettes encadraient un garçon qui les dominait de quelques centimètres. Il regardait l'objectif du photographe en souriant un peu niaisement, tandis que les petites, l'une penchée en avant et l'autre inclinée vers l'arrière, tentaient d'échanger coups d'œil et confidences aux dépens de leur camarade. Elles avaient le rire au corps, ces deux-là, l'inspecteur pouvait le dire rien qu'en regardant le cliché.

D'aussi loin qu'il s'en souvienne, cette image d'une autre époque s'était toujours trouvée dans les affaires personnelles de sœur Marie. Matthias, comme tant d'autres orphelins, avait grandi sous le regard de ces trois enfants du passé et savait que l'enfant blonde – qui gloussait en rentrant la tête dans les épaules pour contenir son hilarité – n'était autre que sœur Marie elle-même. Pour la première fois, il s'interrogea sur les deux autres protagonistes de la photographie. Quand on est enfant, on ne pose pas de questions. On est seulement préoccupé par son propre monde, on est égoïste.

– Que sont-ils devenus ? demanda-t-il.

La prieure se retourna, suivit son regard.

– Adrien, le garçon, est mort, dit-elle simplement. Il y a longtemps.

– Il était jeune.

– Oui, très jeune.

– Et l'autre petite fille ? Vous semblez très proches, là-dessus.

Marie sortit le monocle de sa poche et le chaussa sur son œil pour regarder le visage de la fillette aux cheveux bruns, comme si elle essayait de se remémorer l'instant exact de la photo.

– Elle s'appelait Léa. Devenue religieuse, comme moi. Elle a disparu quand nous avions la vingtaine, répondit-elle enfin. Elle a quitté Haut-de-Cœur et je ne l'ai jamais revue.

– Vous vivez donc avec deux fantômes.

– C'est une façon de voir les choses. Selon moi, ce sont mes souvenirs qui me tiennent compagnie.

– Cette fillette… C'est étonnant, elle me paraît familière. Comme si elle me rappelait quelqu'un…

– Tu ne l'as jamais rencontrée, mon garçon, répliqua Marie. Elle est partie bien avant ton arrivée parmi nous.

L'inspecteur haussa les épaules.

– Si je l'avais croisée, je m'en souviendrais. Je n'oublie jamais un visage.

Il n'ajouta pas que l'image le renvoyait fortement à sa propre enfance, quand il formait avec Jeanne Gauthier et Antoine de Maison-Rouge un trio des plus remuants. Antoine vivait au château de Nobles-Pierres et Jeanne avait été adoptée, mais les compères se retrouvaient chaque jour pour la classe et restaient ensemble jusqu'au soir. L'époque bénie de leur insouciance.

– Alors, ma sœur. Votre emploi du temps de ce matin ?

– J'étais ici, avec Jeanne. Nous avons prié pour le salut des pauvres.

L'inspecteur soupira, ne sachant ce qui l'offensait le plus : que sœur Marie lui serve un mensonge ou qu'elle se donne si peu de mal pour être crédible. Il soutint un instant le regard insondable de la prieure puis se leva, faisant tinter les nombreuses boucles de ses bottes.

– Bien. Je vous laisse, ma sœur.

– Ma réponse ne semble pas te satisfaire.

– Je suis policier, sœur Marie. Ne pas me satisfaire d'un mensonge, c'est la base.

– Je ne pratique pas le mensonge, mon petit. Cela ne se fait pas, dans ma vocation.

– Allons donc. Tout le monde pratique le mensonge, même vous. Un conseil, cependant : Jeanne est d'une nature égoïste. Elle n'est pas du genre à prier pour les pauvres. Vous devriez écrire une meilleure histoire, pour la prochaine fois.

– Tu te trompes, Matthias. Tu te trompes sur toute la ligne.

– Peut-être que ni vous ni Jeanne n'avez tué TS. Mais si je suis sûr d'une chose, c'est bien que vous n'étiez pas en train de prier pour les pauvres cette nuit. Bonne journée, ma sœur. Ne vous dérangez pas, je connais le chemin.

Chapitre 4

À la tombée du jour, Esther Louve se présenta à la Boucherie Centrale, en contrebas de la rue Basse, et trouva porte close. Comme elle était encombrée du cadavre de TS et qu'elle ne souhaitait pas rester plantée en pleine rue, elle plongea la main dans la poche de sa pelisse et en sortit un outil long et fin, terminé par un crochet. Elle l'introduisit adroitement dans la serrure, fit pression, tourna d'un coup sec. Le mécanisme céda sans mal.

Plongée dans la pénombre, l'échoppe sentait la viande avariée et le mauvais hydromel. Il y avait fort à parier que Jacques Pertuis, charcutier de son état, ronflait comme un bienheureux, ivre mort dans un coin. Esther avisa une seconde porte, dissimulée sous une lourde tenture au fond de la boutique. Sans hésitation, elle tira son paquet dans cette direction, laissant dans son sillage des traînées de neige fondue. Les étals étaient vides, les vitrines portaient des traces de doigts et de souillures.

Imperméable à l'atmosphère sinistre, Esther souleva la tenture et ouvrit la porte de la glacière enterrée. Elle découvrit un escalier qui plongeait dans l'obscurité, tout juste éclairé par une ampoule vacillante. La jeune femme réprima un frisson et entreprit la descente de son cadavre. La cave au plafond bas, saturée d'outils effrayants, d'engins de découpe, de planches et vieilleries en tout genre, faisait office de sas avant la chambre froide, qui s'ouvrait sur le côté opposé. Sans s'attarder, Esther y pénétra et referma la porte derrière elle. À son grand soulagement, l'endroit était vide, seulement occupé par un plan de découpe et une série de crochets suspendus au plafond. Le courant d'air causé par l'ouverture du sas les fit grincer, rompant le pesant silence.

Sans attendre, elle se mit à la tâche.

Quand Matthias Lavau la rejoignit quelques instants plus tard, elle était grossièrement attifée d'un manteau en sergé serré à la taille par une épaisse ceinture et alignait une myriade d'instruments aiguisés sur un plateau en fer. Un monceau de vêtements de guerre gisait à ses pieds, tachés de sang et roulés en boule. Quelques ampoules fatiguées jetaient une lumière bleutée sur le plan de découpe de la viande, où Thomas Sorel s'étalait comme une entrecôte, nu et les jambes pendant dans le vide. Il était plus grand que le gibier habituel. Déjà, sa peau prenait la couleur vert-de-gris de la décomposition. Matthias en resta pantois. D'une voix qui résonna dans ce lieu froid et inquiétant, il s'exclama :

– Seigneur, Esther, comment vous êtes-vous débrouillée pour le sortir de la cave et me le servir sur cette table ?

Sans s'émouvoir, Esther Louve tira de sa poche une paire d'étonnantes bésicles qu'elle chaussa sur son nez. Fabriquées à partir de lunettes d'aviateur, elles tenaient sur la tête au moyen d'un lien de cuir noué dans les cheveux. Deux grosses lentilles cerclées de bronze poli avaient remplacé les verres d'origine. Sur la lentille droite, une main ingénieuse avait monté deux loupes de grossissements différents, de taille plus réduite. Sur la lentille gauche, une minuscule montre à gousset dont Matthias ne parvenait pas à comprendre l'utilité. Les bésicles conféraient à Esther un air de chouette cinoque qui n'était pas des plus rassurants.

L'inspecteur la trouvait proprement fascinante.

– Je me suis introduite dans la mairie en passant par le couloir de la prison. Figurez-vous que Lestrange conservait ces manteaux de tranchée dans une armoire, pour les conscrits.

Matthias leva les sourcils, en proie au scepticisme le plus total.

– J'en ai volé quelques-uns pour envelopper le cadavre. Le sergé est imperméable et ne laisse pas de fibre. J'en ai pris un pour vous. Je savais que nous aurions froid, ce soir.

Elle lui tendit le vêtement.

– Et pour le soulever ? Vous avez eu de l'aide ?

Sans répondre, elle enfila une paire de gants et saisit un scalpel issu de la trousse médicale de Matthias, ouverte à côté de la tête de TS.

– Expliquez-vous, Esther. Comment avez-vous fait ?

– Comment croyez-vous, à la fin ? J'ai demandé au Vieil Anar de m'aider à l'enrouler dans les manteaux et à le sortir de la cave. Ensuite, je l'ai tiré jusqu'ici. Et avec ça votre matériel. Peut-on commencer ?

Le policier secoua la tête, incrédule.

– Vous avez demandé au Vieil Anar. Mais…

– Mais rien, le coupa Esther dont il éprouvait la patience. Le type n'a plus de mâchoire, je crois qu'on peut lui faire confiance pour garder nos secrets. Et de toute façon, je n'avais beaucoup d'options, vous m'aviez faussé compagnie.

Matthias ignora la pique et désigna le corps, préférant changer de sujet.

– Vous avez conscience que nous sommes loin de réunir les conditions optimales pour une autopsie, Esther ? Que nous ne pourrons certainement pas exploiter nos relevés, ni même procéder de façon académique, faute de moyens ?

La jeune femme croisa les bras, le scalpel pointant vers le plafond. L'indécision de l'inspecteur lui portait sur les nerfs.

– Nous aurions pu l'emmener en forêt se faire grignoter par les sangliers. C'est vous qui m'avez…

Il lui coupa la parole d'un geste, balayant ses propres doutes aussi vite qu'ils lui étaient venus.

– J'ai apporté l'appareil photographique. Allez-y, prenez-le. Il faut des clichés de la gorge. Ne lésinez pas.

Esther s'empara du Brownie 2 et mitrailla la plaie béante comme une rose rouge sanguinolente. Ce faisant, elle commenta d'un ton neutre :

– Les chairs sont complètement déchiquetées. Notre bonhomme a été charcuté comme une pièce de viande. Il a dû souffrir le martyre, ajouta-t-elle d'un ton atone.

Elle disait « Repassez-moi un peu de café voulez-vous » avec la même inflexion.

– Visiblement, personne n'a rien entendu, sinon on aurait bien trouvé un péquenot pour nous raconter qu'il a été réveillé en pleine nuit par des cris de goret. Mais rien, pas un mot. À part les quelques personnes auxquelles j'ai moi-même appris la nouvelle, personne n'a l'air de savoir que TS est mort.

– Celui qui a fait ça s'est servi d'une lame émoussée. Et rouillée, si j'en crois les traces sur les bords, là… Regardez.

– Ça ira, merci bien. Passons à la suite.

Mais Esther resta courbée sur le mort, plissant les paupières derrière les bésicles. Les effluves de putréfaction imprégnaient ses cheveux, son corsage et jusqu'à sa peau ; c'était une horreur, mais dieu du ciel ses narines frémissaient à peine. Ses yeux avaient glissé de la gorge à la face du défunt, dont elle saisit le menton.

– C'est étrange…

– Quoi donc ?

– Tout ce sang autour de sa bouche. Je croyais qu'il s'agissait d'éclaboussures résultant de l'égorgement, mais…

Esther posa une main sur le front de TS pour prendre appui et écarta d'un coup sec les mâchoires du pauvre bougre. Fait rare, une grimace déforma son visage et elle opéra un léger recul.

– Seigneur. Il n'est pas étonnant que personne ne l'ait entendu vagir comme un veau orphelin.

– Pourquoi ? Qu'avez-vous trouvé ?

– Il manque sa langue.

– Quoi ?

Esther leva la tête vers Matthias et désigna l'orifice buccal du cadavre. À nouveau, elle arborait cet air subtilement condescendant qui, dans la pâle lumière de la glacière, lui donnait des airs d'institutrice de l'au-delà.

– L'assassin lui a coupé la langue, inspecteur. Elle ne se trouve plus dans sa bouche. Et à en juger par la quantité de sang, TS était bien vivant quand il en a été délesté.

Le policier en resta saisi. De la distance à laquelle il se trouvait, qui était tout à fait respectable, il fixa les lèvres ensanglantées de TS.

– Mais où est-elle ?

La jeune femme haussa les épaules.

– Comment voulez-vous que je le sache ?

– Enfin, pourquoi lui couper la langue ?

Matthias se mit à faire les cent pas dans la chambre froide. Grand comme il était, il effleurait malgré lui les crochets de boucher, provoquant d'agaçants cliquetis, et réfléchissait à voix haute.

– Cela n'a pas de sens. Pour l'empêcher de crier, il suffisait de l'assommer d'un bon coup sur le crâne. Si ce crétin de TS a essayé de se débattre, il est évident que lui arracher la langue n'était pas le moyen le plus efficace de le réduire au silence. Non, on l'a torturé dans un but bien précis, mais lequel ? Le meurtrier a signé son crime. Quel que soit le grief qu'il avait contre Sorel, la mort mettait un terme à tout cela. Un terme pour le moins définitif. Nous devons donc voir en cette langue une autre signification. Un message.

Esther n'écoutait que d'une oreille distraite les spéculations de l'inspecteur, occupée à poursuivre l'examen externe de manière fort peu académique. Elle n'était pas docteure – elle ne s'était pas présentée aux examens de la formation d'infirmière et le métier de légiste n'était pas accessible aux gens de son sexe –, mais à la limite qui s'en souciait : le mort, ça ne le dérangeait pas et Matthias, eh bien Matthias était bien content qu'elle fasse le boulot à sa place. Réglant les loupes de ses bésicles, elle se courba sur la figure de TS. Elle scruta chaque centimètre de peau de ce visage gras avant de se redresser.

– Traces bleutées sur la face, commenta-t-elle.

– Cyanose, répliqua laconiquement le policier. Vérifiez ses ongles. Les mains et les pieds.

Esther examina l'extrémité des membres recroquevillés, manifestations de la rigidité cadavérique, et hocha la tête.

– Oui, sur les ongles. C'est léger, mais indéniable.

– Tout cela est de plus en plus confus. La cyanose indique clairement que TS manquait d'oxygène juste avant de mourir. A-t-on essayé de l'étouffer avant de capituler et d'en recourir à une méthode d'assassinat plus radicale en l'égorgeant ? À moins qu'on ait voulu intentionnellement le supplicier.

Les loupes d'Esther glissèrent sur l'abdomen gonflé du bonhomme, puis sur son torse qui présentait une large ecchymose violacée, aussi fraîche que la mort elle-même. *Comme c'est curieux. On dirait que cet imbécile a été attaqué avec un bélier en plein thorax. À moins...* Son regard se promena entre l'hématome et la bouche sans langue de TS. Puis elle tendit le bras par-dessus le plan de découpe et Matthias s'empara de ses doigts. Malgré la température glaciale, ils étaient chauds. Prenant appui sur son acolyte, Esther escalada le corps et s'assit sur son torse, coinçant les deux bras de TS le long de son corps.

– Voyez ! Il n'y a aucune trace de lien ou de corde autour de ses poignets. Il n'a pas été attaché. Reste une possibilité. Le meurtrier est suffisamment costaud pour s'être assis sur lui de cette façon, en immobilisant ses bras avec ses cuisses, comme ça. Avec un tel poids, TS a eu la sensation d'étouffer, a ouvert la bouche et schlak !

La jeune femme mina l'ablation d'un air très investi. Le policier considéra la démonstration avec une attention toute scientifique.

– Si vous avez raison, l'homme que nous recherchons doit peser au moins deux cents livres. Cela explique les ecchymoses.

– Précisément. Et si Sorel était fin soûl – ce qui ne serait pas étonnant –, le meurtrier a eu d'autant moins de difficultés à exécuter sa besogne.

Matthias ébaucha un sourire.

– Nous progressons. L'assassin s'est assis sur TS et lui a sectionné la langue, avant de le saigner comme un cochon.

D'un mouvement aussi souple qu'élégant, Esther se retourna et se retrouva assise sur le torse du cadavre, faisant à présent face à ses pieds. Se penchant sans pudeur sur ses parties génitales, elle avisa, emmêlé dans les poils pubiens, un long cheveu noir. Le saisissant avec une fine pince de métal, elle le leva à hauteur de ses yeux.

– Je dirais que notre bon ami est allé fourrer sa langue là où il ne devait pas. Regardez-moi ça.

Matthias s'approcha, visiblement à contrecœur. Il contempla la trouvaille d'un œil circonspect.

– Un cheveu, et alors ? Il pourrait appartenir à n'importe qui.

– En tout cas, il n'appartient pas à Jeanne Sorel. Il est trop long et trop foncé. Et si tout le monde a bien des cheveux, j'imagine que tout le monde ne va pas en fourrer une mèche dans le caleçon de TS.

– Vous pensez à une histoire de coucherie ? Seigneur, c'est d'un banal. Ce rustre avait une amante ! Moi qui n'ai toujours pas compris comment il a pu trouver une femme, alors deux…

Esther plaça le cheveu dans une enveloppe qu'elle tendit au policier. Il la glissa dans sa veste.

– Vous pensez qu'un mari jaloux aurait réglé son compte à ce bourreau des cœurs ? demanda-t-elle.

– Pas vous ?

– Ça n'explique pas vraiment la mutilation. Un mari jaloux se serait laissé emporter par la colère et aurait agi impulsivement. Dans le cas de TS, il me semble qu'il fallait du sang-froid. Peut-être même de la préméditation.

– Sauf si le cocu a ruminé sa mauvaise fortune avant de passer à l'acte. Auquel cas, il aurait pu mettre en scène sa revanche.

– Hum, fit Esther. Ça demande de l'estomac, de mutiler un homme avant de l'occire froidement. Qui donc a pu…

– C'est bien ce que nous cherchons, ma chère. Continuez.

Esther rajusta ses gants et se plongea dans l'examen des parties génitales et de la marge anale. Elle n'en montra rien, mais un goût de vomi lui envahit la bouche. Quand ses doigts effleurèrent une masse spongieuse et molle, elle serra les dents et réprima le frisson de pur dégoût qui lui parcourait l'échine. Esther était dure en affaires, mais pas insensible à ce point.

– Je crois bien que j'ai trouvé la langue, dit-elle sobrement. Nous y voilà. L'assassin a découpé la langue de notre ami et l'a fourrée dans son cul.

L'inspecteur se détourna, livide.

– Je crois que votre message est clair, poursuivit Esther en descendant de son perchoir insolite. *Mon cher TS, tu avais la langue trop bien pendue. Va donc te la mettre…*

– Ça va, Esther. J'ai saisi. À tout hasard, reste-t-il de la poudre de carbone ?

– Une pincée.

– Faites un relevé d'empreintes sur cette langue. Sait-on jamais, notre criminel ne s'est peut-être pas méfié.

– Je ne souhaite pas particulièrement toucher à cet organe. On ne peut pas l'envoyer à vos amis de Lyon ?

– Nous sommes en temps de guerre, Esther. Si nous obtenons une identification d'empreinte, nous serons déjà extrêmement chanceux. Si nous envoyons directement la langue… autant la jeter aux chiens.

– Très bien.

Esther déposa la langue sur le plateau métallique et la saupoudra de poudre noire de carbone. À sa grande surprise, une empreinte de pouce se dessina nettement.

– Quelle imprudence. Pourquoi le meurtrier aurait-il omis d'enfiler ses gants pour procéder à son… opération ?

– Il n'a certainement pas pensé aux empreintes qu'il laissait… Les relevés ne sont pas encore si répandus.

La jeune femme acheva sa manipulation et scella le résultat dans une seconde enveloppe, qui rejoignit la première dans la poche de Matthias.

Esther s'empara alors d'un scalpel et opéra une crevée dans le bras droit de TS. Tels les viscères d'un poisson éventré, les tissus musculaires froids et visqueux brillèrent sous la lumière bleutée. Matthias recula.

– Que faites-vous ? C'est inutile. Tous les prélèvements que nous pourrons faire seront perdus avant de parvenir au laboratoire pour analyse. Il va falloir nous contenter de ce que nous avons pu découvrir de l'examen externe.

– Je sais. Mais voyez, là. TS a une cicatrice sur l'avant-bras. Je vais regarder ce qu'il y a en dessous.

– Que voudriez-vous qu'il y ait ? Il s'est coupé, voilà tout ! Et cette cicatrice m'a l'air bien ancienne.

– Elle l'est probablement. Je n'en ai pas pour longtemps.

Esther travailla quelques minutes en silence, ignorant la nervosité de l'inspecteur qui gesticulait dans la glacière. Elle y alla d'une belle énergie (on n'allait pas y passer la nuit), taillant dans le muscle comme dans une cuisse de poulet, grattant l'os de la pointe de sa lame.

Tout ce qui donnait à l'inspecteur envie de rendre le contenu de son estomac ne faisait ni chaud ni froid à la jeune femme : les effluves de viande froide, les relents de putréfaction et d'excréments, non, rien. Matthias, lui, sentait chaque poil de son corps se dresser au son du scalpel sur le radius de TS.

Enfin, Esther trouva. La chose n'avait en réalité pas grand intérêt, son cœur se pinça de déception. Elle referma grossièrement le bras de TS en soupirant.

– Alors ? hasarda Matthias. Que dissimulait-elle d'extravagant, cette cicatrice ?

– Oh, ce n'était rien. Notre ami a dû se fracturer le bras quand il était enfant. L'os porte une marque là où il s'est ressoudé.

– En quoi cela intéresse-t-il notre affaire ?

– En rien.

Je n'aime pas les secrets, voilà tout.

À minuit passé, sales et empestant le macchabée, Matthias Lavau et Esther Louve regagnèrent la maison de la rue des Juifs. Thomas Sorel, puisse-t-il reposer en paix malgré tous les méfaits qui lui collaient au pedigree, était ficelé comme un saucisson dans quelques manteaux de tranchée, dans la glacière du boucher Jacques Pertuis. On le remettrait au croque-mort le lendemain, ou on le laisserait moisir dans le sous-sol de la charcuterie sans plus s'en occuper. Personne ne l'aimait et son cadavre avait appris à l'inspecteur tout ce qu'il pouvait lui apprendre. Matthias comme Esther se fichait pas mal de ce qu'il adviendrait du corps. Pour l'heure, ils étaient épuisés et affamés.

Cela n'empêcha pas Matthias de jacasser sur tout le trajet du retour ; il récapitula quatre fois la série d'indices en leur possession, tâchant de tirer de là d'invraisemblables conclusions. Esther lui fit remarquer qu'il donnait au défunt une importance qu'il n'avait jamais eue de son vivant.

Gelés jusqu'aux os malgré leurs habits d'hiver, ils se hâtèrent de regagner le 7, rue des Juifs et refermèrent la porte de la maison sur la nuit glaciale. Au centre de la cuisine, le poêle projetait un halo orangé sur le parquet patiné, contrastant avec les lueurs bleutées qui filtraient par les fenêtres. *Il ne fait jamais ni tout à fait jour, ni tout à fait nuit*, songea Esther en ôtant sa pelisse pour la suspendre au portemanteau. Elle déboutonna ses gants et les glissa dans les poches de la pelisse, puis souffla dans ses mains pour les réchauffer. Tandis que Matthias s'activait à ranimer le poêle, elle plaça la bouilloire sur le réchaud et disposa sur la table les restes de pain et de fromage, enroulés dans un linge. La plupart des pots et des jarres entassés sur les casiers de bois qui tapissaient le mur étaient vides, à l'exception de quelques conserves et de légumes secs. Une table en chêne massif occupait une bonne partie de l'espace et, le long du mur opposé aux casiers, un escalier menait à l'étage.

La bouilloire siffla ; le large dos de Matthias se redressa, s'étirant vers le plafond au risque de cogner l'ampoule nue et vacillante qui éclairait chichement la pièce. Il se retourna et Esther ne put s'empêcher de le trouver effrayant, ainsi accoutré de son casque et du masque de cuir qui dissimulait l'entièreté de son visage. Cette allure le rendait inquiétant. Elle le soupçonnait au demeurant de conserver son attirail de motard dans l'unique but de se faire craindre.

L'inspecteur ôta casque, lunettes et masque et les abandonna sur la table. Esther réprima une moue irritée, garda pour elle la réflexion qui lui brûlait la langue. Esther aimait l'ordre, Matthias était un chaos envahissant. Elle se servit une tasse de thé et se dirigea vers l'escalier.

– Bien. Bonne nuit, inspecteur.

Il grogna quelque chose, se défit de son cache-poussière et le suspendit au-dessus du poêle pour le faire sécher. Il s'assit enfin devant le pain et le fromage, adressa un distrait signe de main à Esther et plongea dans ses pensées. Il songeait à TS.

Esther monta au premier étage, ses longs doigts enroulés autour de sa tasse. Après être passée au cabinet de toilettes, elle se rendit dans sa chambre, adjacente à celle de l'inspecteur, et s'y enferma. Au-dehors, la neige avait recommencé à tomber. Esther gratta une allumette, alluma une bougie sur la minuscule coiffeuse qui, avec le lit étroit, la commode et la chaise, constituait l'unique mobilier d'une chambrette aux dimensions très réduites.

Elle s'assit sur le lit, ôta ses bottines. Puis, avec lenteur, elle défit chacun des dix-sept boutons de la collerette de cuir qui lui enserrait le cou et les épaules. La pièce de vêtement fut abandonnée sur la chaise. Esther s'étira, massant doucement la peau de son cou sous la chemise blanche. Elle but son thé, observant la neige tomber à travers le carreau. *Et cet hiver qui n'en finit pas.*

Tendant l'oreille, elle entendit Matthias qui faisait les cent pas dans la cuisine, s'arrêtant parfois devant le poêle, probablement pour se réchauffer les mains. Esther se leva et, prenant appui sur ses pieds, tira la commode pour révéler le pan de mur contre lequel elle était adossée. L'affaire ne fit guère plus de bruit qu'un grincement de parquet.

Elle s'assit devant le mur, le dos alangui contre le lit, et contempla son travail.

Le papier peint était recouvert d'inscriptions, de flèches, de dates, de noms tracés à la craie. *Jeanne Sorel, travail, Guy Lestrange, amie, Adèle Lestrange, prieure Marie, Serge Cordier, forêt, pigeonnier, où ? Combe-Lavau, loups, orphelinat, guerre, Antoine de Maison-Rouge.* Au centre de cet écheveau d'informations, les initiales de TS soulignées plusieurs fois.

Esther passa les doigts dans ses cheveux, réprimant une furieuse envie de hurler. Elle était venue à Haut-de-Cœur *pour lui.* Il y avait, entre TS et elle, une ardoise dont on avait tenté d'effacer à la va-vite les traces de craie. Hélas, celles-ci luisaient encore, comme des taches incrustées sur un parquet pourtant maintes fois briqué. Ils avaient ensemble une histoire à solder. Elle avait craint au début qu'il ne la reconnaisse, mais les yeux du bonhomme avaient glissé sur elle comme ils glissaient sur les autres ; avec apathie.

Esther ferma les yeux. Le hurlement s'estompa entre ses dents serrées, la colère sourde qui menaçait de déferler refoula. La contrariété en revanche refusa de se dissiper. *Il était ma seule piste, et voilà qu'il est mort ! Mort ! Sorel devait me mener à* lui. *Son complice. Serait-ce ce complice qui l'a occis ? Pour m'empêcher de le démasquer ? Comment diable vais-je le trouver, à présent ?*

Percluse de fatigue, Esther se redressa et remit la commode en place. Elle devait réfléchir, et pour réfléchir elle devait dormir. Bercée par les pas de Matthias au rez-de-chaussée, elle revêtit ses habits de nuit et se glissa dans sa couche. La lueur orangée de la bougie dansait devant ses yeux.

Chapitre 5

L'exécrable et consternante vie de Thomas Sorel

Plus de cinquante ans avant que sa vie ne s'achève sur le plan de découpe d'un boucher, Thomas Sorel avait été, comme tout le monde, un enfant.

Sœur Marie se souviendrait toujours de l'arrivée de ce nourrisson famélique au couvent des Ursulines. Il était déjà laid, ayant de toute évidence hérité du faciès de sa mère, une pauvresse au visage émacié et bosselé de cicatrices qui portait sur elle la misère comme une chose banale et douloureuse.

À Grand-Cœur, un bourgeois débauché avait engrossé une jeunette travaillant pour un proxénète rigolo et affable qui la cajolait malgré sa mocheté. Peut-être était-ce la raison pour laquelle il la protégeait, cette vilaine figure qui la rendait discrète et vulnérable. Heureusement pour lui et sa douteuse profession, elle se montra moins timide avec son con, s'appliquant à la tâche d'apporter toujours satisfaction à son bienfaiteur. Ils en étaient là, contents comme tout de leur arrangement, quand le bourgeois entra en scène et, ébloui par les prouesses de la vilaine fille, se déclara tout à trac amoureux, transi, éperdu, prêt sur-le-champ à contracter le mariage. Flairant le coup fourré, le gentil proxénète mit sa protégée en garde, lui conseillant de cesser tout rapport avec le bourgeois séance tenante. Un bourgeois épousant une catin, ce serait une première ! Sans plus de succès que s'il avait tenté de raisonner l'idiot du village, il regarda la fille se pâmer et succomber, s'abêtir jusqu'à croire aux rêves absurdes que le jeune homme lui soufflait à l'oreille. Il secoua la tête, affligé, et se désintéressa de l'affaire.

Le bourgeois sema ses ennuis dans le ventre de la fille et l'abandonna aussitôt.

Elle pleura un peu et, quelque bon sens lui revenant dans le crâne, entreprit de trouver un travail pour subvenir aux besoins de l'enfant. Elle chercha à se placer en tant que bonne dans une famille, gouvernante chez un curé, vendeuse dans un commerce ; elle offrit ses services de ménagère, de nettoyeuse, de main-d'œuvre sur les marchés. Ce fut peine perdue. L'époque traitait ces femmes-là comme de vieilles loques usagées, ayant essuyé la merde d'un autre et impropres à la reconversion. Elle était bonne à mourir.

Quelques hommes suffisamment affamés pour ne pas se montrer regardants lui jetèrent des piécettes contre ses anciennes faveurs ; elle découvrit qu'elle avait perdu son talent et en tint son ventre grossissant responsable. Thomas Sorel fut détesté avant même de voir le jour.

La clientèle se fit rare. La fille perdit ses cheveux par touffes et plusieurs de ses dents tombèrent. Quatre jours après sa délivrance, elle prit la route de Haut-de-Cœur, où elle savait qu'on récupérait les petits indésirables. Ainsi, elle se présenta à la porte bleue des Ursulines et tendit son paquet à Marie, jeune novice de quinze ans. Refoulant son dégoût tant pour la mère que pour l'enfant, cette dernière reçut le petit dans ses bras et regarda la femme décharnée tourner immédiatement les talons.

Thomas Sorel avait manqué être fils de bourgeois ; il se retrouvait laissé pour compte et ne s'en remettrait jamais.

L'enfant grandit au Clos, sous l'œil bienveillant de Marie qui, ayant recueilli son premier orphelin, conçut pour lui un sentiment particulier. Elle le couva, le nourrit, lui enseigna à marcher et à parler, veilla sur ses progrès scolaires avec dévouement. Cependant, jamais TS ne s'attacha à Marie comme elle s'attacha à lui, jamais il ne lui rendit une once d'affection, ne lui pardonnant pas de n'être qu'une bonne sœur mariée à Dieu, une maîtresse d'école, une nourrice de circonstance.

À l'orphelinat, Thomas avait peu de camarades. Porté sur la délation, il prenait plaisir à placer les autres en difficulté. Bien qu'ils aient tous souffert du même abandon, il estimait que ses camarades étaient mieux aimés que lui et il brûlait d'une intense frustration. Les larmes le guettaient sans cesse mais coulaient rarement ; il n'était pas idiot mais refusait de travailler en classe. Avoir tort le mettait en colère. Avoir raison le mettait en colère. Ne pas savoir le mettait en colère. Un regard, une parole, un geste le mettait en colère. Le petit était une boule de colère et de souffrance.

Quand il eut sept ou huit ans, les sœurs crurent qu'il allait finalement se lier d'amitié avec d'autres enfants. Ils étaient un petit groupe de garnements à faire le mur, minuit passé, pour se rendre sur la colline du Vieux-Château et se raconter les histoires de fantômes qui circulaient dans la région depuis des lustres. Le conte de la Dame Blanche en particulier les mettait en joie. Les gamins se planquaient au milieu des ruines et guettaient l'apparition du fantôme qui devait les conduire au trésor dissimulé dans le puits. Marie prétendait ne rien savoir de ces virées nocturnes ; elle se réjouissait que son protégé ait enfin trouvé quelques camarades. Hélas, cela ne dura pas.

À sa sortie de l'orphelinat, Thomas Sorel jeta son dévolu sur une fille de notable du bourg voisin, qui répondait au doux nom d'Adèle Cordier. Son père était un industriel renommé de Grand-Cœur. Elle était aimable et avait reçu une éducation de précepteurs qu'elle avait rapidement distancés. Âgée tout juste de vingt-trois ans, elle avait le teint éclatant de santé des gens bien nés sans en posséder la condescendance. Ses cheveux blonds tressés sur le côté lui conféraient un air de niaiserie que venaient démentir une conversation des plus fines et des yeux brillants d'intelligence. Sage et avisée, voilà ce qu'était la demoiselle Cordier ; une fierté pour messieurs dames ses parents. TS, qui n'était pas sot, sut quant à lui qu'il avait affaire à une femme à l'esprit exceptionnel.

Adèle, contre toute attente, se laissa amadouer par l'orphelin. Elle lui trouva, sous sa carapace rogue et mal élevée, un exotisme charmant. Les deux jeunes gens se mirent à se fréquenter dans les parcs et sur les promenades, flanqués sans cesse de madame Cordier. Cette dernière informa Serge, son époux, de cette étrange association et ils convinrent d'y mettre un terme. Thomas Sorel n'était après tout qu'un jardinier sans le sou et sans le moindre pedigree. Les Cordier ne rêvaient pas de cela pour leur précieuse progéniture. À la place, ils rêvaient d'un homme au large thorax, bien habillé de costumes trois pièces, une montre à gousset oscillant sur son veston. Ils rêvaient d'un ambitieux aux dents longues, si longues qu'elles creuseraient des tranchées dans le parquet de leur salon mondain. Ils rêvaient d'un prétendant au sourire froid et carnassier, à l'œil bleu et à la prestance impayable, un conquérant impitoyable qui saurait faire gravir à leur fille adorée les échelons de la société. Thomas Sorel ne ressemblait ni de près ni de loin à cet homme-là.

Guy Lestrange, en revanche, incarnait ce rêve à la perfection.

TS connaissait le bonhomme du temps où, traîné par sœur Marie, il visitait les pauvres des faubourgs pour leur apporter la charité. Guy Lestrange possédait les trois quarts des fermes et masures autour du village et, d'après les geigneries de ces loqueteux, se montrait implacable quand on en venait à la collecte des loyers. Il était riche et se préoccupait de le devenir plus encore ; il était important et comptait bien rafler la mairie de Haut-de-Cœur quand viendrait pour lui le temps de se présenter à l'élection. Un ambitieux, on a dit.

Ébloui par tant d'appétit, l'industriel Cordier proposa tout à trac à Guy Lestrange de lui donner sa fille en mariage. L'affaire fut conclue comme une transaction et la date du mariage arrêtée en quelques heures à peine.

De déconvenue, TS considéra l'idée d'assassiner Lestrange, pour lequel il ne nourrissait pas la moindre sympathie et qui, contrairement à Adèle, faisait montre d'un dédain tout à fait exceptionnel. Guy Lestrange, aux yeux d'un bouseux comme Thomas Sorel, se prenait pour un prince. Il se trompait sciemment sur les noms de ses interlocuteurs, donnant du François à un Thomas ou du Bernard à un Gilbert. Flanqué sans cesse d'un secrétaire bigleux au regard fuyant et terrifié – et qui répondait à tous les patronymes dont son maître l'affublait –, Lestrange avait la manie de lever la main, claquant des doigts, exigeant du malheureux une chose quelconque que l'autre devait deviner. Lestrange ne criait pas, estimant que c'était là la prérogative des fermiers et des petites gens. À la place, il optait pour un cynisme glacial qui vous donnait envie de ramper à reculons en psalmodiant des excuses. L'industriel lui-même frôlait l'obséquiosité en sa présence.

Guy Lestrange épousa Adèle Cordier sous le nez de TS et engagea ce dernier pour le seconder dans la gestion de ses affaires. C'est ainsi que TS manqua une nouvelle fois de faire son entrée dans la bourgeoisie, mais qu'il trouva un emploi.

*

À la surprise générale, TS convola en justes noces avec Jeanne Gauthier. On n'aurait pas imaginé couple plus mal assorti, d'autant qu'ils ne faisaient pas mystère de leur mutuelle détestation. Un mariage de convenance, d'arrangement mais qui ne semblait arranger ni l'un ni l'autre, un mariage d'intérêt dont on ne voyait pas bien à qui profitait quoi. On pensa qu'ils se rabattaient l'un sur l'autre après une déconvenue (on n'avait pas vraiment tort, le sévère béguin de Thomas pour Adèle était de notoriété publique). Bien que pressés de questions, ni l'un, ni l'autre ne jugea bon d'expliquer les raisons d'une telle décision.

Comme on n'en était plus à une aberration près, le Reich déclara la guerre à la France quelque temps plus tard. À Haut-de-Cœur, les foules ne furent pas exactement emballées. L'archiduc François-Ferdinand, tout le monde s'en fichait pas mal et personne ne comprenait en quoi c'étaient les oignons des gens de Bourgogne d'aller se battre pour une histoire survenue à des milliers de kilomètres. Seul TS reçut l'information avec indifférence. Puisqu'il le fallait il irait à la guerre et son expérience serait celle d'un homme à la chance de cocu.

Il en est ainsi des êtres humains. Les meilleurs sont fauchés par des cargaisons de fléaux – maladies, famines, sécheresses, épidémies, accidents, conflits, en général il y a l'embarras du choix. Les raclures de ce monde, en revanche, s'en tirent généralement à bon compte, vivant vieux de largesses mal acquises. La méchanceté est une eau de jouvence.

TS, durant les mois qu'il passa sur le front, ne s'en tira pas si mal dans ce sens qu'il ne perdit pas de membre sur une mine, ne fut pas défiguré par un éclat d'obus. Les tranchées lui semblèrent une immense fosse à purin grouillant de vermine, dans laquelle il se vautra sans enthousiasme, mais sans répulsion. Il ne prit pas la guerre autrement qu'il avait pris sa jeunesse, son douteux métier de rançonneur de loyers ou son mariage. Les combats ne furent qu'une expérience supplémentaire peu digne d'intérêt, la suite de sa vie tristement médiocre.

Après l'appel du tocsin, Thomas Sorel avait mis en ordre quelques affaires qu'il avait en cours pour Guy Lestrange – que l'âge préserva des affres du combat – et, suivant les instructions stipulées dans son livret individuel de mobilisation, s'était rendu place de la mairie. Un fourgon à bestiaux devait conduire les appelés jusqu'à Grand-Cœur. TS arborait une paire de bottes en cuir flambant neuves, présent du maire en guise de bonne chance, et fumait un énorme cigare pour se calmer les nerfs. Une foule compacte s'était rassemblée sur la place pour voir partir les hommes. Jeanne attendait, agitée d'un tic d'excitation, aux côtés de sa mère. Les deux femmes étaient présentes pour la galerie, TS le savait mais ne s'en émut pas. Il fit claquer ses bottes et souffla son tabac nauséabond dans le visage de Jeanne.

– Tu n'en peux plus d'attendre, n'est-ce pas ? Tu te réjouis de me voir partir au front.

La jeune femme offrit à son mari un sourire carnassier.

– Tu ne crois pas si bien dire. Quand on m'écrira pour me dire que tu t'es fait déchiqueter par un char, je m'empresserai de leur répondre de garder tes restes pour nourrir les chiens.

Le prêtre était là, ainsi que la prieure. Les femmes serraient leurs hommes et leurs fils dans leurs bras. TS résista au désir de gifler son impertinente épouse. Dédaigneux, il tourna la tête en direction du perron de la mairie.

Adèle Lestrange se tenait en haut des marches, élégante comme à l'accoutumée. Elle s'éventait discrètement avec un éventail de soie, ses yeux se promenant sur le visage des hommes appelés sous les drapeaux. TS croisa son regard et y lut une sourde inquiétude teintée de regrets. Le rançonneur se gonfla d'orgueil et de joie, enchanté de savoir qu'après toutes ces années, la belle se préoccupait toujours de lui. Elle avait perdu de sa fraîcheur, Adèle ; elle n'était plus si jolie qu'en sa tendre jeunesse. Pourtant, il se dégageait toujours d'elle une distinction et une finesse dont les autres femmes étaient dépourvues ; en cela, elle restait unique dans le cœur de TS.

Ils étaient sur le départ, galvanisés par les encouragements de leurs proches, prêts à en découdre avec l'ennemi quel qu'il soit pour revenir couverts de gloire et de médailles, quand une voix s'éleva de la rue du Coin-Naquet.

– Ne partez pas sans moi ! Monsieur le maire me jetterait en prison en pensant que je déserte déjà.

Antoine de Maison-Rouge fendit la foule. Vêtu d'une redingote rayée bleu et blanc à boutons d'or, passablement élimée et reprisée sur le devant, il portait en équilibre sur ses cheveux un haut-de-forme percé orné d'un ruban pourpre. Il tenait ce chapeau de son père, le vieux comte de Maison-Rouge, qui ne lui avait pas laissé grand-chose après son trépas. Quelques dettes et un château de ruines, c'était le plus tangible ; une petite quantité de souvenirs heureux, c'était le plus diffus. Alors, faute de mieux et parce qu'il était de nature nostalgique, Antoine avait récupéré le chapeau. Cela faisait très *comte*. Comme il n'avait pas eu la chance de se voir offrir des bottes neuves, il avait aux pieds de vieilles godasses de conscrit. Il tenait son fils Gustave par la main et sa femme, Louise, les suivait en s'efforçant de montrer bonne figure malgré ses yeux rougis.

TS considéra le nouvel arrivant, cigare aux lèvres. Au seuil de la guerre, mal nippé et vraisemblablement pauvre, ce comte du dimanche se prenait encore pour un lord. Il se croyait partout chez lui, cette ville était sa ville, il en foulait chaque pouce de terrain comme sa propre descente de lit. Il affichait un air conquérant et un sourire enjôleur, à vous donner envie de lui flanquer un poing sur la figure. TS se pencha vers Jeanne sans quitter Antoine du regard.

– C'est lui qui va clamser. Regarde ce coq ridicule qui parade. Il ne tiendra pas un mois. La volaille, elle se fait plumer dans les tranchées.

Arrivé à leur hauteur, Antoine salua Mélanie d'une bise familière sur la joue et darda ses yeux immenses et expressifs sur Jeanne. D'une pichenette, il cala son haut-de-forme sur l'arrière de son crâne.

– J'espère que l'on pensera à moi, quand je serai sous le feu de l'ennemi. Que l'on priera pour mon salut. Que des pensées bienfaisantes me seront adressées chaque jour.

Le rançonneur observa l'échange silencieux entre sa femme et son ancien camarade sans ressentir autre chose qu'un agacement pénible dû au qu'en-dira-t-on. Malgré lui, il admira le flegme dont Jeanne réussit à faire preuve – Dieu merci elle ne cédait pas à la niaiserie.

– Tu n'es pas le seul appelé sous les drapeaux, Antoine. Tous les hommes présents aujourd'hui auront besoin de nos prières.

– Pas tous, non.

Gustave s'accrochait à la manche de son père, qui ne quittait pas la jeune femme des yeux. Jeanne jetait des coups d'œil de côté, embarrassée par l'attention dont elle était l'objet. Mais le comte de Maison-Rouge se fichait pas mal des racontars. Il balayait d'un geste ces considérations, il en riait même avec une remarquable assurance. Ne comptaient que son instinct, son humeur, son envie de l'instant. Sur le point de rejoindre son régiment et peut-être d'y périr, Jeanne *était* son instinct, son humeur, son envie. Sa propre déconvenue, aussi.

– Votre femme vous attend, Maison-Rouge, dit TS en allumant un autre cigare.

Il parla sans animosité. Toute l'animosité de TS était réservée à Jeanne ; de façon surprenante, il frappait, menaçait, exigeait, extorquait sur le ton d'une banale conversation. Le bonhomme avait trouvé dans le mariage un canal pour déverser ses humeurs, son fiel. Antoine s'arracha à la contemplation de Jeanne et porta sur TS un regard dont on avait du mal à déterminer s'il était goguenard ou brûlant de haine. Selon l'angle, ce n'était pas clair. Il finit par s'éloigner.

Satisfait, TS claqua une bise sur la joue de son épouse et monta dans une fourgonnette.

– À bientôt, ma chérie. Garde notre lit bien chaud !

Mais Jeanne l'ignora. Elle regardait Antoine qui étreignait sa femme et son enfant avant de prendre place, à son tour, sur le plancher du véhicule.

TS fuma tout le temps que dura le trajet jusqu'à la gare de Grand-Cœur. Il pensait à Adèle Lestrange.

*

Sur le front, Thomas Sorel fut affecté à l'un des trois bataillons du dixième régiment d'infanterie, au casernement de Dijon, sous les ordres du commandant Cornet. Il n'en crut pas ses yeux : il se retrouva forcé de partager son baraquement avec Antoine de Maison-Rouge. Quelle absurdité ; on collait ensemble deux bonshommes qui se haïssaient et qui, s'ils avaient pu, auraient combattu dans deux armées opposées.

La semaine n'était pas conclue que Maison-Rouge s'était acoquiné avec les officiers et que les soldats lui becquetaient dans la main. Il était ce genre d'homme, qui séduisait au bal comme au champ de bataille les jeunes filles en fleurs comme les militaires aguerris. La chose lui venait naturellement, quand la sale gueule de TS le condamnait à bouffer ses rations avec le rebut de la société campé à proximité des latrines. Thomas n'en prit pas ombrage ; il n'était pas fayot dans l'âme et, de par sa misérable vie, se trouvait bien en compagnie de gens de sa trempe – c'est-à-dire à l'éthique discutable. Il jetait sur Maison-Rouge quand ils se croisaient une œillade indifférente mêlée de dédain. Après tout, Jeanne avait mis un terme à sa relation avec le bellâtre pour convoler avec lui, TS. La haine qu'il lisait perpétuellement dans les yeux d'Antoine lui rappelait cet état de fait, pour sa plus grande satisfaction.

La mort courut après Thomas Sorel et Antoine de Maison-Rouge tout au long des mois qui suivirent, sans jamais parvenir à les coincer. Tout le monde n'avait pas la même chance et ça hurlait, ça geignait, ça couinait de douleur à toute heure du jour et de la nuit dans les baraquements. Un tel vacarme, c'était insupportable, mais quand TS se plaignait, on lui répondait mon vieux, estime-toi heureux tu as encore toutes tes paires. Mes paires ? Ben oui, deux bras, deux jambes, deux yeux, deux couilles. Ah, d'accord, disait TS.

S'il faisait profil bas et tâchait de ne pas trop provoquer la Faucheuse, Maison-Rouge se pavanait comme un coq en pâte. La vanité transpirait de son uniforme et dégageait, aux narines de Thomas, un fumet nauséabond qui provoquait inexplicablement l'admiration chez les autres.

L'année suivante, le dixième d'infanterie s'installa dans la Marne, dans une tranchée de Tahure. C'était là que devait se jouer, pour Thomas Sorel et Antoine de Maison-Rouge, l'acte final de leur aversion tenace. Le matin du 25 septembre, une grande agitation régnait dans les boyaux – comprenez : les tranchées. Depuis près de soixante-dix heures, les troupes allemandes pilonnaient les pauvres soldats. Un assaut se préparait.

Vers huit heures quarante, Thomas Sorel se retrancha dans un coin de boyau avec pour petit-déjeuner une timbale de café et des boules de pain durci. Tout en mastiquant, il suivit un fusant du regard, rentra la tête dans ses épaules quand l'engin explosa plusieurs centaines de mètres plus loin. Il tentait d'ignorer la boue qui s'infiltrait dans ses godillots, dans ses poches et jusque dans ses dessous, formant des croûtes épaisses et faisant pourrir ses orteils. Un camarade passa devant lui en courant, glissa et s'étala de tout son long dans cette fange immonde.

Jetant aux rats les restes de sa pitance, TS s'ébroua. L'heure approchait.

À neuf heures, le commandant Cornet passa avec toute son escorte, le génie et quelques téléphonistes qui trottaient derrière lui. Ils allaient prendre leur emplacement et, peu à peu, les soldats du dixième se regroupèrent autour d'eux. Avant de passer le parapet, il fallait mettre de l'ordre aux affaires de sa conscience et Thomas tira de sa poche deux missives non cachetées. La première était pour sa femme, Jeanne. La veille, qu'il se sentait prolixe à narrer son horrible quotidien, il avait écrit : *Deux mots au son du canon pour te donner des nouvelles. Des corps gonflés, le spectacle de corbeaux repus de chairs verdâtres, les rats sortant des ventres, des essaims de mouches bourdonnants, voilà ce que je me targue de pouvoir contempler quand, l'ennui me prenant dans cette interminable attente, je me risque à jeter un œil au no man's land, entre notre tranchée et celle des autres. L'autre jour, j'ai pris une balle dans la cuisse, sans gravité du reste. Je me porte parfaitement à part cela et j'espère revenir dans un mois si je ne suis pas cané d'ici là.* TS sourit de sa propre plume, il se réjouissait d'insuffler à son épouse le désespoir de le voir revenir trop vite.

La seconde missive, à l'écriture plus soignée, disait ceci : *Ma bonne amie, j'ai faim sans avoir à manger, j'ai soif sans avoir à boire. J'ai sommeil sans pouvoir dormir et je meurs de froid sans pouvoir me réchauffer. Par-dessus le marché, j'ai eu des poux sans pouvoir me gratter ! Mais cela au moins est fini, et tout va bien. L'assaut est imminent et il faut espérer que quand je serai touché, je ne serai que blessé. Si je dois être tué, que je le sois au plus vite, et je compte sur vous, ma chère, pour prier en ce sens, si tant est qu'un dieu là-haut en ait quelque chose à faire de nos misères et de nos malheurs. La guerre, rien de tel pour vous fabriquer une génération d'athées.*

Il rangea les lettres et, baïonnette en main, rejoignit les soldats qui se massaient sous le parapet. Quelques flasques de gnôle circulaient de mains en mains, on s'en jetait une lampée derrière le gosier pour anesthésier les effets de la peur et de la poltronnerie qui ne manquaient pas de vous tomber dessus dans de tels moments. Les plus audacieux se dressaient plus que les autres pour observer le lamentable spectacle à la surface de la terre.

Maintes fois retournée par les bombardements, la plaine entre les deux tranchées était jonchée de bois et de barbelés auxquels restaient accrochés des lambeaux d'étoffes bleues, rouges ou grises, de corps sur lesquels couraient d'énormes rats et se posaient des oiseaux qui repartaient avec des morceaux de chair dans le bec. Des cadavres partout. Des jambes et des têtes sortaient de terre. Certains macchabées avaient la moitié du corps déchiquetée, plusieurs n'avaient plus d'habits et leurs chairs noirâtres s'en allaient en lambeaux. TS repensa brièvement à sa lettre pour Adèle ; non, décidément, il ne pouvait croire qu'un dieu laisserait ses brebis pourrir ainsi, toute dignité reléguée aux oubliettes, sans prière ni sépulture. L'horreur n'était que l'œuvre des hommes, il en savait quelque chose.

À neuf heures passées de quatorze minutes, le commandant Cornet lança la charge. C'était un brave, Cornet, et sa baïonnette au canon, il fonça le premier à l'assaut des tranchées ennemies. TS se ramassa sur lui-même et bondit souplement à sa suite. Ils franchirent sans peine les fils de fer, sans essuyer le feu adverse.

Les tranchées de première ligne ennemies avaient été évacuées ; les soldats du dixième d'infanterie passèrent sans mal et laissèrent sur place une équipe de nettoyeurs, chargée de débusquer les soldats ennemis qui se terraient peut-être encore dans les souterrains. TS, à présent, progressait aux côtés de Cornet, propulsé en avant par l'adrénaline. *Si je dois être tué, que je le sois au plus vite !* Aucune peur ne l'habitait, cet orphelin de Haut-de-Cœur dont l'existence ne valait pas plus cher que l'uniforme usagé qu'il portait. Il n'avait rien à transmettre, rien à laisser. Il pouvait bien mourir dans cette guerre, ce 25 septembre, dans ce no man's land immonde infesté de morts et de rongeurs à la fête. Il ne nourrissait qu'un unique regret, ce regret se prénommait Adèle.

À quelques mètres seulement de la deuxième ligne, l'ennemi surgit de ses boyaux. Hurlant telle une horde de Huns, TS et ses compagnons se ruèrent en avant, fusillant à bout portant. L'avantage ne faisant pas de doute, Cornet obtint la rémission immédiate des soldats et ordonna un rapide nettoyage des plus fanatiques d'entre eux. Thomas songea que cet assaut se déroulait remarquablement. S'octroyant un instant de répit, il but au goulot qu'on lui tendait ; une liqueur de pomme bon marché. Pour être vraiment honnête, il avait espéré davantage de résistance. On s'emmerdait depuis si longtemps ! Un peu plus loin, Maison-Rouge échangeait rires et claques dans le dos avec Cornet.

À nouveau, le commandant signifia le départ. Les rangs se reformèrent, réchauffés par la liqueur. Au pas de course, le dixième régiment dévala une colline puis remonta à fond de charge de l'autre côté pour conserver l'effet de surprise.

Une pluie d'acier assombrit soudain le ciel. Thomas, sans rien comprendre, regarda ses camarades tomber, fauchés par les tirs de mitraillette ou réduits en bouillie par les obus. Puis, ce fut son tour ; une violente explosion le projeta à terre, à plus de quinze mètres de l'endroit où il se trouvait un instant auparavant.

Pendant de longues secondes, le vacarme se tut et la guerre se joua en sourdine. Il n'entendit plus qu'un sourd bourdonnement, tandis qu'une substance chaude et visqueuse se répandait sur son visage. Il porta une main ensanglantée à sa joue, pensant qu'il ne rencontrerait qu'un trou béant, une masse de chair calcinée. Curieusement, il ne ressentait aucune douleur. Quand l'horrible symphonie du combat retentit à nouveau, TS réalisa que la substance sur sa joue appartenait en réalité à un homme déchiqueté, transformé en cataplasme humain. Il s'ébroua. Se relevant, il constata avec soulagement qu'il possédait encore tous ses membres en état de fonctionnement.

Il se mit à courir et aperçut indistinctement la silhouette d'un homme qui le talonnait de quelques pas.

Vingt mètres plus loin, une balle ennemie le frappa en pleine course et lui perfora le thorax. Tandis qu'il s'effondrait, TS adressa au ciel une prière de remerciements. *Voilà. Au plus vite, c'est bien. Dans quelques minutes, je serai mort. J'aurai traîné mes guêtres jusque-là.*

Antoine de Maison-Rouge, cette silhouette silencieuse qui ne l'avait pas quitté d'une semelle, le cueillit dans ses bras avant qu'il ne touche terre. Clignant des paupières, Thomas vit soudain apparaître dans son champ de vision la figure séduisante et hirsute de son rival ; il le vit fouiller la plaine ravagée du regard, à la recherche d'un abri, lui offrant un bouclier de son corps sous le feu nourri des tirs ennemis. Thomas aurait préféré être mort.

Il hurla de douleur quand Antoine, se redressant à demi, le chargea sur son dos et courut avec lui jusqu'à un trou d'obus bordé de troncs d'arbres morts, tombés en travers. Antoine le poussa de la botte sous un amas de branchages duquel s'échappa une dizaine de rats. Thomas porta la main à sa poitrine, haletant.

– Pas bouger, Sorel. Je vais te faire un pansement. On est à l'abri pour l'instant.

De son sac de survie, Antoine sortit un rouleau de bande et une flasque de whisky. TS en aurait bien pris quelques lampées, mais le whisky allait droit sur sa plaie sans passer par sa gorge.

– Je… je vais… tu diras à…

– Je dirai rien du tout, tu vas pas crever, pauvre con. Tu ne saignes presque pas, ce qui signifie que la balle s'est logée entre deux côtes sans toucher les organes vitaux.

TS se mordit la langue quand le comte de Maison-Rouge, rude comme un paysan, lui enserra le torse dans le pansement.

– Voilà, grommela Antoine. Ça tiendra bien quelques heures.

Le temps passa et bientôt, les canons et les mitraillettes se turent. Dans sa posture, TS ne voyait que le ciel assombri à travers le treillage de branches mortes. Un ciel telle une chape de plomb, missionné par Dieu pour envelopper d'un triste linceul tous les morts au champ de bataille. L'odeur de poudre et de chair calcinée lui fit venir les larmes aux yeux.

Le projectile lui ayant vraisemblablement brisé plusieurs côtes, chaque respiration était une souffrance. Mais TS était coriace et surtout, il était cartésien. Ce crétin de comte avait raison, on ne mourait pas de côtes fêlées ; Sorel se serait percé les deux poumons lui-même plutôt que de laisser échapper le moindre râle d'agonie en présence d'Antoine de Maison-Rouge.

Ce dernier se coula dans le trou d'obus aux côtés de TS avec la décontraction d'un aristocrate sur sa méridienne. Ses cheveux et sa barbe auburn étaient repoussants de saleté, il puait comme un chien galeux et de lourds cernes marquaient son visage. Pourtant, il exhalait encore cette insupportable nonchalance, cette suavité qui rendait son exceptionnel culot irrésistible. Un bouseux orphelin comme TS n'y était pas insensible.

Antoine alluma une cigarette et tira deux bouffées avant de glisser le mégot entre les lèvres de TS. Ce dernier inspira le tabac, escomptant quelque soulagement. Il en fut pour ses frais.

– Pourquoi m'avoir sauvé ? maugréa-t-il.

Le comte jeta un coup d'œil aux alentours.

– On dirait bien que l'on est coincés, mon vieux. Cornet s'est fait botter le train et a fait demi-tour. À part les corbeaux, les charognes et les charognards, nous sommes seuls à quelques dizaines de mètres de nos amis allemands.

Adressant un clin d'œil à TS, il poursuivit :

– Mais cette planque est parfaite, ils ne peuvent pas nous voir. Prions pour qu'ils ne fassent pas de sortie.

Magnifique. Je ne vais peut-être pas mourir de ma blessure, mais on me logera du plomb dans la tête avant demain.

– Tu aurais mieux fait de battre en retraite avec le reste du dixième.

Antoine secoua la tête.

– Et manquer l'occasion de passer un moment en ta compagnie ? Allons donc.

TS prit une nouvelle bouffée de tabac et toussa. La douleur le fit presque défaillir.

– Qu'est-ce que tu veux, Maison-Rouge ? Tu viens plaider pour ta maîtresse ? Me demander de lui lâcher du lest, c'est ça ? Occupe-toi donc de ta femme, elle est mignonne, ta femme. Laisse donc la mienne tranquille. Je te rappelle, elle t'a plaqué et elle m'a épousé.

Là, voilà, Thomas se sentait mieux. C'était quelque chose, de rabattre le caquet d'un comte. Antoine haussa les épaules.

– Plaider n'est pas mon point fort. On fera sans.

– On fera quoi ?

– Qu'est-ce que tu as cru ? Que tu allais mourir en soldat, sur le coup pour ne pas souffrir ? Trop facile pour une ordure comme toi, mon vieux.

Thomas ricana. Le calme était revenu, on n'entendait à présent plus que les gémissements des mourants dans le no man's land. Il songea aux deux lettres dans la poche de son uniforme.

– Quel est ton plan, dans ce cas ?

Antoine ne répondit pas immédiatement. Il regardait le ciel en souriant même s'il n'y avait pas de quoi sourire, et reprit enfin d'une voix douce :

– J'ai cru que je devenais fou, Sorel. Fou. Je ne comprenais pas pourquoi Jeanne mettait subitement un terme à notre amour. Ce n'était pas ma femme, bien sûr que non, ma femme ne lui avait jamais posé de cas de conscience jusque-là. C'est son petit côté hypocrite.

Le comte fit la moue, comme s'il racontait une anecdote sans importance mais qui l'irritait quand même un peu.

– Elle m'a quitté et, de tous les hommes, elle t'a choisi, *toi*. J'en ai ri. Tu me connais, je ris de tout. Quand j'ai appris qu'elle était enceinte, j'ai cru que tu étais le père et ça m'a brisé le cœur.

Antoine tira sur la cigarette, prit un instant pour expulser des ronds de fumée.

– Et puis tu l'as presque battue à mort, tuant net le nourrisson dans son ventre… Notre rupture précipitée, cette farce de mariage, tout a soudain fait sens. C'est mon bébé que tu as tué, Sorel.

Les mots résonnèrent dans le crépuscule. Thomas ne répondit pas. Il n'y avait rien à répondre, puisque Antoine disait vrai.

Jusque tard dans la nuit, il se demanda ce qu'Antoine de Maison-Rouge, dans sa croisade vengeresse, lui réservait.

*

Ils passèrent une deuxième journée dans le trou d'obus, continuellement sonnés par les shrapnels. Mille fois, TS crut sa dernière heure arrivée. Mille fois, Antoine dut déblayer leur abri, enseveli sous la terre soulevée par les canons ennemis. Il fallait rester allongé ou en boule au fond de leur trou. Pris de coliques, TS dut supporter de chier dans un mouchoir qu'Antoine balançait ensuite parmi les cadavres du no man's land. Cette humiliation-là lui restait en travers de la gorge. De temps à autre et sur le ton de la conversation, le fils du comte lui décrivait ce qu'il se passait sous la ligne d'horizon – TS ne contemplait toujours que le ciel.

– C'est d'un triste. Il y a des corps partout. Sainte Mère, je viens d'apercevoir ce pauvre Morel, là-bas. Il n'a plus de jambes du tout.

À d'autres moments, Antoine criait pour se faire entendre malgré le vacarme des mortiers :

– Ils dansent ! Ils dansent ! C'est la marche funèbre, ici, pas besoin d'aller au spectacle ! Les obus les enterrent et les exhument, ils sautent comme des gouttes d'huile sur le feu, c'est magnifique !

Thomas mit quelques secondes à réaliser qu'Antoine parlait des cadavres. *Il est fou.*

Quand la nuit revint, Antoine quitta leur cache. Il claqua la cuisse de TS comme un gai luron et se redressa de toute sa hauteur comme s'il s'en était allé au bal. Ayant rampé au bord du trou, TS avait observé les tirs pour se rendre compte de la situation. Les positions des belligérants restaient floues, mais Antoine fila tout de même.

Le silence s'installa quelques instants. Dans le ciel, les étoiles de septembre brillaient avec force, jetant sur le champ de bataille une lumière argentée bien trop sublime pour la scène désolante qu'elle éclairait. TS accorda une pensée à Adèle Lestrange, dont les pattes d'oie ajoutaient encore au charme délicat de cette amoureuse inaccessible. Adèle pensait-elle à lui en ce moment ? Contemplait-elle ces mêmes étoiles depuis le balcon de la mairie ? Priait-elle l'Éternel de lui accorder de revoir, rien qu'une fois, son ami Thomas ? TS n'était pas croyant pour un sou, mais allez tiens, une prière ne ferait pas de mal.

Une salve retentit et Antoine se jeta à plat ventre aux côtés de TS, une expression ravie sur la figure.

– J'ai trouvé ! Il y a un boyau sur notre droite, pas très loin. Les nôtres n'arrêtent pas de le canarder, j'en déduis donc que nos ennemis le tiennent. Parfait ! C'est là que je te balance au matin, mon vieux.

Voilà le plan. Maison-Rouge allait le livrer au camp adverse ! Au mieux, il serait prisonnier. Au pire, il crèverait après s'être fait arracher les ongles et les paupières. Les collègues, dans les tranchées, ne se lassaient jamais de narrer les horreurs que les *autres* faisaient subir au gibier capturé. TS tenta de se redresser, mais les forces lui manquèrent. Pour ne pas perdre la tête, il se perdit à nouveau dans la contemplation des étoiles.

La deuxième nuit s'acheva et au petit matin, Antoine s'attela à charger TS sur son dos. La pénombre protégeait encore un peu ses faits et gestes. Thomas se débattit comme un sauvage, sans émettre un son pour ne pas trahir leur position. Maison-Rouge lui décocha un coup de poing dans la mâchoire, l'assommant pour un temps. Puis, satisfait, il rampa hors de leur tanière.

Sautant, rampant, se traînant, il les fit progresser de trou en trou dans le paysage défoncé, piétinant leurs camarades transformés en viande avariée. Antoine s'écorcha le visage et les mains sur les fils de fer, mais rien n'aurait pu le faire renoncer. Ils approchèrent du boyau et entendirent de plus en plus distinctement leurs malfaisants adversaires. À quelques mètres de son but, Antoine murmura :

– On se quitte ici, Sorel. Mes amitiés au diable !

Puis il se mit à courir et, parvenu au bord de la tranchée, propulsa TS à l'intérieur avant de disparaître dans les derniers lambeaux de nuit.

Thomas fit le mort. Si on le croyait refroidi, on jetterait son cadavre dans un charnier et cela augmenterait ses chances de survie. Mais il eut beau attendre, personne ne vint pousser son corps du bout de la botte. Il ouvrit les yeux et se rendit compte qu'il avait atterri dans un coin à demi effondré de la tranchée, vidé de ses occupants. L'air revint dans ses poumons, il s'autorisa à respirer.

Au prix d'un redoutable effort, TS s'assit. Du regard, il chercha un habit abandonné pour dissimuler ses propres vêtements souillés de sang. L'éboulement se trouvait au niveau d'un coude de la tranchée ; il avait le choix de s'enfuir par un côté ou par l'autre. Il choisit le boyau silencieux.

Thomas progressa lentement, le souffle court, la main droite agrippée au mur. Entre ses côtes, son cœur battait méchamment. Il n'avait pas fait vingt mètres qu'une voix grave et tranquille s'éleva des profondeurs d'un souterrain.

Le cœur emballé de TS manqua un battement et il stoppa net sa progression. On allait le prendre ! Son grand bordel de vie s'achevait là, sans cérémonie, comme elle avait commencé. En indésirable.

Mais le ciel, dans sa grotesque ironie, l'épargna encore une fois. Tandis que la voix se rapprochait dangereusement, une puissante salve de canon explosa à ses tympans. Thomas fut projeté à terre avec violence. Il sentit la pluie de débris s'abattre sur lui, la lumière du matin s'obscurcir à mesure qu'il était enseveli sous les décombres.

L'instant d'après, il n'y avait plus ni tranchée ni soldats allemands, et Cornet sifflait les brancardiers de sa voix de stentor. Tandis qu'on hissait TS à l'air libre, le commandant du dixième régiment d'infanterie lui serra la main.

– Eh bien, mon vieux, vous avez de la veine. Quelques centimètres à côté, et vous étiez aussi mort que cet officier, dit-il en désignant un tas de restes humains encore vêtus d'un veston à épaulettes.

Thomas Sorel ne trouva rien à répondre, se contentant de songer qu'Adèle Lestrange avait bel et bien prié pour son salut. Il déglutit avec peine et hocha la tête, pour ne pas ignorer complètement son commandant. Cornet venait de lui sauver la vie.

Depuis l'hôpital militaire où il passa quelques semaines, le temps de soigner ses côtes brisées, TS écrivit une troisième lettre. Elle commençait ainsi :

Guy, mon cher ami,

C'est un grand service que j'ai là à vous demander. Voyez-vous, un homme m'a fait grand tort et il est en votre pouvoir de le remettre à sa place...

Chapitre 6

Quand le château de Nobles-Pierres émergea de la nuit, les derniers lambeaux d'obscurité se fanaient sur ses pierres et Jeanne Sorel sortit de la forêt. Elle avait emprunté les chemins de traverse et se trouvait en contrebas du mur d'enceinte, dans ce qui avait été un jardin et qui n'était plus qu'une friche emplie de ronces. Dans la lumière bleutée de l'aube hivernale, l'imposante demeure se dressait sur son piton, plongée dans une douce somnolence.

Jeanne remit en place sa chapka de fourrure, dérangée par les branches basses des sous-bois, et resserra sa pèlerine de mouton sur sa poitrine. Il faisait si froid que des fragments de glace se formaient sur la pointe de ses cheveux. La jeune femme observa un moment ces murs vétustes, qui supportaient une toiture trouée comme un gruyère. La maison tenait debout par l'opération du Saint-Esprit, personne depuis sa construction ne s'embarrassait de l'entretenir. Du temps du vieux comte déjà, les volets se décrochaient et les carreaux se brisaient, les portes grinçaient et les bestioles allaient et venaient là-dedans à leur convenance. Un court laps de temps, Louise de Maison-Rouge avait remis bon ordre au château. Un court laps de temps.

Jeanne rajusta la bandoulière de sa gibecière et releva sa jupe pour traverser l'ancien jardinet. Autrefois on entendait les chiens, le son précipité de leurs grosses pattes sur les cailloux du chemin, impatients qu'ils étaient de vous croquer les mollets. Mais ils étaient morts depuis plus de vingt ans, ces mêmes chiens qui avaient failli dévorer Matthias lorsqu'il était petit. Enfant, Jeanne adorait cette histoire romanesque dans laquelle son ami était sauvé par un *noble*. Le comte de Maison-Rouge, ce soûlaud ridicule, médiocre en tout, n'avait pas survécu à ses cabots. Malgré tout, la voix rocailleuse du maître et les jappements des animaux restaient gravés dans la mémoire auditive de Jeanne, et quand elle fermait les yeux, elle voyait leurs silhouettes décharnées si semblables, une humaine et deux canines, s'enfoncer dans les bois pour leur promenade quotidienne.

La jeune femme se dirigea vers la massive porte d'entrée. Çà et là, les éclats mauves du ciel ceignaient les pierres d'atours chatoyants, et par ces fenêtres de lumière, elle voyait le passé resplendir.

Jeanne posait sa main sur le heurtoir quand le cri retentit. Un cri étiré comme un hurlement, long et puissant qui vous perçait les tympans avec la lenteur d'une aiguille à coudre. Jeanne ferma les yeux, retint sa respiration. Un cri dont elle avait l'habitude, comme un gamin qui attend un coup de ceinture, ça crispe mais ça ne surprend pas. Le cri passa, il n'existait après tout que dans son esprit. Un vieux fantôme qui venait parfois lui tenir compagnie. De fait, autour d'elle, pas une brindille n'avait bougé. Seul le chant des pierres visitées par le vent troublait le silence.

Quand le cri se fut tout à fait évanoui, Jeanne souleva le heurtoir en fonte et le laissa lourdement retomber. L'écho qui gronda se répercuta dans ses os. Elle fit craquer sa nuque et, n'obtenant aucune réponse, poussa le battant et pénétra dans le château. Les gonds grincèrent, un volatile quitta sa nichée sous une poutre. Dans la pénombre, une colonie de souris traversa le vestibule, leurs griffes minuscules cliquetant sur les dalles poussiéreuses.

Une fois ses yeux accoutumés à la semi-obscurité, Jeanne parcourut les pièces du rez-de-chaussée. Partout, elle ne vit que sofas affaissés, vaisselle abandonnée, objets jonchant les tapis et les parquets. De temps à autre, des restes de nourriture dans une assiette oubliée. Les rideaux étaient tirés et l'âtre de la salle à manger principale enseveli sous les cendres blanchâtres. On vivait encore dans cette maison, sans s'occuper d'y vivre dignement.

Jeanne déposa la gibecière sur la longue table où le propriétaire des lieux prenait vraisemblablement ses repas.

– Antoine ! appela-t-elle. Tu es là ?

Du sac, elle sortit une épaisse miche de pain, un sachet de pois, un morceau de fromage et une bouteille de vin. Elle aligna soigneusement ses produits dans le chaos ambiant, s'accrochant à ce semblant d'ordre dans un monde ravagé d'incohérence.

– Antoine, j'ai apporté des provisions.

Un renard à la queue hérissée jaillit de sous la table, que Jeanne s'empressa de chasser à coups de chaise. En s'enfuyant, l'animal heurta un fauteuil et un petit objet tomba sur le sol. Jeanne se pencha, ramassa un miroir de sac à main à la finition délicate, une très jolie chose, un détail de coquette.

– ANTOINE !

La jeune femme jeta le miroir sur le fauteuil, en proie à une irritation qui confinait à la fureur. Elle avait froid et le château l'effrayait. Quelqu'un chuchotait, des voix lui parvenaient des chambres à l'étage. Jeanne tendit l'oreille, le souffle court. Étaient-ce des rires qu'elle entendait ? Antoine se cachait-il pour lui faire une plaisanterie ?

– ANTOINE ! rugit-elle à nouveau.

N'y tenant plus, elle quitta la salle à manger et s'en retourna dans le vestibule. Au centre trônait un escalier majestueux qui grimpait dans les étages, bordé de deux rampes de marbre finement ouvragées. Sans l'avoir véritablement décidé, Jeanne se retrouva dans les escaliers. Ses pas allaient au rythme de son cœur, emballé comme une théière qui siffle. Quand elle déboucha dans le corridor, Jeanne voulut faire volte-face, dévaler les escaliers et s'enfuir sans demander son reste. Elle n'en fit rien, attirée comme un papillon de nuit vers la chambre du fond, dont la porte entrouverte laissait échapper des sons provenus d'un autre temps. *C'est ton esprit qui te joue des tours. Va-t'en d'ici. Il n'y a personne, tu le sais bien.* Mais pourquoi faire preuve de sagesse quand on peut faire n'importe quoi, et Jeanne courut plutôt, sentant sur elle se refermer les murs sombres et humides du couloir, percevant l'odeur de moisissure qui se dégageait du papier peint. Les arabesques du motif dansaient devant ses yeux en un ballet grotesque. Lorsqu'elle pénétra dans la chambre, les larmes lui brouillaient la vue et Jeanne s'affaissa sur le lit étroit qui occupait l'espace sous la fenêtre. La tête appuyée contre le carreau crasseux, elle observa les meubles et objets qui se découpaient dans la pénombre. Le pantin, abandonné sur le rebord du coffre de bois. Les cerceaux, soigneusement rangés contre le mur. Quelques livres d'enfant sur un bureau, des petites voitures et des soldats de plomb alignés sur une étagère.

Je suis venue ici tant de fois. Tant de fois ! Avec Antoine, et puis avec Gustave... Je croyais que cette maison n'avait pas de secret pour moi. Et pourtant...

Jeanne ferma les yeux, se recroquevilla sur la couche. Elle n'allait pas pleurer, elle n'avait plus de larmes à verser sur le drame du château. Louise, Gustave, ils étaient morts et elle avait fait son deuil. Il ne restait rien dans cette chambre pour Jeanne Sorel, et pourtant elle y était encore. Elle cherchait Antoine, bien sûr, Antoine dont la lumière s'était éteinte. Antoine en guenilles, Antoine en lambeaux. Le cherchait-elle vraiment ? Elle savait qu'il ne serait pas là, qu'il ne pouvait pas être là. Quel père se morfondrait ainsi dans la chambre de son fils mort ? Chercher Antoine était une excuse, un prétexte pour venir au château et revivre une fois de plus cette fameuse nuit où elle les avait trouvés. Louise, Gustave. Elle avait glissé dans une mare de sang, s'était étalée de tout de son long. Le sang sur la pèlerine, sur la fourrure de ses gants. Les regards vides de la mère et du fils. Les ricanements.

Une porte claqua, Jeanne se redressa vivement, le regard tendu vers la porte de la chambre. *Enfin.* Un torrent de soulagement se déversa dans son cœur et un instant plus tard elle se tenait debout, toute prête à enlacer son ami de toujours. Mais Antoine de Maison-Rouge ne se montra pas. En lieu et place de sa haute stature, un animal de belle taille entra dans la chambre. Jeanne se figea, le souffle court.

C'était un loup.

Il pesait bien soixante kilos et faisait au garrot quelque chose comme quatre-vingts centimètres. Il pointa sur elle ses deux oreilles et s'assit sur son arrière-train, laissant saillir ses muscles puissants. Ses yeux jaunes et vifs la fixaient, noyés dans un épais pelage noir. Tous les sons de la nature s'étaient brutalement tus ; on n'entendait plus ni battements d'ailes sous les combles, ni courses précipitées de souris sur les parquets. Le loup jappa une fois. La jeune femme sourit.

– Ah, c'est toi.

Elle tendit la main et le loup trottina jusqu'à elle pour venir lover sa tête dans sa paume. Jeanne enfonça ses doigts dans le pelage chaud de la bête, éprouvant enfin le réconfort qu'elle n'attendait plus. Légèrement poisseuse, la fourrure lui laissa sur la peau une pellicule huileuse, une fragrance de forêt à la tombée du jour.

– Si tu es là, j'imagine qu'Antoine n'est pas près de rentrer. À moins que tu ne l'aies vu ? Allons Blue, dis-moi : tu as vu cet idiot de comte ?

Jeanne sentit l'insistance des prunelles jaunes sur son visage.

– À quoi il ressemble ? Eh bien, il est grand et de figure bien tournée. Mais il est certainement imbibé comme une éponge, surtout. Et il doit se cacher. C'est un fugitif, maintenant, tu sais.

Mais de toute évidence, le loup ignorait l'endroit où Antoine se réfugiait. Jeanne soupira.

– Cette chambre n'a pas changé. Après ce qu'il s'est passé ici, on n'a rien fait d'autre que d'essuyer le sol et on a brûlé la serpillière.

Jeanne se tut. Le loup, empli de compassion, lui lécha les doigts.

– Allons, viens. Il n'y a plus rien ici que de misérables souvenirs de mort et d'horreur.

Jeanne quitta le château, escortée du loup. Silencieux, il la raccompagna dans la cour, où le froid les cueillit à nouveau. Ce n'est qu'à l'orée des bois que ce couple bien étrange se sépara, non sans que Jeanne se fût accroupie pour enlacer l'animal et murmurer à son oreille dressée :

– Adieu, mon ami. Va rejoindre la Portée.

Chapitre 7

Cette nuit-là, Esther comprend que le tapis est blanc.

Allongée sur le ventre, le visage enfoui entre les franges épaisses, elle prend finalement conscience que le tapis n'est pas rouge, comme elle l'a longtemps cru, mais d'un blanc laiteux pareil à de la mousse. Blanc et souillé. Ce doit être cette douleur à la base de sa gorge qui lui embrouille les idées. Une douleur aiguë, lancinante. Esther cligne des paupières, à la recherche de son souffle égaré dans les franges du tapis.

Une paire de souliers danse à quelque distance, claquant avec insolence sur le parquet vernis. Des souliers élégants tels qu'il n'y en a jamais eu chez Esther, des souliers à pressions qui montent sur le mollet. Ils ne dansent pas, en réalité, ils vont et viennent dans un sens puis dans l'autre, comme s'ils cherchaient leur chemin. Esther ne peut pas voir, la figure ainsi écrasée sur le tapis, qui se tient perché sur ces souliers. Ses yeux roulent un peu dans ses orbites, juste assez pour ouvrir son champ de vision. Une autre paire de souliers, moins fine, immobile. Le dessous d'une commode aux pieds ouvragés. Sous la commode, le parquet est recouvert d'une mince couche de poussière. Un animal s'y terre,

Esther croit discerner un gros rat. Le dégoût lui révulse l'estomac, mais il ne s'agit que d'un chat qui feule, apeuré. Elle se demande ce qui l'effraie de la sorte.

Les souliers à pressions martèlent le parquet, s'éloignent, reviennent sur le tapis en une série de sons mats et étouffés. Esther se concentre. Les souliers – ou plutôt les individus au bout des souliers – discutent. Discutent ? Non, ils se disputent. Le ton est sec, cassant. Le chat feule de nouveau sous la commode, Esther fixe son regard sur le rayonnage le plus bas d'une bibliothèque. Elle ne peut pas lire le dos des livres, mais elle essaye.

– Pas ici, décrète la voix à laquelle appartiennent les souliers à pressions. Je vous l'interdis.

– Tu n'as rien à m'interdire. Que fais-tu ici ? Je n'attendais pas ta visite.

La voix de l'autre paire, calme et posée. Esther note que la silhouette change d'appui. On dirait que cette voix-là fume un cigare. Enfin c'est ce qu'elle imagine, ce n'est pas comme si Esther avait déjà fumé le cigare.

– Pas ici, répète la voix des souliers à pressions. Les hommes parlent, les bruits circulent vite. Si quelqu'un la voit… vous voit, nous serons finis. Tous autant que nous sommes. Je ne le permettrai pas.

– Je suis chez moi. Je fais ce qui me plaît.

– Vous ne devriez pas fumer comme ça.

Ah, Esther a donc raison. Malgré l'atroce douleur à la gorge, elle tente de se redresser, mais un poids sur le côté de sa tête l'en empêche. Elle a subitement le sentiment que son visage est coincé entre deux murs, ce qui est impossible puisqu'elle est allongée sur un tapis. Un tapis blanc. N'est-ce pas ?

Les souliers à pressions s'arrêtent devant son nez. La semelle est légèrement salie.

– La rumeur gronde déjà. Vous n'êtes pas assez discret dans vos… passe-temps.

Un rire gras retentit, qui se transforme en toux. Le cigare, que voulez-vous.

– Passe-temps ! Quel drôle de terme.

Esther se demande de quoi ils parlent. Sa respiration est sifflante, difficile.

– Appelez ça comme vous voulez. Mais celle-ci, laissez-la-moi.

Esther a la désagréable sensation qu'on se la refile de mains en mains sans lui demander son avis. Les souliers à pression font un pas en arrière. Un soupir exaspéré, puis la voix des souliers plus grossiers revêt une intonation résignée.

– Elle est tout abîmée, de toute manière, regarde-moi ça. Débarrasse-t'en comme tu veux.

Une hésitation. Les souliers à pression tournent sur eux-mêmes, si bien qu'Esther ne sait plus où se trouvent le chat, la commode, la bibliothèque avec ses rayonnages qui caressent le sol. Elle perd le nord, comme dans un jeu de colin-maillard. Un liquide poisseux lui coule dans les yeux. Son front saigne, on dirait.

– Elle a vu nos visages.

Une troisième voix qui grommelle au-dessus d'elle. Esther réalise vaguement qu'elle provient d'un homme. L'homme lui écrase sa botte sur la joue. Allons bon. Qui est ce gus ?

– C'est problématique (les souliers qui fument le cigare).

– Je vais m'en occuper (les bottes).

– Certainement pas (les souliers à pressions). En tout cas, pas ici et pas de la façon qui vous vient à l'esprit.

– Quel ennui !

Sur cette exclamation, l'individu au cigare disparaît du champ de vision d'Esther, elle suppose qu'il sort de la pièce. La voix des souliers à pressions se concentre sur l'homme dont la botte écrase la joue d'Esther.

– Enfermez-la quelque part, donnez-lui un rôle à jouer. Elle nous servira. Et désormais, vous n'en référez plus qu'à moi. À moi, comprenez-vous ?

– Très bien, répondent les bottes.

Les bottes, ça ne discute pas, pense Esther.

– Il est grand temps que je m'occupe de toute cette histoire, dit encore la voix des souliers à pressions.

Soudain, ils se plient, s'effacent derrière des genoux enrobés de noir. Puis un visage devant le sien, flou comme si Esther portait des bésicles aux verres dépolis. Mais Esther ne porte pas de bésicles, pas encore. Le visage lui paraît agréable, mais en vérité comment le dire ?

Le visage sourit. Il dit *Je t'ai sauvée.* Esther s'évanouit. Esther se réveille.

*

Avant même d'ouvrir les paupières, elle sut que la neige s'était remise à tomber. La nuit était trop silencieuse, trop paisible. D'instinct, elle reconnut le parfum inodore de la neige, la suspension humide dans l'air. Comme si, dès les premiers flocons, l'égrènement du temps avait ralenti. Le rêve s'évanouit tout à fait.

La chambre était plongée dans la pénombre. La chandelle soufflée, le conduit du poêle qui diffusait dans la pièce une chaleur agréable. Ses habits pliés sur la chaise. L'éclaboussure orangée sur le parquet, reflet de la flamme du réverbère plus bas dans la rue. Esther repoussa la courtepointe et se leva. Au baquet de porcelaine sur la commode, elle fit une rapide toilette. Bas, chemise, jupe, bottines, caraco de cuir. Dans la chambre contiguë, Matthias dormait. Les murs étaient de papier, elle entendait son souffle régulier.

Sur le palier, elle glissa une œillade par l'entrebâillement de la porte. L'inspecteur ne s'enfermait jamais ; il dormait en chemise sur sa large couche, ses habits éparpillés dans la pièce, une timbale en étain encore à portée de ses doigts sur la table de chevet. L'ordre lui dérangeait le cerveau, à croire. Esther descendit l'escalier sans produire un grincement. Passant sa pelisse, elle boutonna ses gants puis, se rappelant qu'au-dehors il neigeait, elle enfila une courte cape à capuchon. Elle vérifia, au fond de sa poche, la présence des bésicles et du morceau de papier froissé.

Elle était prête et la nuit l'attendait.

*

Quelque part entre le Bas de Chalas et le ravin de Combe-Lavau, elle dut admettre qu'elle s'était égarée. Esther s'immobilisa, les pieds engourdis, les mains appuyées sur ses genoux pour reprendre son souffle.

Elle avait l'impression de marcher depuis des heures, pourtant le jour n'était pas encore levé. La lune gibbeuse trônait dans le ciel avec insolence, jetant ses rayons d'argent sur les bois épais, faisant par endroits miroiter la neige immaculée. Esther avait perdu le sentier depuis bien longtemps. Elle s'assit sur une souche, épuisée, et scruta la forêt autour d'elle. Rien n'était reconnaissable, cette forêt aurait pu être n'importe quelle forêt. Des buissons dentelés de givre, des troncs à l'écorce grignotée par les animaux affamés. Un moment, elle avait suivi un cours d'eau qui serpentait entre les galets, mais il n'avait conduit nulle part.

C'est forcément ici. Dans les environs.

La jeune femme tira de sa poche le morceau de papier et l'aplatit sur son genou, dans une vaine tentative pour le défroisser. Elle regarda le dessin : un édifice en pierre rond, une sorte de tourelle dotée d'un vestige de toiture et plantée au bord d'un ruisseau. Un coup de crayon nerveux ; le papier était troué par endroits. Esther secoua la tête. Elle pensait avoir parcouru la forêt de fond en comble, couvert chaque pouce de terrain, suivi chaque piste. Des nuits entières sans sommeil, à fouiller chaque parcelle des bois de Combe-Lavau. Jadis, on y avait sauvé un orphelin gros comme un chiot, mais le pigeonnier qu'elle cherchait depuis tant d'années restait introuvable. C'était à rendre fou.

Esther leva le regard vers la cime des arbres, plissant les yeux. Une brise légère faisait danser les plus hautes branches, créant une sensation de vertige. *Et si je m'étais trompée* ? songea-t-elle. *Et si je n'étais pas au bon endroit ?* D'un mouvement de tête irrité, elle chassa cette dernière pensée. Évidemment, elle était au bon endroit. Thomas Sorel avait vécu à Haut-de-Cœur toute sa vie et les bois de Combe-Lavau bordaient le flanc ouest de Haut-de-Cœur. Le pigeonnier se trouvait dans les bois. Les images du cadavre mutilé de TS lui revinrent en mémoire, elle fronça les sourcils avec une moue opiniâtre. *C'est ici. J'en suis convaincue.*

Un bruit de branche brisée, le crissement de la neige.

Esther ramena son regard devant elle, rencontrant une paire d'yeux jaunes qui la dévisageaient. Un loup noir, l'échine basse, son pelage moucheté de blanc. Les deux oreilles étaient pointées vers Esther, les pattes épaisses disparaissant dans le tapis neigeux. La jeune femme dévisagea l'animal, la tête penchée sur le côté.

– Tu n'aurais pas vu un pigeonnier, par hasard ? finit-elle par demander avec nonchalance. Cela ne passe pourtant pas inaperçu, un pigeonnier.

Le loup ne la quittait pas des yeux, mais sa tête imprima le même mouvement de côté que celle d'Esther, comme un effet de miroir. Ses flancs se soulevaient par saccades. Elle poursuivit :

– Je suis heureuse de te voir, mon beau.

Elle se leva, rangea le dessin dans sa poche et s'approcha de la bête. Le loup se raidit et grogna sourdement, dévoilant ses crocs. Mais Esther s'accroupit devant lui et enfouit ses mains dans son pelage, de chaque côté de sa gueule, lui offrant son visage à portée de babines. Le grognement s'évanouit, un claquement de langue résonna.

– Chaque fois que je suis perdue, tu apparais, murmura la jeune femme. Depuis le premier jour, depuis le pigeonnier. Mon beau Blue.

Yeux d'ambre dans les yeux jaunes. Éclat contre éclat. Le loup tourna les talons et s'enfonça dans le sous-bois d'où il était venu. Esther le suivit derechef.

*

Le Bas de Chalas plongeait à travers bois derrière une grille rouillée. Au-delà, le sentier devenait la propriété du maire, qui possédait quantité de fermes dans les environs et les proposait en location à des paysans sans le sou. Esther s'immobilisa devant la grille tandis que le loup noir lui faussait compagnie. La jeune femme le regarda disparaître en direction du château des Maison-Rouge, envahie par la mélancolie. De la

Portée, elle n'avait jamais vu que Blue. L'animal lui apparaissait aux heures profondes de ses nuits d'errance, lui tenant compagnie et la ramenant à bon port aux premières lueurs de l'aube. Il trottinait sans bruit, tournant la tête de temps à autre pour s'assurer qu'elle le suivait. Quand ils se trouvaient suffisamment proches du village, il s'évanouissait dans la forêt. Un temps, Esther avait pensé que Blue était un songe. Mais non, Jeanne Sorel s'était récriée, bien sûr que non, Blue est bien réel ! Il a des frères et des sœurs, c'est la Portée. Ils veillent sur le village. Et comme Esther était sceptique : c'est le Vieil Anar qui les a amenés ici on ne sait plus vraiment quand c'était. Il y a longtemps. Il les a nourris, tout bébés, maintenant ce sont des loups adultes, ils vivent dans les bois.

Cela ne faisait qu'ajouter aux mystères de Haut-de-Cœur, petit bourg figé dans un hiver interminable, nimbé d'une éternelle lumière bleutée. Un paysage en somnolence, le jour qui ne se levait jamais tout à fait, un indigent muet, une Portée de loups. *Après tout, pourquoi pas*.

La grille n'était pas verrouillée. La jeune femme la poussa du bout de sa bottine et elle s'entrouvrit dans un insupportable grincement. La neige ne tombait plus depuis un moment, Esther rabattit le capuchon sur ses épaules. Ses courtes boucles brunes et sa longue tresse frémirent sous la froide caresse du vent.

Elle fut tentée de regarder en arrière, de rappeler Blue. Emmêler ses doigts dans son pelage huileux. Sentir son souffle chaud sur son visage. Elle fronça les sourcils, s'engagea sur la piste cahotante à la recherche du pigeonnier.

Au bout de quelques minutes de marche, elle parvint aux abords de la ferme des Lauriers. La maisonnette était plongée dans l'obscurité. Quelques pièces assemblées par des murs d'une criante vétusté, des engins agricoles abandonnés dans la cour, un chenil vidé de ses chiens. Pas de pigeonnier là encore. Esther s'apprêtait à tourner les talons quand l'éclat d'une chandelle attira son attention ; quelqu'un veillait dans la grange. Prenant garde à ne pas faire craquer de branchages, Esther s'approcha en silence.

Lauriers, c'était le nom du paysan qui vivait là, Pierre. Le type, simple et accommodant pour ce qu'on savait de lui, frôlait la quarantaine maladive. Soulagé d'une jambe dans une tranchée quelconque, il était revenu de la guerre quelques mois auparavant. Avec sa jambe avaient disparu son ardeur à la tâche et l'estime que le bonhomme avait de lui-même. Irem, son épouse, s'occupait seule des travaux de ferme et de maison. Esther ne les fréquentait pas, les croisant à l'occasion quand la fermière montait jusqu'à Haut-de-Cœur. Les pauvres vivaient sous la semelle du maire, Guy Lestrange, qui possédait le Bas de Chalas et les asphyxiait avec un loyer exorbitant. Ça, pour truander les pauvres, il y avait toujours du monde.

À mesure qu'elle approchait de la grange, Esther percevait de plus en plus nettement un bruit de sanglots prononcé. C'était Irem Lauriers qui, enroulée dans une cape dont le capuchon était rabattu sur ses cheveux, pleurait à chaudes larmes, assise sur une botte de paille humide, une bougie vacillante dans une coupelle posée à côté d'elle. La cire s'égrenait, s'accumulant au pied de la bougie.

Derrière la porte, camouflée par la nuit, Esther contempla cette femme qui s'isolait pour laisser échapper sa tristesse. C'était terrible, ça, se coltiner un mari et devoir se cacher de lui pour pleurer. Cela sonnait comme une double peine : une compagnie encombrante et une indécrottable solitude. Quelle incohérence. Esther s'apprêtait à s'esquiver comme elle était venue, quand Irem rejeta la tête en arrière pour inspirer profondément. Le capuchon glissa, révélant sa chevelure. De longs cheveux noirs, soyeux et brillants.

Esther sentit ses narines se dilater et retint sa respiration.

Le premier indice.

La surprise la laissa interdite quelques secondes. Se retournant pour rebrousser chemin, son pied heurta un seau posé contre le mur de la grange. Le fracas arracha un cri à Irem, Esther se maudit.

– Qui est là ? Il y a quelqu'un ?

La jeune femme se mordit les lèvres au sang, plaquée contre le mur extérieur, les yeux tournés vers les étoiles.

– Qui est là ? Montrez-vous !

Si elle s'enfuyait en courant droit devant elle, elle ne manquerait pas d'être aperçue par la femme de Pierre. La semi-obscurité ne suffirait pas à la dissimuler. Esther entendit Irem qui se levait, perçut le changement de luminosité dû à la chandelle qu'on déplaçait. Elle releva sa jupe et, s'efforçant de rester la plus silencieuse possible, longea le mur vers la droite. Son cœur faisait un vacarme de tous les diables dans sa poitrine et la racine de ses cheveux se teinta d'une sueur glacée.

Esther suivait le mur avec ses doigts ; quand ceux-ci ne rencontrèrent plus que le vide, elle se jeta en avant et s'arracha à la vue d'Irem qui sortait peureusement de la grange. Sa bougie n'éclaira que le bois, la neige et le désordre qui régnait au-dehors. Elle appela encore, puis regagna l'intérieur.

Esther respira à nouveau et s'enfonça dans les bois. Elle quitta le Bas de Chalas, reprit le chemin de

Haut-de-Cœur. Elle n'avait pas trouvé de pigeonnier, mais elle avait une information à rapporter à l'inspecteur.

Quand elle poussa la porte de la maison du 7, rue des Juifs, elle le trouva debout en train de faire les cent pas dans la cuisine. Il était tout juste cinq heures passées.

– Enfin ! Où étiez-vous, par tous les diables ?

Il avait enfilé à la hâte sa chemise et son pantalon froissés. Ses boucles brunes échevelées accroissaient sa mine furieuse. Cinq chandelles flambaient dans la pièce. Esther se débarrassa de la cape et de sa pelisse au portemanteau, claqua ses bottines sur le parquet pour en faire tomber la neige.

– Je… je suis sortie marcher, je ne parvenais plus à dormir. Vous êtes déjà debout ?

– À cette heure ! Enfin, Esther ! Dois-je vous rappeler qu'il y a un meurtrier dans la nature ? Et le couvre-feu ! Vous avez envie de finir égorgée dans une cave, vous aussi, c'est ça ?

La jeune femme marqua un temps d'arrêt, ses yeux d'ambre luisirent d'un mauvais éclat. Mais Matthias n'eut pas le temps de s'en apercevoir ; Esther se détournait déjà. Elle chercha du regard le broc de café d'orge. Elle en versa un peu dans une casserole pour le réchauffer.

– Je ne craignais rien. Un loup de la Portée était avec moi.

– Un… de… C'est une plaisanterie. Vous devenez aussi toquée que Jeanne, ma parole.

– Ces loups sont bien réels.

– Ce sont des animaux sauvages, Esther. Jeanne a ses raisons, vous…

Il secoua la tête, dépité.

– J'avais simplement besoin de réfléchir, répéta la jeune femme pour clore la discussion.

Matthias croisa les bras, marmonnant dans sa barbe. *Des animaux sauvages…* Esther souffla trois chandelles.

– Il faut économiser la cire. On voit que ce n'est pas vous qui vous occupez du ravitaillement.

Elle s'assit à la table et il prit place devant elle, dans la pénombre qui régnait dans la cuisine. Ils burent en silence, lui scrutant le visage fermé de la jeune femme, dont les yeux se noyaient dans sa tasse ébréchée.

– Alors, ces réflexions nocturnes ? J'espère qu'elles valaient la peine de vous mettre en danger de la sorte.

– Je ne me suis pas mise en danger, inspecteur. Le meurtre de TS était une action ciblée, on lui en voulait personnellement. Quiconque a commis ce crime n'a aucune raison de s'en prendre à moi, ni à qui que ce soit d'autre.

– Qu'en savez-vous ? Nous avons peut-être affaire à un meurtrier en série qui agit selon un schéma. L'égorgement, la langue sectionnée…

– Vous n'y croyez pas vous-même. Non, le meurtrier n'en voulait qu'à TS. Thomas Sorel était une ordure de première classe, nous n'avons que trop de suspects susceptibles de lui en vouloir à mort. D'ailleurs…

– Et le couvre-feu ? Si un des sbires de Lestrange vous avait mis la main dessus…

– Matthias, pourquoi êtes-vous si couard, tout d'un coup ? Nous avons, il y a un jour à peine, pratiqué une autopsie clandestine dans une boucherie désaffectée. Vous craignez le couvre-feu, à présent ?

Il tiqua, but une gorgée de café pour masquer son trouble et son agacement. D'un geste de la main, il l'enjoignit de parler.

– Je disais donc… Le cheveu que nous avons trouvé sur le corps…

Esther se tut un instant. Elle ne mentionnerait pas qu'en réalité, elle cherchait le pigeonnier ; Matthias ne connaissait pas l'existence du pigeonnier.

– Il appartient à Irem Lauriers. C'était elle, la maîtresse de Sorel.

Chapitre 8

À la lumière du demi-jour, le Bas de Chalas paraissait encore plus misérable.

Pierre Lauriers prenait son café assis sur le banc à l'entrée de la cuisine, la figure tournée vers l'aube pâlissante, les doigts enroulés autour d'un bol fumant. Malgré le froid, il ne portait qu'un tricot détendu et reprisé en divers endroits ; la jambe vide de son pantalon de toile était retroussée et épinglée sur la poche arrière. Ses yeux pochés et ses cheveux hirsutes indiquaient qu'il sortait du lit. À l'intérieur, Irem vaquait à quelque occupation. Dans la cour, assis sur un fût planté dans la neige, un petit garçon d'environ quatre ans distribuait des graines à des poulets frigorifiés.

Matthias Lavau acheva sa cigarette à l'ombre du bois et la jeta dans un buisson.

Il aurait été malhonnête d'affirmer que Matthias éprouvait une quelconque pitié pour Pierre Lauriers ; le bonhomme avait son âge et les deux hommes se tenaient dans un mépris aussi tenace que réciproque. Il faut dire que le premier s'irritait de l'abattement et de la mollesse du second, quand l'amputé estimait que Matthias était un planqué qui avait préféré se terrer dans son laboratoire lyonnais plutôt que d'aller à la guerre. C'était insoluble, ils ne s'aimaient pas. Sur l'épouse du réformé cependant, l'inspecteur ne nourrissait aucune opinion. Il la trouvait discrète et tout à fait agréable d'aspect. Dans le bourg, on connaissait à peine cette étrangère à l'accent déroutant, qui n'ouvrait la bouche qu'en cas d'absolue nécessité. Elle faisait ses commissions à l'Alimentation Générale en tenant son garçon silencieux par la main, ne fréquentait personne et encore moins le curé. Aussi, quand Esther lui avait rapporté ses conclusions, l'inspecteur avait commencé par ricaner mesquinement. Cette pâle figure, s'acoquiner avec cette raclure de TS ? *Esther, ma chère, vous manquez de sommeil, on dirait.* Elle avait insisté et voilà qu'ils étaient tapis dans le sous-bois, attendant ils ne savaient quoi pour aller interroger Irem Lauriers sur ses rapports avec feu Thomas Sorel.

Matthias gratta ses boucles brunes sous le casque et se frotta les yeux. Le masque de cuir déboutonné pendait d'un côté de son visage mangé de barbe. L'ardent désir d'allumer une seconde cigarette le traversa.

– Bon, allons-y. L'heure est décente. Esther ?

Il se tourna vers la jeune femme impassible. Malgré son escapade de la nuit, ses yeux d'ambre étaient vifs. Elle passa sa main gantée dans ses cheveux pour en faire tomber les flocons de neige et haussa les épaules.

– Eh bien ? Esther ?

– L'enfant est là. Nous n'allons tout de même pas incriminer la mère devant le petit.

Matthias leva un sourcil déconcerté, ses yeux d'aigle allant du garçonnet à son assistante et répétant plusieurs fois ce chemin. Il esquissa un mouvement d'humeur.

– Qu'est-ce que ça peut bien vous faire ? Vous avez des principes, maintenant ? Voilà qui est nouveau. Et puis, ajouta-t-il, il ne va rien comprendre, à son âge.

Esther le considéra avec un dédain non dissimulé, mais ne répliqua pas.

– Assez tergiversé, allons-y.

Pierre Lauriers leva sa tasse de café en les apercevant. Il regarda Esther pour ne pas avoir à saluer Matthias.

– Mademoiselle Louve, quelle bonne surprise. Puis-je vous être utile à quelque chose ?

– C'est à ta femme que nous sommes venus causer, Pierre, répondit Matthias en faisant un signe à Irem.

L'inspecteur sentit le vent soulever le cache-poussière, se frayer un chemin jusqu'à sa nuque. L'air se chargea de doute et d'inconfort. Irem vint les rejoindre en serrant un châle sur son chemisier fané.

– Bonjour, fit-elle du bout des lèvres.

– Madame Lauriers, pardon de vous déranger à cette heure. Mademoiselle Louve…

Matthias se tourna pour désigner la jeune femme. Les mains croisées dans le dos, Esther se tenait debout près de l'enfant assis sur le fût, le détaillant telle une louve hésitant encore entre l'instinct maternel et son désir de croquer le petit. Le garçonnet ne lui prêtait aucune attention. Refusant de céder à l'agacement, l'inspecteur poursuivit :

– Mademoiselle Louve et moi-même enquêtons sur la mort de Thomas Sorel. Nous avons quelques questions à vous poser, si vous n'y voyez pas d'inconvénient.

Le visage d'Irem Lauriers resta de marbre. Bien qu'ils pataugent tous dans la neige, elle ne les invita pas à l'intérieur de la maison. Au bout de quelques secondes, elle dit simplement :

– Je vous écoute.

– Quelle était la nature de vos rapports avec le défunt ?

– Qu'est-ce que c'est que cette question ? intervint Pierre. On ne le voyait pas souvent. Il venait chercher le loyer pour monsieur Lestrange, une fois par mois.

– Ce n'est pas à toi que j'ai demandé, Pierre. Toi, tu n'avais pour le coup aucun rapport avec lui, j'imagine.

Le réformé prit appui sur le mur de la maison et se leva sur sa seule jambe valide. Irem tendit le bras pour le soutenir, puis se ravisa. Elle posa sur son homme un regard empreint à la fois de souci et d'indifférence, comme si elle avait craint qu'il n'arrivât malheur à Pierre sans pour autant en concevoir de chagrin. Le genre de sollicitude qu'on réserve aux personnes âgées. Pierre aboya sur l'inspecteur.

– Qu'est-ce que tu sous-entends, policier du dimanche ? Que je ne fais pas ma part ? Que je m'apitoie sur ma condition ? J'ai pas de leçon à recevoir d'un type qui s'est jamais battu qu'avec des ivrognes de taverne ! T'as la droite toute molle, mon vieux. Allonge-toi sur le sol, là. Irem, va chercher la scie dans la remise. Je m'en vais couper la jambe de l'inspecteur Lavau là tout de suite. On a bien un fond de gnôle pour l'assommer, ça suffira bien, ça a suffi pour moi. Et puis après, on verra s'il fait encore son fier, l'inspecteur.

Matthias ne recula pas devant Pierre quand celui-ci claudiqua sur ses béquilles jusqu'à lui jeter son haleine de café et de dents cariées au visage. Il ne cilla pas, mais le muscle de sa mâchoire tressauta. L'infirme lui tapait sur les nerfs.

Irem passa son bras sous celui de son époux et le tira doucement en arrière. On ne savait pas trop si elle le soutenait ou si elle s'accrochait à lui.

– Je vais reposer ma question, madame Lauriers. Je crains que la tirade de monsieur Lauriers ne nous ait fait perdre le fil.

– Je me souviens très bien de la question, dit Irem. Nous étions amants, Thomas et moi.

Un délicat rayon de lumière éclaira un instant la cour du Bas de Chalas, puis le paysage retomba dans son éternelle somnolence. Le silence qui se fit leur permit d'entendre le chien qui grattait le sol un peu plus loin. Esther laissa le garçonnet et vint se placer aux côtés de Matthias. Avant qu'il n'ait pu ouvrir à nouveau la bouche, elle le devança :

– Amants ? Vous êtes sûre ? Vous voulez dire qu'il vous violentait ? Thomas Sorel était faisandé jusqu'à l'os.

Irem Lauriers darda sur la jeune femme ses yeux noirs, lui sondant vainement le cœur. Esther était insondable.

– Non, mademoiselle Louve. Je ne veux pas dire *violenter*. Je veux dire exactement ce que j'ai dit. Thomas et moi étions amants. Sa mort me chagrine, ajouta-t-elle, stoïque.

Matthias échangea un regard avec Esther, n'obtenant de son assistante qu'un lever de sourcil dubitatif. Il se gratta la nuque, frappé de perplexité.

– Qu'est-ce que tu racontes ?

Pierre Lauriers chancelait sur sa jambe, sa béquille faisant preuve de faiblesse. Sa femme se précipita pour l'aider à s'asseoir. Elle soupira, regarda l'enfant qui ne leur prêtait aucune attention. Elle l'observa un moment puis elle dit :

– Je suis désolée, Pierre, si cette nouvelle te cause de la peine. J'aurais voulu que tu ne l'apprennes jamais. Thomas n'étant plus, je pensais que tu serais préservé.

Les épaules affaissées et la figure décomposée de Lauriers agacèrent Matthias, qui détourna le regard pour ne pas en rajouter.

– Mais… Je ne comprends pas. Thomas Sorel ? Pourquoi ? Je veux dire… Je sais bien que ma condition de mari n'est pas idéale. Je ne suis pas riche et je n'ai qu'une jambe…

– Il n'est pas toujours question de ta jambe, Pierre, coupa Irem avec une pointe d'impatience dans la voix. Il te reste tes mains, ta tête pour penser et ta virilité, si des fois il te reprenait un jour de vouloir en faire quelque chose. Tout le monde s'en fiche, de ta jambe.

Le pauvre homme se mit à pleurer. Dans un accès de pitié qui ne lui ressemblait pas, Esther sortit un mouchoir de la poche de sa pelisse et le lui tendit. Il était défait, cet homme revenu de la guerre, amputé davantage de sa confiance et de son désir de vivre que de son membre. Le sort l'avait saisi entre ses griffes et l'avait écrasé comme une coquille de noix. Il ne possédait plus que sa famille au monde, et voilà qu'il apprenait que sa femme lui préférait la couche d'un autre homme. D'une véritable ordure, unanimement considéré dans le bourg comme l'un des pires spécimens. Qu'était-ce à dire de Pierre ? Était-il pire que le pire ? Valait-il moins que TS, qui ne valait déjà pas grand-chose ? Irem, cette femme aux yeux tristes, ne s'était pas acoquinée avec un homme remarquable ou puissant ; elle n'en avait pas après les politiques, les officiers, les influents. Pas même après cet énervé de Matthias, qui plaisait aux femmes. Non, Irem s'était donnée à Thomas Sorel, collecteur de loyers, fossoyeur des pauvres qui payaient en retard. Et cela, Pierre Lauriers ne pouvait le comprendre.

Dans le silence embarrassé d'Esther et empressé de l'inspecteur, il essuya ses joues baignées de larmes et se redressa.

– Quel choix étonnant, commenta-t-il enfin. Et peut-on savoir pourquoi tu as choisi de t'envoyer en l'air avec cet homme-là ? Ça t'excitait de l'entendre me rabaisser chaque fois qu'il venait ici ?

– Ciel, non. Je l'ai sommé d'arrêter. Mais quand tu es revenu… Ça l'a chamboulé.

– Quand je suis…

– Depuis quand entreteniez-vous une liaison avec Thomas Sorel ? coupa Matthias.

Le regard d'Irem se perdit dans le vide tandis qu'elle plongeait dans ses souvenirs. Quelques secondes s'égrenèrent.

– Je me suis mariée avec Pierre dès mon arrivée en France, dit-elle. Il m'a amenée ici et nous étions à peine installés qu'il partait au front.

Esther se retourna pour observer l'enfant. Il jetait toujours des graines, bien que les poulets se soient volatilisés ; ses gestes lents et peu précis indiquaient une concentration défectueuse.

– Thomas est revenu des lignes quelques semaines après. La première fois qu'il est passé pour le loyer, tu étais déjà parti depuis deux mois.

– Et tu t'es dit qu'il te fallait quelqu'un pour faire tes affaires pendant mon absence, c'est ça ?

Irem sembla soudain se recentrer et reprendre consistance. Ses yeux noirs se durcirent, luisant de provocation.

– C'est exactement ça, Pierre. Une fois par semaine sur la table de la cuisine, quand le petit dormait. Et j'aimais ça.

– Tu mens, gémit Pierre.

– Elle ne ment pas, intervint Esther. J'ai trouvé un cheveu de votre femme en autopsiant le corps.

– Ça ne veut rien dire.

– Considérant l'endroit où j'ai trouvé ledit cheveu, je dirais que cela veut dire quelque chose.

– Bon, soupira Matthias. Passez une veste, madame Lauriers. Vous venez avec nous.

Irem eut un mouvement de recul.

– Pourquoi ? Si mon mari a le droit légitime de m'en vouloir, je ne crois pas que la police soit habilitée à gérer les affaires de mœurs.

– Il ne vous aura pas échappé que TS est mort, madame Lauriers. Égorgé comme un porcelet dans la cave de la vieille madame Gauthier. Votre mari revenu de la guerre, vous aviez une bonne raison de vouloir le faire taire. Définitivement. Pierre ici présent vous aurait jetée à la rue.

Bouche bée, Irem voulut protester mais n'en eut pas le temps. Comme l'inspecteur la saisissait par le bras, l'enfant se précipita dans les jupes d'Irem. Il pleurait et paraissait hurler sans toutefois émettre le moindre son. Il heurta de plein fouet les jambes de la jeune femme ; elle fut déséquilibrée et manqua de s'effondrer sur le sol. La poigne solide de Matthias la retint.

– Allez, pschitt ! Pousse-toi de là, avorton !

– Laissez-le ! cria Irem. Ne le touchez pas !

– Esther, faites quelque chose, nom d'un chien ! Débarrassez-moi de ce morveux !

La jeune femme écarquilla les yeux, eut un mouvement de recul.

– ESTHER !

– Viens là, dit-elle à l'enfant. Viens.

Elle recueillit le petit dans ses bras, décontenancée par son visage déformé par la peur et sa petite bouche grande ouverte sur ses cris silencieux.

– Qu'est-ce qu'il a ? demanda Matthias, dégoûté.

– Comment s'appelle-t-il ? ajouta Esther.

– Je ne sais pas…

La voix d'Irem se brisa, tandis que les regards de l'enquêteur et de son assistante convergeaient vers elle.

– Je ne sais pas… Ce n'est pas mon fils. Il est venu avec moi d'Arménie, il n'avait personne. Il n'a jamais dit son nom. Il ne parle pas. Il ne parle plus.

Un silence ébahi accueillit cette déclaration, entrecoupé seulement des reniflements de Pierre. Esther inspira la nuque du garçonnet, identifia des fragrances de savon. Matthias paraissait plus exaspéré que jamais.

– Eh bien, ce n'est pas comme si on n'en avait déjà pas assez, des mioches cabossés, à Haut-de-Cœur. Ça ne fera jamais qu'un de plus ! Allons-y, madame Lauriers.

– Je n'ai pas tué Thomas.

– Pourtant, nous avons retrouvé trace de vous sur son cadavre et vous aviez un mobile.

– Peut-être. Mais je ne l'ai pas tué. Je l'aimais bien.

– Esther, occupez-vous de placer ce gosse et rejoignez-moi.

– Le placer ? Mais…

– Confiez-le à sœur Marie, s'il vous plaît, dit Irem. Il la connaît.

À présent, l'enfant avait noué ses bras autour du cou d'Esther et s'agrippait à elle comme un petit chimpanzé. Elle hocha la tête en réponse à l'injonction d'Irem Lauriers.

Esther emmena donc l'enfant sans nom et Matthias emmena Irem. Ils laissèrent là le pauvre Pierre Lauriers qui, un instant plus tard, se retrouvait seul au Bas de Chalas.

*

Quelqu'un savait.

Bien qu'elle fût emmitouflée dans un long manteau vert sombre tombant jusqu'à terre, Mélanie Gauthier se sentait aussi nue que le jour lointain de sa naissance. Le lourd habit de ses mensonges gisait à ses pieds tandis que sa vieille peau blanche et parcheminée luisait de toute la laideur de la vérité. À marcher ainsi dans les ruelles de Haut-de-Cœur, Mélanie refluait les aigreurs qui lui montaient de l'estomac. Elle aurait juré que la pâle lueur du jour formait un halo projeté droit sur elle quand le reste du bourg était teinté de grisaille.

Les rêves qui la hantaient depuis si longtemps, si longtemps même qu'elle avait perdu le compte des dates et des jours, voilà que ces rêves devenaient réalité ! C'était la mort, drapée dans les larmes, qui lui faisait signe par-delà le passé.

Comment se pouvait-il que son secret, si jalousement gardé, fût éventé après quarante ans ? D'abord, il y avait eu ce sagouin de Thomas Sorel et son immonde chantage – parlons plutôt de menaces : son gendre comptait tout bonnement la dénoncer aux autorités. Il n'avait rien demandé, ça non ! Ricanant comme un malappris, il l'avait saisie au collet et, propulsant son haleine de sanglier cané à la figure de la pauvre Mélanie, lui avait exposé son intention de rendre la justice en dévoilant au grand jour le passé honteux de la vieille femme.

Mon pauvre Thomas ! Que penses-tu que cela va changer, hein ? Je suis à la fin de ma vie, on ne va pas me pendre haut et court, va. Tu n'as pas un locataire sans le sou à aller arnaquer ? Ça, tu t'y connais en arnaque.

Bien entendu, Mélanie n'avait rien dit de tel ; une version améliorée d'elle-même, brave et stoïque, s'en serait tirée avec ce genre de réplique. En réalité, elle n'avait balbutié qu'une question : *Comment ?* Elle revit le regard chafouin du collecteur de loyers, sa mine sadique réjouie, empreinte d'une douleur aussi profonde que lointaine. *Comment ? Mais je me souviens, Mélanie, je me souviens ! Ça aura mis du temps à me revenir, je vous l'accorde. Mais voyez-vous, ça ne m'a jamais réellement quitté. Je suis bel et bien passé pour un fou, à l'époque ! Un fou, un superstitieux, un niais. Mais voyez-vous, j'avais raison ! Je me souviens, c'est tout.*

Thomas Sorel avait plongé dans le pot aux roses comme dans une fosse à purin, à pieds joints en éclaboussant tout autour de lui.

Mélanie Gauthier glissa la main sur la plus haute pierre de l'arche qui surplombait la porte bleue. L'âge l'avait tassée, elle devait se hisser sur la pointe des pieds, à présent. Son dos lui arracha un gémissement d'inconfort quand elle sentit ses doigts effleurer le bronze poli de la clé. Se frottant les reins, elle l'introduisit dans la serrure, fit céder le loquet et remit la clé dans sa cachette avant de pénétrer dans l'enceinte du couvent des Ursulines.

Elle souffla sur ses phalanges gelées, partiellement protégées par des mitaines de laine trop légères. Après quelques pas dans le Clos, elle sentit les battements de son cœur s'espacer pour recouvrer leur rythme habituel ; elle se détendit. Un peu de jeunesse regagna ce corps fatigué. Par-delà la cour et le jardin, la serre majestueuse attira son regard mais elle refusa de s'abandonner à la dangereuse nostalgie qui ne manquerait pas de fondre sur elle si elle s'attardait dans la contemplation de ces arches de métal et de ces verrières scintillantes.

Mélanie ne s'attarda pas, se dirigeant vers l'arrière du couvent, dont la façade est donnait sur la campagne alentour. Comme elle s'y attendait, elle trouva la prieure Marie à quatre pattes dans le potager. Dans ce jardin de curé auraient pu croître pêle-mêle des courges, des salades, des haricots, des framboises, des mûres, des plants de tomates, des rangées de carottes, des fraises des bois si l'été s'était décidé à revenir. On circulait là-dedans sur d'étroits chemins de lambris qui séparaient les massifs recouverts de neige. Au fond, à la lisière des champs, une tonnelle usée abritait une petite table ronde en fer forgé ainsi que deux chaises. Mélanie s'approcha.

– Quelqu'un sait ! clama-t-elle à la cantonade.

Marie sursauta, s'arrachant à la surveillance de plants qu'elle seule croyait voir. Les manches humides jusqu'aux coudes, une moue de mécontentement déformant un instant son visage, elle lança sa truelle dans un panier en osier.

– Rien, maugréa-t-elle. Rien de rien. Ce satané hiver qui n'en finit pas. Quelqu'un sait quoi ?

– Mais tout, Marie, tout ! Ce crétin de TS… Il était dedans jusqu'au cou, ça oui ! Mais le bellâtre qui s'est permis de l'occire ! Qui est-ce ?

– Je crois que c'est ce que cherche à déterminer notre jeune Matthias.

Mélanie se traîna jusqu'au salon de jardin et s'affaissa sur une chaise sans se préoccuper de se tremper le derrière. La prieure laissa son jardinage et vint la rejoindre.

– Tu parles. On va voir ce qu'il donne, notre bon inspecteur. Nous ne sommes pas à Lyon, ici. Et il n'est plus si jeune que tu le dis.

– Comparé à nous, c'est un jeunot. Il est intelligent, Matthias. J'en sais quelque chose, c'est moi qui l'ai élevé, ici même.

– C'est un délinquant.

– *C'était*. J'ai réagi à temps. Il a fait quelques idioties, certes, mais c'est fini. Je ne doute pas que nous saurons bientôt qui est le meurtrier de Thomas, grâce à lui.

– Comprends-moi bien, je lui enverrai des fleurs dans sa cellule. Mais il sait.

– Qui sait quoi ? Tu me sembles bien agitée.

– Le meurtrier. Il sait. Il sait ce qu'il s'est passé, il y a quarante ans.

La prieure Marie s'empara de la gourde emplie de vin qui ne la quittait jamais. Elle ôta son monocle à l'œil droit et le frotta négligemment contre le revers de sa cape. Son visage reprit des proportions normales.

– Tu racontes des histoires, répondit-elle. Ce n'est pas possible.

– TS le savait bien. Il se *souvenait*.

– C'est ce qu'il t'a dit, Mélanie. Si ça se trouve, Thomas affabulait complètement. Si ça se trouve, il bluffait. Il prêchait le faux pour savoir le vrai, en quelque sorte.

Mélanie ricana, prit la flasque des mains de son amie.

– Il ne bluffait pas. Je n'ai pas eu besoin de dire un mot. Il se souvenait de chaque seconde passée dans cet endroit de malheur…

– Eh bien, paix à son âme, ce problème est réglé, coupa Marie. Thomas a voulu te faire du tort, il a écrit sa version des faits à la craie. La neige a effacé ses accusations.

– De la poésie, de la poésie ! Je te dis que le meurtrier a tout découvert, lui aussi !

– C'est impossible. Tous ceux qui auraient pu savoir quelque chose sont morts depuis des décennies. Il ne reste que nous deux. Et je puis t'assurer, s'empressa-t-elle d'ajouter, que ce n'est pas moi qui ai tué Thomas.

– Il l'a dit à quelqu'un avant de clamser. Mais tu ne peux quand même pas croire qu'il s'agisse d'une coïncidence ! TS qui menace de dénoncer mes crimes et, quelques semaines plus tard, qui est assassiné dans MA cave. Fermée à clé, ma cave. Il a découpé le cadenas, rien que ça.

– Je reconnais qu'on s'est donné beaucoup de peine.

– On m'envoie un message, Marie. Cette mort infamante, c'est une missive avec mon nom dessus. À l'intérieur, il n'y a que deux petits mots qui tiennent sur un fragment de papier : *Je sais*.

La prieure exhala un léger soupir et reporta son regard bleu sur les champs vallonnés. Parce qu'elles se connaissaient depuis l'âge tendre d'avant les premiers émois, d'avant les premiers doutes, Mélanie sut que Marie fouillait sa mémoire à la recherche d'une explication. Scrutant les traits paisibles de la prieure, elle y trouva du réconfort. Le nez retroussé, les sourcils pâles, les lèvres un peu affaissées, toute cette beauté fanée continuait de fasciner Mélanie. Le visage de son amie comptait autant de rides que le sien, mais pas une trace de l'aigreur dont elle-même se sentait gonflée. Marie n'avait pas de raison d'être aigrie : elle avait élevé des enfants, mais comme ils n'étaient pas les siens, elle ne souffrait pas de leur absence. Elle n'avait plus de père, pas de mari. Sa seule connivence était avec Dieu et Dieu la laissait interpréter Ses paroles à sa guise, ce qui était pratique.

– Thomas, c'est fort regrettable, avait de nombreux ennemis. Je crois être la seule, avec peut-être Adèle Lestrange, à ne pas l'avoir haï. N'importe qui a pu l'occire, Mélanie. Notre joli comte, Antoine de Maison-Rouge était en querelle avec lui depuis des années. Ta propre fille, Jeanne, avait mille raisons de vouloir s'en débarrasser. Les fermiers du Bas de Chalas. Tous ces pauvres paysans que monsieur le maire exploite sans vergogne. La liste est longue.

Mélanie considéra la figure désolée de la prieure et secoua la tête avec incrédulité.

– Je ne comprends pas.

– Qu'est-ce que tu ne comprends pas ?

– Que tu éprouves de la compassion pour cette raclure. Il n'aurait jamais dû naître.

– C'est bien pour cela que c'est moi qui suis bonne sœur, et pas toi. Allez, calme-toi. Matthias va trouver l'assassin et toute cette histoire sera enterrée. Je leur fais confiance, à lui et à mademoiselle Louve.

Mélanie grimaça.

– Parlons-en, de celle-là. Elle est très, très étrange. Sais-tu que c'est elle qui est descendue examiner le cadavre ? Elle vous décrit la mort avec une facilité !

– Ma chère, tu es en train de devenir une vieille bique acariâtre.

– Loin s'en faut. Je dis ce qui est. Je l'ai vue à l'œuvre, contrairement à toi. Et je te dis qu'elle est bizarre. Personne ne sait rien sur elle. Elle vit chez ton Matthias depuis bientôt deux ans, sa gouvernante, soi-disant.

– Son assistante.

– Si tu veux. N'empêche que cette femme est un mystère complet.

– Tout le monde n'est pas obligé de se livrer jusqu'au bout des cils. Mademoiselle Louve ne te doit rien, ni à toi ni à personne. Elle fait son travail, voilà tout. Elle me semble solide, peu émotive, tout à fait fiable pour la mission que l'inspecteur lui confie.

Ce fut cet instant précisément que choisit Esther Louve pour débouler dans le potager, foulant les massifs de ses bottines à boucles. Elle portait dans ses bras l'enfant-singe, arrimé à son buste. Escortée par un garçonnet à l'air incrédule, qui paraissait la prendre pour une toquée, la jeune femme se précipita vers les deux vieilles.

Mélanie claqua sa langue de réprobation et Marie lui adressa une œillade noire.

– C'est bon, Marcel, tu peux y aller, merci, dit-elle au garçon qui s'empressa de disparaître.

Bien que son encombrement rendît sa démarche maladroite, Esther affichait l'air impassible dont elle était coutumière.

– Ah, vous êtes là. Bien. Il faut m'aider avec ce petit, prieure.

– « Ma mère », mademoiselle Louve. Je vous l'ai déjà dit.

Mélanie s'émerveilla du ton empreint de patience de son amie de toujours.

Esther déglutit, les narines dilatées par les odeurs de l'enfant.

– C'est le petit d'Irem Lauriers. Il faut vous en occuper.

– Pourquoi le petit d'Irem Lauriers s'accroche-t-il à vous comme une huître à son rocher ?

– Mélanie, tais-toi un peu. Que s'est-il passé ? Est-ce qu'Irem et Pierre vont bien ?

– Aussi bien que faire se peut dans leur regrettable situation. L'inspecteur a arrêté Irem. Et cet enfant n'est pas l'enfant de Pierre. Ce n'est pas l'enfant d'Irem non plus. Il n'est plus l'enfant de personne. Il est seul. Il faut vous en occuper.

Mélanie haussa les sourcils vers le ciel, soufflée. Quant à la prieure, elle ficha les poings sur ses hanches et beugla :

– L'inspecteur a fait QUOI ?

Son cri les fit sursauter. L'enfant sans nom resserra son étreinte, Esther s'impatienta.

– Prieure, s'il vous plaît…

– Mais c'est RIDICULE ! Arrêter IREM LAURIERS. Moi qui disais justement que ce garçon était intelligent ! C'est un IDIOT !

Mélanie Gauthier reporta son regard sur son amie, dont le coup de colère était des plus inhabituels.

– Pourquoi t'emportes-tu de la sorte ? Peut-être a-t-il une bonne raison de…

– BALIVERNES. Je m'en vais immédiatement les trouver !

Comme elle s'apprêtait à s'élancer, Esther fit un pas de côté et lui barra la route.

– Ils ne vont pas s'évaporer, et moi j'ai des choses à faire. Des choses qui ne concernent pas ce garçon.

– Ça va, donnez-le-moi. Allez viens, mon petit. Tu es en sécurité, ici. Tout va bien.

Il fallut à Marie des trésors de patience pour convaincre le garçonnet, qui tenait ses yeux résolument fermés, de s'en remettre aux soins d'une sœur attentionnée pendant qu'elle-même filait à la mairie. Mélanie se prit à rêver que le meurtre de TS n'avait pour fondement qu'une banale histoire de coucherie. Esther Louve, quant à elle, disparut.

Chapitre 9

D'aussi loin que remontait sa mémoire, Matthias Lavau avait toujours été en quête de quelque chose. En quête d'ennuis, le plus souvent.

Il courait au-devant des emmerdements avec une sorte de joie masochiste et désespérée, ne respirait pleinement qu'au parfum des calamités et des tracasseries. Résigné très tôt à cette déplorable attitude, il décida vers sept ou huit ans qu'elle n'était qu'un juste retour des choses. Après tout, Matthias avait été abandonné par sa mère – il ne doutait pas que ce fût sa mère la coupable, c'était toujours mieux quand on blâmait les femmes. Sans la miraculeuse intervention du comte de Maison-Rouge, il n'aurait pas laissé de trace dans l'univers. Il ne subsistait rien de cette nuit-là qui aurait pu le guider sur un début de piste et il fallait se rendre à l'évidence : il ne connaîtrait jamais le nom de ses géniteurs. Ce constat l'avait laissé avec une soif de recherche décuplée, une rage de savoir, de fouiller, de comprendre qui, loin d'en faire un sage, l'avait poussé sur les sentiers semés d'écueils de sa propre rébellion.

Brillant devant son pupitre, Matthias Lavau perdait toute mesure une fois sorti de la classe. Il jalousait ses camarades dotés de parents bien vivants, à l'instar d'Antoine de Maison-Rouge qui, s'il avait un père, s'en serait volontiers passé. On ne comptait plus le nombre de fois où ils se mirent sur la figure, l'orphelin et l'aristo, accrochés aux basques l'un de l'autre, entichés d'amitié. Inséparables et incapables de s'entendre. Bon, Antoine n'avait plus de mère, cela le sauvait légèrement aux yeux de son camarade. Avoir une mère restait quand même le comble de l'affront.

En grandissant, Matthias Lavau n'épargna rien à sœur Marie. Il vola de la nourriture, cogna ses camarades (les plus petits et les plus faibles, tant qu'on y était), s'introduisit dans les maisons du bourg par effraction. Pourquoi ? Pour emmerder le monde. Une fois, il mit le feu à la carriole du curé et passa cinq jours au mitard pour pyromanie. Sœur Marie fit libérer son protégé et le ramena avec elle au couvent, tellement excédée qu'il lui fallut trois jours pour avaler la pilule. Entêtée comme un mulet, elle trouva bientôt le moyen de mettre un terme aux méfaits du garçon.

Matthias allait sur ses seize printemps en traînant la patte, la mauvaise foi ceinte sur la figure comme des boutons de puberté.

La rencontre se fit un soir d'hiver ; les sœurs recevaient à dîner un voyageur qui n'avait pas trouvé de gîte à Haut-de-Cœur. L'homme possédait de petits yeux noirs, un long nez, une épaisse moustache et une barbichette taillée en pointe. Ses oreilles étaient très légèrement décollées. Élégamment vêtu d'un veston sur lequel il plaça sa serviette blanche, il se reput de soupes et de ragoûts. Matthias, qui servait comme grouillot en guise de châtiment pour l'incendie de la voiture, le considéra avec dédain. Reniflant grossièrement, il lançait des œillades accusatrices à sœur Marie. Le monsieur se présenta ; il se nommait Alphonse Bertillon et officiait comme criminologue pour le Bureau d'identité. Sœur Marie trouvait le bonhomme suffisant et très heureux de lui-même, mais elle n'en laissa rien paraître, son exquise politesse et ses manières impeccables présidant au dîner.

– L'affaire Ravachol, vous en avez entendu parler, peut-être, ma chère sœur ?

D'un geste sec, Marie ordonna au grouillot de débarrasser les plats.

– Ravachol, dites-vous ? Cela me dit quelque chose.

– Bien sûr, que cela vous dit quelque chose ! La presse en a fait des gorges chaudes, il y a trois ans. Un mètre soixante-six sur une envergure d'un mètre soixante-dix-huit, maigre comme un clou, cheveux châtain foncé, teint jaunâtre, visage osseux, nez assez long, figure allongée, front bombé et assez large, aspect maladif ! énuméra-t-il, son enthousiasme s'envolant un peu plus à chaque qualificatif.

Matthias haussa un sourcil en ramassant le verre de leur hôte, verre que ce dernier s'empressa de récupérer.

– Cicatrice ronde à la main gauche, au bas de l'index, près du pouce. Un grain de beauté sur le pectoral gauche, un autre sous l'épaule gauche.

Les sœurs échangèrent un coup d'œil, tandis que Matthias se retenait de rire. Au bout d'un instant, sœur Marie ébaucha un sourire.

– Oui, maintenant que vous le dites.

Le sieur Bertillon parut extatique. Il donna une grande claque dans le dos de Matthias et plongea son long nez dans son verre de vin.

– Eh bien madame, je veux dire ma sœur, ma très chère sœur, si ce sinistre individu n'avait pas été bertillonné à la prison de Saint-Étienne un peu avant la fin du dernier siècle, il n'aurait pas été retrouvé et guillotiné pour ses crimes deux ans plus tard !

L'heure filait, notre grouillot avait faim et froid et n'aspirait plus qu'à être relevé de ses fonctions de domestique. Il s'efforçait de ne pas en vouloir à sœur Marie, mais quand même ; elle mettait un tel entrain à le punir, à croire que c'était sa voiture à elle qui avait flambé. Néanmoins, l'excentricité du visiteur ainsi que sa comédie sur le dénommé Ravachol réveillèrent Matthias.

– Bertillonné ? Qu'est-ce que ça veut dire ?

– Matthias. Tu peux t'en aller.

– Oh non, laissez-le ma chère ! Tâchons de ne point étouffer dans l'œuf la curiosité de nos jeunes gens, voulez-vous ? Vois-tu mon garçon, j'ai dit que je m'appelais Bertillon et que j'étais criminologue. Eh bien j'ai inventé un système, le bertillonnage, qui permet d'établir des fiches de signalement de tous les individus arrêtés par la police. Ainsi, s'ils devaient répéter leurs crimes, nous les confondrions sans problème.

Pour la première fois de la soirée, le visiteur apparut comme un invité digne d'intérêt pour la petite assemblée de religieuses et leur grouillot de circonstance. Marie, qui elle-même s'intéressait au monde et lisait le journal, se pencha en avant.

– Des fiches de signalement ? Il me semble avoir lu quelque chose à ce sujet… Il s'agit de relever des mesures anthropométriques, n'est-ce pas ?

Le regard de Bertillon s'éclaira ; il adorait être sollicité pour discourir sur son dada.

– Précisément ! Toi, mon petit, viens là.

Il se leva et fit signe à Matthias de le rejoindre. Sans pudeur, il le saisit par les épaules et le fit se redresser, menton dressé.

– Voilà, tiens-toi bien. Tout d'abord, je relèverais ta taille. Quelle taille fais-tu ?

– Euh…

– Tu es diablement grand. Un mètre quatre-vingt-douze, disons. Je mesurerais ensuite la longueur du corps depuis l'épaule gauche jusqu'au majeur droit… puis la longueur du tronc de la tête au postérieur, mais pour cela il faudrait que tu sois assis.

Ravi de pouvoir ainsi se livrer à cette étonnante démonstration, Alphonse Bertillon illustrait chaque parole de gestes précis.

– N'oublions pas la longueur et la largeur de la tête, la longueur de l'oreille droite, la longueur du pied gauche, la longueur du médius gauche et enfin… la longueur de la coudée gauche.

Il cessa de manipuler Matthias pour se retourner, triomphant, vers sœur Marie.

– Voyez, rien de sorcier. Il suffisait d'y penser !

– Mais est-ce vraiment fiable ? demanda une religieuse à l'embonpoint prononcé, qui enseignait la géographie. Notre Matthias est un jeune délinquant bien connu dans le bourg. Ses premiers méfaits ne datent point d'hier ; si vous aviez pris ses mesures à l'époque, elles auraient été celles d'un enfant ! Regardez-le maintenant.

– Vous avez tout à fait raison, ma sœur. Voilà pourquoi j'ai rajouté à mon signalement ce que je nomme gentiment le portrait parlé : il s'agit cette fois de relever, sur le visage de l'individu, une quinzaine de critères morphologiques caractéristiques. Ce délinquant-ci a les yeux gris, le teint bruni, la bouche fine et dure, une infime cicatrice près de son œil gauche… là, voyez… etcetera, etcetera !

Matthias porta la main à son œil gauche, distrait.

– Et comme je bénéficie également d'une expérience considérable dans le département de photographie judiciaire, j'ai songé à mettre en place les photos anthropométriques, de face et de profil. Avec tous ces éléments, écrits et visuels, ce jeune orphelin n'aurait aucune chance d'échapper à la justice !

Les religieuses échangèrent des regards approbateurs sans enthousiasme véhément. Seul Matthias semblait fasciné.

– Et ce Rava chose, qu'avait-il fait ?

– Ravachol. Un anarchiste notoire, instigateur de plusieurs attentats et assassinats. Le bougre en a perdu sa tête, vive la République !

– Et vous dites que c'est sa… fiche signalétique qui a permis de le confondre ?

– Tout à fait, mon garçon.

Matthias Lavau resta silencieux un long moment, tandis qu'une aimable conversation reprenait entre les Ursulines et leur hôte pas banal. Depuis toujours, l'histoire qu'il se racontait au sujet de ses parents était une histoire de bonne famille : un couple jeune et bien fichu, pas trop riche puisque lui-même avait fini dans un sac de jute à Combe-Lavau. Un malheur s'était abattu sur le pauvre couple et la mère avait pris la décision d'éloigner leur enfant. Il ne savait pas quel malheur ; mais ça le réconfortait de penser avoir été aimé. Ça lui semblait plausible.

Pour la première fois de sa vie, Matthias Lavau égratigna son rêve et fit de ses parents de sombres criminels. Des escrocs, des voleurs, des bandits, peu importait. Mais il fallait qu'ils soient suffisamment terribles pour finir dans les fiches de Bertillon ; pour laisser cette malheureuse et accidentelle trace d'eux-mêmes.

– Je veux venir avec vous. Je veux dire, je voudrais étudier votre science à vos côtés. Devenir un policier enquêteur, cela me plairait. C'est ça. Policier enquêteur, sœur Marie. Vous disiez hier que je devais trouver un métier ou un compagnonnage. Policier, c'est aussi bien que le reste. Monsieur Bertillon, me prendrez-vous comme étudiant ?

L'aimable conversation mourut, tandis que tous les regards convergeaient vers ce grouillot à la silhouette haute et massive. Sœur Marie ne dit pas un mot, comme si elle laissait l'idée cheminer sans se presser. Elle avait eu hâte de se débarrasser de Matthias, certes, mais la perspective d'un départ imminent provoquait des sentiments fracassants. Elle n'en montra rien, et puis quoi encore, hocha la tête et interrogea Alphonse Bertillon du regard.

– Eh bien monsieur, prenez-vous des étudiants ? Je puis vous assurer que celui-ci sera le plus assidu. Je ne sais pas combien mesure sa tête, mais elle est bien faite, vous pouvez me croire.

Faisant escale à Haut-de-Cœur sur la route qui le conduisait de Paris à Lyon, Alphonse Bertillon n'avait pas prévu de ramasser au passage un jeune homme, si brillant fût-il. Il n'avait pas vocation à l'enseignement et n'accordait que peu d'intérêt aux individus de moins de vingt ans que la vie n'avait pas encore changés en criminels. Il n'aimait pas vraiment les gens et détestait cordialement les Juifs (mais Matthias n'était pas juif, donc passe encore). Il se fit prendre par le regard bleu et imperceptiblement caressant de sœur Marie. Il pensa : *Les femmes, toutes des hypocrites. Ça se dit religieuse mais ça joue de ses charmes pour obtenir des faveurs !* Il dit :

– Allons ! Je pourrais avoir l'utilité d'un assistant. Nous partons demain matin, mon garçon. Ne sois pas en retard.

*

Il fut décidé que Matthias Lavau suivrait l'enseignement policier dispensé dans la capitale, tout en assistant monsieur Bertillon dans ses travaux de recherches et d'identification des criminels.

Cela ne prit guère de temps pour que l'orphelin devienne un étudiant sérieusement passionné, avalant les qualifications et les diplômes avec voracité. Sitôt ses heures d'études accomplies, il courait, sacoche débordant de cas pratiques sous le bras, jusqu'au service d'identité judiciaire de la préfecture de police de Paris. Il avait là, juste à l'extérieur du bureau de son maître, une minuscule table branlante surmontée de quelques plumes et d'une liasse de feuillets vierges. Très vite, Matthias constata qu'en son absence, le bureau restait vide. Il retrouvait systématiquement les plumes à l'endroit exact où il les avait abandonnées ; les feuillets noircis d'encre s'empilaient dans un désordre qui lui était propre. C'était peu et c'était beaucoup, cet espace qui n'appartenait à personne d'autre ; ce morceau de bureau, ce carré d'importance dont il se sentait investi.

Un soir, le criminologue déposa devant Matthias une boîte aux larges dimensions, dont le fond menaçait de céder sous le poids de son contenu. Le jeune homme souleva le couvercle, l'œil interrogateur.

– Mon garçon, voici ta première mission d'importance à mon service ! Si tu veux travailler comme agent aux côtés des meilleurs policiers de Paris, il va falloir leur prouver ton utilité. Comment ? En compulsant ces carnets que tu vois dans cette boîte. Ne te méprends pas : il en existe des milliers, rien qu'ici à la préfecture. Tu vas les lire, les étudier, t'en imprégner jusqu'à en savoir le contenu le mieux possible.

Le jeune homme feuilleta un des carnets. Il regroupait des dizaines et des dizaines de photographies anthropométriques en format réduit.

– Ce sont mes fameuses fiches, optimisées de façon à pouvoir les consulter plus aisément. Chaque paire de photos comporte en marge les indications de la taille, de la couleur, de l'œil et d'autres marques particulières.

Un instant, Matthias se sentit pris de vertige. Un seul carnet équivalait à plusieurs centaines de profils qui, balayés ainsi d'un coup d'œil, se ressemblaient de façon confondante. Allait-on exiger de lui qu'il fût capable de reconnaître chaque voleur de cette liste interminable ? Chaque assassin, chaque escroc ? La chose lui parut ubuesque – il n'osait imaginer la réaction de sœur Marie s'il était renvoyé au Clos pour nullité éclatante.

– Ces carnets se nomment des DKV. Sais-tu ce que cela signifie ?

Et comment diable le saurais-je ?

– Non, monsieur.

– *Deq, Car, Vex.* Cela correspond aux abréviations réglementaires des expressions « lobe descendant ou équerre », « antitragus à profil cave ou rectiligne » et « pli inférieur de l'oreille à coupe convexe ».

À ce stade, Matthias ignorait ce qu'était l'antitragus et n'écouta pas la suite des explications ; il se demanda seulement pourquoi le terme *Car* était devenu la lettre K. Il se garda bien de poser la question, certains professeurs n'aiment pas ça, les questions. Il hocha la tête, songeant à ses complices de toujours, Antoine de Maison-Rouge et Jeanne Gauthier, probablement en train de picoler du vin de messe à l'heure où lui devait se farcir la tronche de milliers de scélérats.

– Bien ! Dans ce cas, au travail et bon courage, mon jeune ami. Je flaire en toi un physionomiste hors pair.

Bertillon tint parole. Au terme de longs mois de labeur et quand il fut avéré que Matthias Lavau excellait dans sa scolarité, le chef du service d'identité judiciaire dépêcha le jeune homme au commissariat miteux de la rue de la Huchette. Étroit conduit entre le boulevard Saint-Michel et la rue du Petit-Pont, la rue de la Huchette faisait face à Notre-Dame. C'était une ruelle de quartier à matelots, sinueuse et grise, ponctuée partout de bars, de filles, de bardeaux. Matthias découvrit un poste de police bas de plafond et aux murs crottés, éclairé par deux ampoules fienteuses ; il crut avoir mis les pieds dans un bouge mal famé. On lui fit bon accueil car on appréciait beaucoup Bertillon dans les commissariats de Paris. La visite fut rapide, puisque les locaux ne comprenaient qu'un box où l'on déchiffrait les informations reçues par télégraphe et une table vétuste. Jouxtant le commissariat, deux violons (en vocabulaire de cogne, ça voulait dire deux cellules) empestaient les vomissures, les excréments et le chien mouillé.

Avisant les trognes qui végétaient derrière les barreaux, Matthias en désigna un du doigt.

– Celui-là. Jérôme Jarre.

Le détenu leva brusquement la tête, soufflé d'entendre sonner ainsi son patronyme. L'agent de police Moulineaux siffla avec admiration, les poings sur les hanches.

– Eh bien, le bleu ! Le *padre* avait bien dit que t'étais fortiche, mais alors là ! Jérôme Jarre, hein ? Mon gars, ça va être du tout cuit, maintenant. On sait qui t'es et ce que t'as fait.

Moulineaux donna une claque amicale dans le dos de Matthias et, comme ils s'éloignaient pour s'en aller prendre un calva, le jeune homme se retourna furtivement pour contempler le visage de celui dont il venait de sceller le sort par sa seule mémoire.

Rue de la Huchette, on ramassait chaque jour des filles de mauvaise vie occupées à tapiner dans les encoignures de portes. Il y en avait de fort jolies et d'autres qui étaient de sacrés laiderons. Durant les mois passés au commissariat miséreux du quartier de Saint-Michel, Matthias vit défiler les mêmes visages désabusés, les mêmes regards vides. Poitrines affaissées marbrées de froid, corsages délacés, jupons retroussés, bas filés. À chaque clignement de paupières, le jeune Lavau photographiait ces pauvresses. Bientôt, il sut les reconnaître derrière un cul mâle gigotant sous un porche. Les putes s'enregistraient aussi aisément que les criminels.

– En v'là une nouvelle ! Lavau, Moulineaux, une nouvelle à Saint-Michel !

Moulineaux se leva de son bureau – une table branlante sur laquelle il rédigeait ses rapports – et vint examiner le minois frais et peinturluré de la donzelle qu'un dénommé Lamberteau tenait par le bras.

– Elle en astiquait un avec sa bouche, juste derrière la fontaine. Comme elle y allait ! Ce sont les cris heureux du gars qui ont attiré des enfants.

Matthias leva les yeux de ses carnets de photographies ; il cherchait parmi les fiches l'identité d'un homme arrêté la veille et dont la figure lui disait quelque chose. Une vilaine trogne dotée d'un long nez et de petits yeux porcins qui ricanait chaque fois qu'un agent lui adressait la parole. La fille avait peut-être dix-huit ans, sa jeunesse atténuait le parfum de la rue sur son corps à demi dévêtu. Au centre de son visage en cœur, deux yeux verts immenses considéraient les policiers avec un dédain culotté. Ses cheveux bouclés, d'un blond vénitien, étaient luxuriants et poisseux et sa petite poitrine ronde se soulevait insolemment.

– Elle n'est pas nouvelle, répliqua Moulineaux. Elle a simplement changé de nippes. Comment tu t'appelles, ma mignonne, déjà ?

La jeune femme soupira avec agacement, de l'air d'une bourgeoise ennuyée dans sa promenade par un contrôle de routine. Avec hauteur, elle détourna le regard de la face avide de Moulineaux. Matthias se redressa tout à fait sur sa chaise et croisa les bras, intrigué par son manège.

– Daphné, répondit la fille en examinant la salle principale du commissariat comme si elle faisait son marché immobilier. Daphné Mauriac.

– Lavau, Daphné Mauriac, elle te dit quelque chose ?

– Jamais vu.

– Tu vois ! s'exclama Lamberteau, triomphant.

Moulineaux tiqua, irrité, mais ne répondit pas. Il faisait trop confiance aux capacités physionomistes exceptionnelles de Matthias pour se lancer dans un débat qu'il était certain de perdre.

– Eh bien tu mets mademoiselle Mauriac au mitard jusqu'à demain matin !

Là-dessus, Lamberteau et Moulineaux filèrent car il était tard et le jour déclinait. Chacun avait une femme et Lamberteau élevait deux enfants. Matthias restait, ainsi que deux autres agents qui avaient la charge de la nuit.

Le jeune homme fouilla des heures le contenu de sa mémoire et des carnets, sans toutefois y retrouver le visage de l'homme qui se trouvait dans un des deux violons. Épuisé et engourdi, il se leva aux alentours de minuit avec l'intention de regagner ses pénates.

Il salua ses collègues et, sortant du commissariat, s'autorisa la curiosité de passer la tête dans le violon réservé aux femmes. Il était vide, à l'exception de Daphné Mauriac qui soupirait à fendre l'âme, telle une innocente sur le point d'être guillotinée. Elle l'aperçut avant qu'il n'ait pu s'esquiver.

– Ah, inspecteur. Ou quel que soit votre grade. Approchez donc. Approchez, je ne mords pas. Sauf si l'on me demande gentiment.

Matthias chassa un picotement dans la nuque, mal à l'aise.

– Que veux-tu ?

– Comme tu y vas ! Eh bien tutoyons-nous, cela me va. Allez, viens.

– Que veux-tu ?

– Sortir de ce trou, pardi. Pendant que je croupis ici, je ne gagne pas ma vie, vois-tu. J'ai une proposition à te faire.

À cette époque, Matthias Lavau était raide amoureux de sa camarade Jeanne Gauthier. Son expérience des choses de la vie remontait au temps où, fuguant dans les collines, ils se léchaient le visage en s'agrippant l'un à l'autre comme deux huîtres à leur morceau de récif. Il gardait de ces escapades un souvenir béni, souvenir qui échouait toutefois à le décharger de toutes les énergies que son grand corps concentrait. Matthias avait en vue une jeune novice fraîche comme la rosée du matin – il vivait dans la dépendance d'un couvent, administré par une connaissance de sœur Marie. Le jeune homme pressentait que la novice se laisserait convaincre de soulever sa chasuble s'il se montrait suffisamment persuasif ; or il craignait, de par sa longue période d'abstinence, de l'effrayer en se révélant de nature précipitée.

Daphné Mauriac se retrouva donc les deux mains sur le mur de pierre, penchée en avant, tandis que Matthias la délestait du lourd tissu de sa jupe. Et pendant qu'elle jappait joyeusement en se mordant les lèvres, le jeune agent la besogna. Il soulagea ainsi les innombrables heures à s'user les yeux sur les carnets, les centaines d'heures passées à étudier à la lueur des bougies dans la cellule qu'il occupait au couvent. Il soulagea la misère, le crime, l'horreur dont il était chaque jour le témoin. Il soulagea le manque qui lui serrait la gorge et le ventre chaque fois qu'il songeait à Jeanne. Il soulagea encore les élancements qu'il ressentait dans le sexe en croisant la novice, qui baissait ses yeux de biche.

Baiser Daphné Mauriac lui fit un bien fou.

Par la suite, il passerait de longues heures nocturnes dans la spartiate cellule de la novice, à fumer des cigarettes et à la convertir aux plaisirs de la chair. Il honorerait quelques rendez-vous avec Daphné, dont les taches de rousseur et la jeunesse effrontée l'attendrissaient. Il conclurait moult marchés avec des criminels en échange d'informations, contrevenant aux règles comme il l'avait toujours fait et découvrant que nul ne lui en tenait rigueur tant qu'il livrait les résultats escomptés. Il lui suffisait d'être le meilleur. On pardonnait tout aux meilleurs.

*

Le siècle passa, emportant son tourbillon d'affaires et de révolutions, cédant le jeu aux intrigues qui rampaient en Europe comme les orvets qui se glissent dans les maisons pour avoir chaud. Il y avait dans le Vieux Lyon une petite rue dont le chiche éclairage peinait à transpercer l'épaisse couche de brume abattue sur la ville. Il ne fallait pas être trouillard pour s'aventurer par là. Au terme d'un différend d'opinion qui lui valut de passer plusieurs semaines en cabane (il ne faisait rien à moitié), Matthias Lavau plaqua la rue de la Huchette, Daphné Mauriac, Lamberteau et Moulineaux. Surtout, il plaqua Bertillon dont l'étroitesse d'esprit n'avait d'égal que l'amour que le bonhomme se portait à lui-même. Il se retrouva donc au 35, rue Saint-Jean, dans la bonne ville de Lyon. Planté devant l'entrée du palais de justice, il contemplait avec circonspection la devise sur le fronton, coincée entre les deux extrémités d'un compas. *Travaille – Étudie – Sois Juste – Bon – Tolérant.*

Envoyé là par sa hiérarchie lassée de lui, il n'avait pas idée de ce qui l'attendait. Il poussa les battants de la porte et demanda après « le laboratoire ». C'est ainsi qu'on lui avait vendu sa nouvelle affectation, après des années à confondre les criminels de Paris. *Il y a ce type que j'ai reçu en stage*, avait dit Bertillon avec un geste condescendant de la main. *Un dénommé Locard. Il a des tas d'idées, comme toi mon garçon, des tas d'opinions ! Va donc le voir et dis-lui que je t'envoie. Il m'est reconnaissant de quelque chose, il va bien me débarrasser de toi en échange.* Un secrétaire affairé lui indiqua sans mot dire une volée d'escaliers qui s'enfonçaient dans les étages. Matthias grimpa jusqu'au premier et renouvela sa demande. On le somma de monter encore, toujours plus haut jusqu'à ce qu'il n'y ait plus de marche à escalader.

Au cinquième étage, dans une sorte de grenier auquel on accédait par une échelle, « le laboratoire » était aménagé dans un enfilement de pièces ni vraiment petites ni assez grandes. L'endroit comptait moins de dix personnes. Un inspecteur faisait le portrait parlé d'un détenu tandis que son collègue contraignait le pauvre gars à plonger les doigts dans une substance noire, avant de les essuyer sur une feuille de papier. Un peu plus loin à gauche, un autre individu entrait et sortait d'une chambre noire, les bras chargés de photographies. Comme personne ne prêtait véritablement attention à lui, Matthias pénétra dans le laboratoire et s'octroya la permission de visiter.

En face de l'entrée, un couloir étroit desservait deux salles successives. Dans la première où il jeta un coup d'œil, il n'aperçut qu'un capharnaüm terrifiant. On entreposait là toutes sortes d'objets, de boîtes, de meubles dont on ne savait certainement que faire. La seconde pièce recelait un laboratoire de chimie au centre duquel trônait une table d'autopsie recouverte d'un drap blanc. Un jeune homme aux cheveux châtains était penché sur un cadavre, plongé dans l'étude de viscères exposés à la lumière crue d'une ampoule électrique. Matthias s'éloigna promptement et gagna la dernière pièce.

Entre un bureau et une bibliothèque où s'entassaient des dizaines de livres et de revues, un homme aux yeux doux et à la grosse moustache leva le regard vers le nouveau venu.

– Sacré nom, dit-il. C'est un moulin, ici.

Matthias inclina la tête en guise de salutation.

– Inspecteur Lavau, dit-il. J'ai été muté ici sur ordre de monsieur Bertillon.

– Vous venez de la rue de la Huchette ? demanda l'homme en se renversant sur le dossier de sa chaise.

– Oui, monsieur.

– Il vous bazarde, c'est ça ?

Ne sachant ce qu'il devait répondre, Matthias ne pipa mot.

– C'est votre regard qui vous trahit. Ce regard dit que vous n'avez pas envie d'être ici. J'en conclus donc que votre départ de Paris ne s'est pas fait à votre initiative.

Le jeune homme haussa les épaules.

– Je suis un bon policier.

– Ah mais, mon jeune ami, cela n'a pas grand-chose à voir ! Moi-même je suis en passe de révolutionner la police en travaillant main dans la main avec la science et voyez comme on me traite ! On me parque dans des combles ! Enfin, ça évite aux raseurs de venir nous importuner trop souvent, c'est toujours cela de gagné.

Le fameux Locard s'était exclamé mais ne paraissait pas prendre ombrage de sa situation.

– C'est de la politique, mon cher. Rien que de la politique. Vous êtes brillant, mais vos idées et vos avis fâchent le maître, eh bien vous dégagez et voilà.

Il se leva et contourna son bureau pour venir serrer la main de Matthias.

– Bienvenue au service anthropologique de la police lyonnaise, inspecteur. Je ne suis pas mécontent qu'on nous envoie un peu de renfort ! Je vous assure que vous vous amuserez, avec nous.

*

Quelque temps après l'arrivée de Matthias dans l'équipe de Locard, l'ouvrier imprimeur Fabry et le cordonnier Rollin se retrouvèrent devant la cour d'assises du Rhône. La condition modeste des deux compères les avait poussés à quelque vol minable : les abrutis avaient cambriolé un appartement pour la somme de quatre-vingt-quinze francs et y avaient laissé un souk gigantesque. Désolés de ne pas dégoter davantage de sous, ils avaient passé leurs nerfs sur les meubles et bibelots.

Fabry et Rollin nièrent l'évidence avec une fougue d'hommes tout à fait coupables. Et pendant que les enquêteurs s'acharnaient à démontrer la faiblesse de leur alibi, à les présenter comme des récidivistes aguerris, Edmond Locard obligea Matthias Lavau à procéder à l'examen minutieux de tous les objets saccagés par les deux délinquants. Il lui confia du noir de fumée et un microscope, *Tirez vos propres conclusions, mon vieux !* Matthias utilisa la poudre pour révéler, sur les lampes et coffrets de la victime, les empreintes laissées par les malfaiteurs et les compara avec celles de leurs doigts.

– De toute évidence, dit-il à Locard, Fabry et Rollin sont coupables. Les empreintes correspondent parfaitement.

– De toute évidence, approuva Locard avec un large sourire.

Fabry mangea six ans de réclusion et son acolyte se contenta de cinq ; l'affaire fit couler l'encre des rédactions et s'activer toutes les langues, puisque pour la première fois, on enfermait des hommes sur la seule preuve dactyloscopique.

Un jour que Matthias dissertait avec les inspecteurs Picault et Poux des mérites comparés de toutes ces méthodes singulières, les hommes du laboratoire furent avertis qu'un crime odieux venait d'être commis. Une jeune tenancière de café avait été retrouvée morte sur sa couche, nue comme au premier jour et le corps lacéré. La chambrette de la pauvre fille saccagée, l'argenterie pillée comme il se doit. Un cas sordide à souhait. Comme Picault et Poux étaient eux-mêmes bien occupés, il échut à Matthias de se charger de l'affaire.

L'inspecteur se rendit sur les lieux, contre son gré, houspillé par son supérieur. C'était confirmé, ses années à côtoyer le crime n'y changeaient rien : Matthias n'aimait pas le sang. Ni le sang, ni les viscères, ni l'expression tourmentée qui hantait les visages figés dans la mort. Cette vue lui flanquait des nausées et de la fièvre. Diable, on pouvait être inspecteur et aimer le beau ! Cependant Edmond Locard avait son idée sur la question et cette idée impliquait que Matthias fût le premier sur la scène de crime.

– Le premier, mon jeune ami, et vite avec ça ! Le temps qui passe, c'est la vérité qui s'enfuit, n'oubliez pas. Assurez-vous que rien, ni la victime, ni ses affaires, ni aucun objet n'a été touché ou déplacé. L'assassin a laissé la marque de son passage, vous pouvez en être certain. Cherchez, cherchez-la bien. Et prenez des précautions : de la délicatesse, c'est ce que requiert l'infamie pour être démasquée.

Élodie Savoyard, la victime, baignait dans tout un tas de liquides malodorants quand l'inspecteur pénétra dans la chambre. Comme c'était souvent le cas, elle s'était fait dessus en quittant le monde des vivants. Matthias se demanda si lui aussi, le jour de sa mort, offrirait au pauvre couillon chargé de nettoyer derrière lui le spectacle de ses excréments flottants.

– Inspecteur, vous allez bien ?

L'estafette qui gardait l'entrée du café et chassait les curieux lui adressa un regard suspicieux.

– Vous êtes pâle comme la lune. Vous z'allez pas tourner de l'œil quand même ?

Matthias résista au désir de cogner l'estafette en pleine face. L'inconfort terrible qu'il ressentait le rendait plus irascible encore qu'à l'accoutumée.

– Contentez-vous de disperser les vautours, mon vieux. Et faites appeler le docteur Taillandier de la rue Saint-Jean. Qu'il vienne chercher Élodie dans deux heures.

– C'est qui, Élodie ?

– La victime, crétin.

Matthias inspira profondément et procéda, comme Locard le lui avait appris, aux différents relevés sur le corps froid et marbré. Il se concentrait sur les infimes détails, passant au peigne fin ce qui était, quelques heures auparavant, une personne au sang chaud.

– Qui es-tu, Élodie ? murmura-t-il. Qui étais-tu pour qu'on veuille ainsi te rayer de la liste des vivants ? Le monde est ainsi fait, ma belle, que des femmes abandonnent leurs petits dans la forêt, que des fous découpent les beautés comme toi, que d'autres fous inventent des méthodes pour confondre les criminels et ficher tous les individus. Il n'y a pas beaucoup de justice, si tu veux mon avis. Une fille que j'ai connue à Paris, Daphné. Tu l'aurais vue, mignonne comme pas deux et talentueuse, ça oui. Réduite à faire le plaisir des vieux et des cinglés. Toi, tu n'avais pas l'air malhonnête. Pas beaucoup de justice.

Et Matthias parla ainsi au cadavre d'Élodie jusqu'à en avoir fini des relevés d'empreintes digitales, labiales, de pas et de dents. Il disserta sur le monde et sur sa vie en procédant à une multitude de prélèvements de cheveux, de poils, d'ongles, de fragments de toutes sortes. Parler, ça aidait pour les nausées.

Marcus Taillandier, le médecin légiste de l'équipe de Locard, fit récupérer le corps pour procéder à l'autopsie. Il déclara tout à trac qu'Élodie Savoyard avait été violée par un tordu qui lui avait mordu le corps en divers endroits, marquant son territoire comme un chien pissant sur un mur, avant d'être égorgée avec vigueur. Et d'ajouter que le coupable était droitier et présentait probablement un faciès de traviole, car les marques de morsure laissaient supposer une mâchoire déformée.

– Élodie employait un homme à tout faire au café, dit Matthias. Un certain Alfred Lunard. Le gars n'a pas la figure très alignée.

Puis, après un silence, il ajouta :

– Il est fiché.

– Comment le sais-tu ? l'interpella Taillandier. Nous ne disposons d'aucun fichier ici.

Marcus rivalisait avec Matthias en hauteur et en envergure. Il était beau et constituait pour tous un mystère ; cet homme préférait la compagnie des cadavres à celle des femmes et, allons-y franchement, des vivants d'une façon générale. L'inspecteur Lavau haussa les épaules.

– J'ai passé des années la tête dans ces foutues fiches et j'ai bonne mémoire. Lunard est fiché, il a été arrêté plusieurs fois pour des larcins sans ambition.

Picault se leva du coin de table sur lequel il s'appuya.

– Eh bien nous allons vite savoir si ce bon Alfred a fait le coup. Je m'en vais lancer son signalement et ordonner son interpellation.

Le temps que Picault se rende au commissariat, Matthias se laissa choir sur une chaise. Des grains de poussière, s'échappant des lattes du parquet, restaient suspendus dans les airs. Un soleil doré de fin d'après-midi inondait la pièce ; un entrelacs de lumière dansait sur le visage de l'inspecteur, soulignant les plis durs de sa mâchoire, son regard froid et tourmenté. Comme chaque jour que Dieu faisait, les pensées de l'inspecteur volèrent vers les bois de Combe-Lavau, vers le château de Nobles-Pierres, vers le clos des Ursulines. Ce morceau d'univers lui apparaissait si loin, comme une bulle, un patchwork de champs et de forêt inaccessible aux Lunard, aux Taillandier, aux Locard qui faisaient leur beurre de la violence des hommes. À cette époque, il ne mesurait pas son erreur.

Levant les yeux vers Marcus qui le toisait avec circonspection, Matthias se demanda si Jeanne l'aurait aimé. Jeanne avait un faible pour les hommes beaux, pour les sourires, pour le charme terrible des conquérants de cœurs. Il laissa échapper un ricanement ; Jeanne aurait *adoré* Taillandier.

– Lavau, dit soudain Locard. Pourquoi ai-je l'impression que votre cerveau turbine à grande allure et que cela ne va pas dans le sens de cette mâchoire de traviole ?

Le médecin légiste, occupé à se servir une tasse de café, stoppa son geste.

– Un détail cloche, dit Matthias sans bouger de son siège.

– Tiens donc. Lequel ?

– Je ne sais pas.

– Cela ne va guère nous aider.

– Je vais vous dire ce qui cloche, professeur, interrompit Marcus. Ce qui cloche, c'est que Lavau s'en vient de Paris et croit nous apprendre notre métier. Il se croit meilleur, voilà tout, à prétendre se rappeler *chaque* fiche de criminel passée sous ses yeux ! Il en existe des centaines !

– Des milliers, corrigea machinalement Matthias.

– Voyez comme il se vante ! C'est humainement impossible. J'ai établi que l'assassin d'Élodie avait la mâchoire décalée et voilà que Lavau affirme se souvenir de lui ! S'il est bel et bien l'assassin, il y a effectivement de grandes chances pour que Lunard soit fiché. Rien à voir avec la mémoire.

De fait, on arrêta bientôt Alfred Lunard en possession de l'argenterie dérobée dans l'appartement d'Élodie. La fouille de son domicile – une piaule immonde au fond d'une cave – révéla l'arme du crime, un couteau de boucher ensanglanté et dissimulé dans du linge féminin. Picault traîna le type jusqu'à la rue Saint-Jean, où il fut déféré pour y être interrogé par l'équipe de Locard.

– Quelque chose cloche toujours, s'obstinait Matthias.

La figure grêlée de Lunard paraissait avoir été sectionnée en deux d'un seul coup de sabre et rafistolée à la va comme je te pousse, sans souci de bien faire. Sa grosse tête ressemblait à une boîte mal fermée. On n'avait pas de mal à imaginer qu'un gars si laid ait dû recourir à la force avec une femme telle qu'Élodie. Pourtant, l'inculpé leur servit une tout autre version.

– J'l'ai pas tuée ! Z'êtes pas bien vous les cocos ! Élodie, j'l'ai pas tuée ! E'm'donnait du travail.

– Peut-être qu'elle ne te payait pas assez, suggéra Picault qui conduisait l'interrogatoire. Elle était radine, la donzelle Savoyard, alors tu t'es dit que t'allais te servir dans l'argenterie. Elle t'a surpris, c'est ça ? En train de la voler…

– J'ai rien volé. Pas vraiment.

– … Et tu t'es dit allez tiens, tant qu'à faire, autant prendre un coup de plaisir au passage.

Lunard darda ses yeux bleu ciel, incongruité dans sa face rougie de contrariété, sur l'inspecteur.

– Vous croyez qu'j'l'ai forcée ? Élodie ?

– Le médecin légiste est formel. Un violent rapport sexuel a précédé le meurtre. Donc un viol.

– J'l'ai pas violée.

– Je viens de te dire…

– Suis pas sourd, ai entendu. Mais Élodie, elle aimait bien quand ça y allait sévère.

Un silence stupéfait accueillit cette dernière sortie d'Alfred Lunard, et pendant que celui-ci croisait les bras sur sa poitrine en signe de défi buté, Picault, Lavau et Taillandier échangèrent un regard des plus perplexes. Lunard renifla et le silence fut rompu.

– *Quand ça y allait sévère* ?

– Tu veux dire que…

– Élodie Savoyard et toi… ?

Devant la figure déconfite des trois policiers, Alfred Lunard parut soudain se délester de son masque de stupidité. Il ricana.

– Vous pensez que parce que je suis moche, Élodie voulait pas de moi, hein ? Si j'la saute, c'est que j'la viole, c'est ça ? Ben voyons. Les types avec ma tronche, on a le choix entre les putes – et encore, les plus vilaines – et les bourgeoises qu'on menace pour arriver à nos fins. C'est ça que vous croyez ? Z'êtes plus cons que les poulets qui bouffent le foin et laissent la graine, ma parole. J'vais vous dire que'que chose, messieurs inspecteurs. Les femmes, c'est pas toutes des connasses comme nous autres. Y en aura toujours pour prendre des gars comme ça dans leur lit, et avec le sourire encore ! Le moche et le plus con d'entre nous, l'aura toujours une grue pour lui remplir la panse et lui vider les couilles.

Picault tira une chaise et se laissa choir dans un bruit mat. Comme Taillandier virait à l'écrevisse, Matthias se détourna pour dissimuler son envie de rire. Alfred Lunard ponctua sa leçon de philosophie.

– J'crois pas qu'l'inverse soit vrai, par contre. Moi, une cocotte avec ma gueule, j'en voudrais pas.

Là-dessus, il demanda la permission d'allumer une cigarette et, l'ayant obtenue, entreprit de rouler un cône de tabac. Matthias le scrutait. Picault reprit :

– Bon, si tu te tapais Élodie avec son consentement et qu'elle aimait ça quand tu lui plantais tes dents…

– Ah ouais, la cochonne !

– … et que tu ne l'as pas tuée, comment expliques-tu l'argenterie dans tes affaires ? L'arme du crime dans ta piaule ?

Alfred Lunard haussa les épaules.

– L'aut' jour on a fait not' affaire, Élodie et moi. J'me sentais bien, voyez. Le ventre plein, les couilles vides. Et elle me parlait bien, en plus, au café et tout ça. Donc on a fait not'affaire et je suis sorti pour aller pisser dans l'arrière-cour. Quand je suis remonté dans la chambre, elle était morte.

Taillandier s'énerva :

– Et tu n'as vu personne ? Comme c'est pratique. Tu racontes des salades.

– J'raconte pas d'salades. Un cinglé l'a tuée quand j'pissais. Élodie elle était morte. J'pouvais rien faire. Alors j'ai pris l'argenterie parce que j'savais qu'ça valait d'l'argent et qu'j'avais plus d'travail. Et j'me suis tiré.

– Pourquoi tu n'as pas appelé la police ? questionna Matthias.

Lunard ricana de nouveau et ses épaules s'affaissèrent.

– Ben, pour ça…

L'inspecteur Lavau se mit à faire les cent pas, tandis que Taillandier revenait à la charge.

– On a retrouvé l'arme du crime en ta possession, Lunard !

– J'sais rien de c't'affaire ! J'ai jamais touché c'truc !

Matthias jeta un regard vers le bureau de Locard dont la porte restait hermétiquement close. Les empreintes sur le couteau viendraient bientôt confirmer les allégations de leur principal suspect.

– C'est Charles qu'a fait l'coup, débita soudain Lunard.

– Qui est Charles ? soupira Picault.

– Ben, Charles. Le fiancé d'Élodie.

Matthias consulta les notes qu'il avait prises pendant son enquête de voisinage.

– Charles Boyer était à Paris au moment du meurtre. C'est un jeune avoué promis à un bel avenir, ajouta-t-il avec une pointe de dédain.

– Bah ouais. Mais p'têt qu'il était pas à Paris. L'aimait pas laisser Élodie toute seule. L'aimait pas ça parce qu'Élodie, elle, elle aimait bien.

– Sois plus clair.

– Ben Élodie, elle m'disait qu'Charles, il la questionnait toujours sur tout. Y voulait tout savoir, tout contrôler. Y voulait l'épouser vite vite vite. Élodie, elle voulait pas. Elle disait qu'y avait l'temps. Et qu'pendant c'te temps, elle s'amusait un peu avec moi. Le moche, tu parles, il aurait pas pu m'soupçonner.

– Pourquoi penses-tu que c'est lui qui l'a tuée ?

– J'vois pas qui d'autre. Et j'vois pas pourquoi, à part ça. La jalousie. J'vais m'griller une aut' cigarette si ça vous fait rien.

À cet instant, Edmond Locard sortit de son bureau. Imperméable à la tension entre ses inspecteurs, il jeta à peine une œillade à Lunard avant d'ordonner qu'on le ramène dans sa cellule. Et tandis que Picault se chargeait de la besogne, il convoqua Taillandier et Lavau dans son bureau.

– Il n'y a pas d'empreinte exploitable sur l'arme du crime, énonça-t-il. Pas en l'état.

– Foutre Dieu !

Le juron du médecin glissa sur l'air indifférent de la pièce et s'évanouit dans l'atmosphère.

– Votre conviction, messieurs ?

– Le type est coupable, lâcha Taillandier. Les marques de dents, les empreintes sur le corps, l'argenterie, l'arme du crime. Tout le désigne et son histoire de fiancé jaloux ne tient pas la route. Le fiancé était à Paris.

– Cela ne doit pas être difficile à vérifier, tempéra Locard. Lavau ?

– Lunard est un voleur à la petite semaine, mais ce n'est pas un meurtrier. Marcus, c'est toi qui le prouves.

– Qu'est-ce que tu racontes ?

– Tu as écrit dans ton rapport d'autopsie que l'assassin était droitier, n'est-ce pas ?

Taillandier haussa les épaules.

– Lunard est gaucher. C'était ça, le détail qui me chiffonnait. Les gauchers sont beaucoup moins nombreux que les droitiers. Je savais que la fiche de Lunard comprenait un détail aussi particulier, je n'arrivais pas à me rappeler lequel jusqu'à ce qu'il allume sa cigarette, tout à l'heure.

Marcus considéra son collègue avec stupéfaction, puis son expression se mua en un respect distant. Il hocha la tête, pas encore prêt à reconnaître sa défaite à voix haute.

– Nous avons donc établi que Lunard était innocent, dit Locard. Reste à trouver le coupable, messieurs.

– Comment allons-nous faire, sans empreinte et sans témoin ?

– C'est là que je me réjouis d'avoir encore des choses à vous enseigner, mes amis. Venez un peu par ici.

Le professeur Locard entraîna Lavau et Taillandier sur le côté de son bureau, vers une table chargée de matériel et d'instruments. Matthias reconnut le couteau de boucher, des habits et des bijoux qu'il avait lui-même rapportés de l'appartement d'Élodie.

– Je ne me suis pas exilé ici, dans ce grenier insalubre, pour me farcir les fiches d'identité de Bertillon. Ne le prenez pas mal, Matthias. Mais nous allons mettre notre grain de sel dans toute cette affaire, messieurs. La grande affaire de la police française. Avez-vous entendu parler de la poroscopie ?

– Bien sûr que non, soupira Taillandier dont la patience n'était pas le fort.

Le médecin légiste avait tenu assez de conversations pour la semaine et n'aspirait plus qu'à retrouver sa colonie de macchabées.

– Regardez donc, Marcus, au lieu de faire votre mauvaise tête. Vous êtes un bon médecin, mais vous êtes un jeune médecin et il y a foultitude de choses que vous ignorez.

Taillandier jeta un coup d'œil dans le microscope que Locard désignait, puis laissa la place à Matthias.

– L'empreinte est fragmentée, commenta ce dernier.

– Précisément. Nous avons une empreinte, mais elle n'est pas complète et présente à peine trois points de repère. Collecter les empreintes de ce Boyer ne sera pas compliqué, mais aucun juge ne le condamnera sans une comparaison solide avec celles relevées sur le couteau.

– Que nous n'avons pas.

– Mais nous avons autre chose, mon bon, nous avons autre chose. Matthias, regardez à nouveau et dites-moi ce que vous voyez.

Lavau fit craquer sa nuque et colla son œil à la lunette du microscope.

– Des petits trous.

– Des petits trous. Les orifices des glandes sudoripares. Taillandier ?

Marcus se redressa, le regard soudain lumineux.

– Les pores de la peau ! Sur un même individu, ils sont immuables et ne changent jamais d'aspect. Par contre, ils varient considérablement d'un sujet à l'autre.

– On peut identifier un individu au moyen de ses pores, renchérit Matthias. Exactement comme avec les empreintes…

Locard sourit.

Sur la table, Matthias avisa un collier en argent de fort mauvais goût. La chose comportait un nombre indécent de fioritures, des fanfreluches et de breloques qui devaient cliqueter quand on l'avait au cou. Élodie, unanimement décrite comme une fille très simple, n'avait pas dû le porter souvent. Il le souleva avec un mouchoir et le déposa dans la main tendue de Locard.

– Je parierais que Charles Boyer a offert ce présent à son amoureuse, dit-il. Auquel cas, ses empreintes seront dessus.

C'est ainsi que l'on confondit Charles Boyer, avoué de son état, pour le sauvage assassinat de sa fiancée infidèle. L'affaire fit grand bruit et Matthias Lavau continua de faire ses armes dans le laboratoire de Lyon. Il n'en avait pas fini avec le crime, loin s'en fallait.

Chapitre 10

– Qu'est-ce que vous fabriquez, Esther ?

L'aube, le désordre, l'enquête. La jeune femme s'était assoupie, assise sur le parquet. Elle sursauta et avisa la large silhouette de l'inspecteur dans l'encadrement de la porte de sa chambre. Il croquait avec nonchalance dans un rutabaga cru sommairement pelé. Elle se leva et contourna la commode pour la remettre en place. À l'air distrait de Matthias, elle comprit avec soulagement qu'il n'avait pas aperçu les inscriptions sur le mur.

– Une araignée, répondit-elle.

Matthias pénétra dans la chambrette étroite, occupant d'un coup le petit espace qu'Esther avait habituellement pour elle seule. En bretelles et bras de chemise, il fit mine de lui proposer un morceau de son navet et s'affala lourdement sur le lit. Elle sentit affleurer à ses narines les relents de nuit qu'il portait encore sur lui, les effluves suaves qui se logeaient dans les replis de la peau.

– J'ai fichtrement mal dormi. J'essaye de comprendre pourquoi cette pauvre fille s'est pris le chou-fleur à attirer TS dans la cave de Mélanie. Croyez-vous qu'elle lui ait fait miroiter une partie de chevauche endiablée ?

Dans la cave de sa belle-mère, pour faire la nique à Jeanne ? C'est tordu, tout de même.

– Je ne vous le fais pas dire, inspecteur.

Esther s'assura que sa collerette de cuir était bien fermée ; elle portait toujours ses vêtements de la veille. En proie à une soudaine démangeaison nerveuse, elle tendit le bras pour ouvrir son carreau. L'air de l'aurore afflua dans la pièce.

– Mais ça se tient, poursuivit Matthias en s'étalant encore davantage sur l'oreiller gris et plat. Pour protéger son mari de la honte d'être un cocu en plus d'être un infirme, Irem aura occis son amoureux. Pour l'empêcher de parler.

– Et elle lui aurait tranché la langue.

– Pour l'empêcher de parler, répéta l'inspecteur en hochant vigoureusement la tête. C'est symbolique ! Mais c'était un geste noble, s'empressa-t-il d'ajouter en se redressant. Pour épargner ce crétin de Pierre. Et débarrasser Haut-de-Cœur de cette raclure de TS.

– Elle ne le percevait pas tout à fait comme une raclure.

– On a le cheveu pour le prouver, acquiesça encore Matthias. Bien, je crois que cette affaire est emballée.

Esther lissa sa jupe rayée et glissa ses pieds dans ses bottines.

– Si ça ne vous fait rien, inspecteur, je vais aller à la prison interroger Irem et établir le relevé d'empreintes.

Il se précipita derrière elle dans les escaliers, la suivit dans la cuisine nimbée des lumières bleutées du demi-jour. Esther versa dans une casserole le reste de café de la veille et ranima le poêle.

– Le cheveu prouve peut-être qu'Irem et Thomas avaient des rapports intimes, commença Esther.

– Peut-être ? Vous considérez la possibilité qu'il ait volé son nécessaire de toilette pour se torcher avec ?

Elle ignora le sarcasme, décrocha sa pelisse pendue au clou de l'entrée, boutonna ses gants.

– Le cheveu ne prouve pas qu'Irem ait tué TS, continua Esther. L'empreinte que nous avons trouvée sur le corps le prouvera peut-être, mais j'en doute fort.

Matthias la toisa de toute la froideur dont il était capable. Ses yeux d'aigle auraient transpercé n'importe quelle âme ; Esther resta de marbre.

– Je ne crois pas vous avoir demandé de mener votre enquête. Pour qui vous prenez-vous ? Marcus Taillandier ?

Elle haussa les épaules.

– Je ne sais pas qui est Marcus Taillandier. Mais je ne peux pas croire que vous soyez assez idiot pour croire à vos propres sornettes, inspecteur.

– Je vous préviens, Esther…

– Vous savez parfaitement qu'Irem n'aurait jamais eu la force nécessaire pour maîtriser Sorel, même ivre. Je vous rappelle que l'assassin, en s'asseyant avec violence sur le corps, lui a affaissé la cage thoracique. Irem est délicate et menue.

La jeune femme avala la dernière goutte de son café. Comme elle lui tournait le dos, Matthias scruta les cheveux bruns qu'elle ordonnait d'une main distraite.

– Par ailleurs, je pense qu'elle aurait abattu son infirme de mari, comme vous dites, avant son amant valeureux. Et enfin, même si elle avait abattu TS et lui avait tranché la langue, elle n'avait aucune raison valable de la lui fourrer là où je l'ai trouvée. Votre hypothèse ne tient pas.

Ether se retourna et ficha ses yeux insondables dans ceux, furibards, de l'inspecteur.

– C'est donc que vous avez désespérément *envie* d'y croire. Ça vous arrangerait bien, en somme.

– Tiens donc.

Esther sortit sur le pas de la porte, inspira l'air glacé. La femme rousse qui tenait le café Bontemps passa devant le 7 de la rue des Juifs, emmitouflée dans une cape rouge qui défiait la morosité de l'hiver. D'un sourire absent, elle salua Esther et son visage s'éclaira un peu quand elle croisa le regard de Matthias.

– Salut, inspecteur, dit-elle. Esther, ajouta-t-elle en inclinant la tête.

– Bonjour Lorraine, répondit placidement la jeune femme.

Un silence aussi bref qu'étonné lui donna la réplique, pendant lequel Matthias leva les yeux au ciel, excédé, avant que la femme ne le rompe avec bonne humeur.

– Yvette, corrigea-t-elle. Lorraine, c'est celle qui s'occupe de l'Alimentation Générale. Celle qui s'appelle comme son frère. Enfin, son mari maintenant.

– Je vous prie de m'excuser. Yvette.

– Il n'y a pas de mal. Je vous comprends. Nous les orphelins, nous nous ressemblons tous un peu.

Esther attendit que la femme de François Lauriac se fût éloignée pour se tourner à nouveau vers l'inspecteur.

– Je ne crois pas non plus que votre bonne amie Jeanne ait fait le coup.

– Esther, je vous interdis de…

– … de penser que vous chargez cette pauvre Irem pour innocenter votre amoureuse ? Allons donc. Je vous dis que ce n'est pas elle non plus. Pour les mêmes raisons de corpulence. Et Jeanne Gauthier n'aurait certainement pas traîné son époux récalcitrant dans cette cave, prenant le risque de causer du tort à sa mère.

Après un moment, Matthias s'empara à son tour de son cache-poussière, récupéra ses gants, son casque, ses lunettes et son masque de cuir suspendus au-dessus du poêle et suivit Esther dans la rue. Ils cheminaient ainsi côte à côte, échangeant à voix basse moins par souci de ne pas déranger que pour préserver le secret de leurs réflexions, creusant un sillon dans la neige fraîchement tombée. À l'approche du Clos, comme chaque fois, Matthias tourna la tête vers la croix au bord du chemin et la porte bleue. L'aura des Ursulines était une chose magnétique, Esther s'en était aperçue. Elle posa la main sur son bras pour le ramener à sa présence. Il secoua la tête, revint à leur conversation.

– Oui. Bon. D'autant plus que vous êtes probablement la seule femme au monde capable de trancher la langue d'un pauvre bougre. C'est une besogne par trop virile. Et vu que ce n'est pas vous…

Esther s'arrêta de marcher et fixa sur l'inspecteur un regard anéantissant les maigres fragments d'estime qu'elle nourrissait à son égard.

– Quoi ? Ce n'est pas vous, quand même !

La jeune femme expira, les narines dilatées. Ils croisèrent le curé qui les salua d'un signe de la main.

– Que savez-vous des relations de TS avec Antoine de Maison-Rouge ? demanda-t-elle.

– Ce que tout le monde sait : ils se détestaient.

– À cause de Jeanne ?

– À cause de Jeanne. Mais pas seulement. Avant la guerre, Antoine était… disons très arrogant, sûr de lui. Assez condescendant, je dois dire. Le genre à mépriser les bouseux comme TS. Quant à TS, eh bien il était déjà TS. C'est-à-dire que personne ne le supportait.

Ils remontaient à présent la rue des Halles, prenant leur temps pour achever leur conversation avant d'arriver à la prison.

– Croyez-vous qu'Antoine aurait pu trucider TS par amour pour Jeanne ?

Matthias secoua la tête.

– Antoine était marié. Bien avant que Jeanne épouse TS. Il était marié et il avait un fils.

Esther déposa sur l'inspecteur son regard de rapace, flairant soudain dans ce grand corps une lassitude, une tristesse proche de l'abandon. Elle scruta la figure burinée de Matthias Lavau dont les yeux devinrent flous.

– C'est une sale histoire, Esther, qu'il ne m'appartient pas de raconter. Ils sont morts. Antoine n'est plus vraiment lui-même depuis.

La curiosité d'Esther Louve ne fut pas satisfaite davantage, car ils arrivaient devant le perron de la mairie qu'il fallait contourner pour accéder aux cellules. La porte rouge à double battant s'ouvrit, le couple Lestrange sortit. Guy portait un épais manteau de fourrure sur un costume élégant et rangeait dans la poche de son veston une montre à gousset.

Matthias s'arrêta, ficha une cigarette entre ses lèvres. Les deux hommes n'avaient rien à se dire, mais se complaisaient dans une haine mutuelle. Le maire tenait l'orphelin pour un voyou capricieux à peine repenti, quand l'inspecteur considérait le notable comme un despote arrogant et opportuniste. Un jour, le premier avait tenté de soumettre le second, lui proposant tout à trac la position de bras droit ; Matthias lui avait craché à la figure, arguant que Thomas Sorel suffisait largement à l'écurie des laquais. Une collaboration étouffée dans l'embryon.

– Bonjour, mademoiselle Louve.

Esther croisa le regard d'Adèle Lestrange, enveloppée dans une cape couleur crème, qui lui souriait avec bienveillance. Dans le bourg, la femme du maire saluait chacun avec déférence et on l'aimait pour cela ; elle ne faisait pas de différence entre le curé, l'antiquaire ou ce cul-terreux de Marcel Jacquemin qui tenait l'échoppe du barbier. Elle était en quelque sorte la caution aimable de son époux, qui ne s'étouffait pas avec les civilités. Cependant il y avait, dans la façon dont elle s'adressait à Esther, une considération toute particulière qui incommodait cette dernière. Une sorte d'élan maternel, de connivence mystérieuse. *Adèle n'a jamais eu d'enfant*, avait dit Matthias. *Vous lui faites peut-être penser à la fille qu'elle n'a jamais eue.*

Esther rendit sèchement son salut à la femme du maire et contourna la bâtisse. Elle n'aimait pas cette attention, ce regard bleu rivé sur son visage.

– Tout le monde détestait TS, murmura Esther à l'attention de Matthias. C'est un fait. Nous devrions plutôt chercher quelqu'un qui l'aimait.

– Qui *l'aimait* ? Ça me paraît… incohérent.

La jeune femme planta ses yeux d'ambre dans les siens.

– Quelqu'un qui l'aimait, vous dis-je. Qui le connaissait et savait ses secrets.

Matthias n'insista pas ; on se trouvait à quelques dizaines de mètres de l'appartement de Jeanne Gauthier et il fila comme il était venu, son cache-poussière flottant sur ses chevilles, les boucles de ses bottes cliquetant avec effronterie. Esther le contempla un moment, songeuse, puis passa la porte à double battant dont le linteau portait une inscription sommaire : *Prison de Haut-de-Cœur*. La porte s'ouvrait sur un couloir battu par les courants d'air, qui desservait trois cellules fermées à clé. De mémoire d'homme, on n'avait jamais rempli les trois mitards en même temps. Haut-de-Cœur était d'ordinaire une bourgade paisible, à part la fois où il avait fallu enfermer le Vieil Anar qui faisait du grabuge avec sa Portée de loups, et les loups, ça tourne comme des lions en cage, alors on les avait répartis. Esther marcha jusqu'à la cellule occupée par Irem Lauriers. À l'approche de ses pas, Irem se matérialisa derrière les barreaux.

– Il n'est pas banal, ce Matthias Lavau, dit-elle. Si prévisible et surprenant à la fois.

Esther ne répondit rien, sortit de sa poche la clé remise par l'inspecteur, déverrouilla la porte et se glissa dans la cellule. Irem se tenait très droite, les bras croisés sur son châle pour se réchauffer. Une robe taillée dans un tissu grossier s'affaissait sur ses épaules comme une tente cirée sur les soldats un soir de pluie, pourtant Esther reconnut dans son maintien le port d'une femme bien née. Sa figure toute en pommettes saillantes, la pâleur extrême, les cernes bleutés, toutes ces parcelles d'aigreur ne suffisaient pas à faire oublier le regard corbeau d'Irem, lumineux d'intelligence. Esther détailla ce visage rude et anguleux, respira les effluves qui se dégageaient de la jeune femme. Chagrin, désespoir, peur. Rien que de très ordinaire.

– Où est le petit ? demanda Irem d'une voix calme.

– Au clos des Ursulines. Les bonnes sœurs s'en occupent.

Comme Irem se contentait de hocher la tête, Esther poursuivit :

– Il faudrait lui donner un nom.

– Je ne suis pas sa mère. Ce droit ne me revient pas.

– Même les loups de la Portée ont un nom. Comment pourrait-il exister si vous ne lui donnez pas de nom ? Il sera oublié et il disparaîtra.

Irem Lauriers haussa un sourcil sceptique, observa Esther Louve qui tirait de la poche de sa pelisse un nécessaire contenant de la poudre de carbone, un pinceau et un calepin. L'étrange assistante de l'inspecteur ne quittait pas Irem des yeux, comme si elle savait par cœur tous les gestes à accomplir, la position exacte de ses doigts à tout instant. Esther étudiait la femme de Pierre, employant tous ses sens.

Sans y penser, Irem décroisa les bras et tendit ses mains. Esther enduisit ses index et ses pouces de poudre noire et releva ses empreintes sur une page du carnet. Puis, au moyen d'un mètre ruban, elle releva les mesures de sa taille, de son buste, son envergure, la longueur et la largeur de sa tête… Elle s'arrêtait de temps à autre pour songer aux instructions de Matthias, car il n'était pas humainement possible de se rappeler qu'il fallait aussi consigner la largeur de l'oreille, la longueur du pied, du médius, de l'auriculaire, de la coudée gauche et autres fadaises. Mais Esther accomplit son devoir, nota qu'Irem présentait sous la clavicule gauche un épais grain de beauté. L'incarcérée se laissa manipuler, réagissant à peine à la caresse des doigts habiles qui se promenaient sur sa peau. Esther souleva les mains d'Irem à hauteur de ses yeux, les scruta, les renifla, les yeux clos. Du bout de la langue, elle goûta subrepticement la pulpe de son index droit.

Les deux femmes se faisaient face, ne sachant l'une de l'autre que ce que révélaient les plates apparences. Pourtant, elles se reconnurent. Irem porta sur Esther un regard doux. Un regard qui disait *Je te vois*.

– Vous serez bientôt libérée.

Esther brisa le charme de cette étonnante communion, rangea ses effets dans sa poche.

– Je n'ai pas tué Thomas.

– C'est évident. Vos mains sont pures.

– Je l'aimais.

– C'est très surprenant. Mais c'est votre affaire.

Irem sourit pour la première fois et s'assit sur l'unique banc de la cellule qui servait également de couchette, invitant d'un geste Esther à faire de même.

– Le Thomas Sorel que vous connaissiez, mademoiselle Louve, n'était pas la même personne que celui qui venait me voir à la nuit tombée.

Esther se trémoussa sur le banc. Elle n'aurait jamais cru entendre un jour parler de cette raclure de TS en termes amoureux.

– Thomas était un homme triste, vous savez. Triste et tourmenté. Il avait fait des choses par le passé, des choses terribles qu'il ne m'a jamais confiées. Le remords le rongeait sur ces sujets, aussi sûrement que le chien ronge l'os.

Eh bien voilà, songea Esther. *Quelqu'un qui l'aimait. Mais qui ne connaissait pas tous ses secrets, apparemment.*

Irem Lauriers sembla se perdre dans ses souvenirs, une autre vie s'anima dans ses prunelles sombres, comme les images d'un roman rêvé.

– Il était tendre avec moi. Il me parlait de son enfance au Clos, de la sœur Marie qui s'était occupée de lui, de ses amis morts avant la fin de l'enfance dans un accident sur la colline du Vieux-Château. Un événement horrible, qui l'a profondément marqué. Il m'a parlé d'Adèle, aussi, et de Jeanne. Tout un poème que cette femme, n'est-ce pas ? Cette Jeanne. Je ne la juge pas. Thomas a été malheureux toute sa vie. Il disait que je faisais ressortir ce qu'il y avait de bon en lui ; que ce n'était pas grand-chose, mais qu'il essayait d'être meilleur. Qu'il essayait vraiment. Il faudrait le dire à Jeanne.

Thomas a vécu méchamment, il n'aimait pas l'idée de mourir ainsi. C'est raté, n'est-ce pas ?

Esther ne commenta pas.

– Nous avons tous nos démons, mademoiselle Louve. Je ne croyais pas rencontrer un jour quelqu'un dont les démons fussent plus cruels encore que les miens. C'est pourtant chose faite.

– De qui parlez-vous ?

– Mais de vous, naturellement.

Un mouvement près de la porte dispensa Esther de répondre. Marie, la prieure du Clos, se présentait devant la cellule. Elle apportait sous son large manteau de quoi sustenter la prisonnière. Irem Lauriers inclina la tête en signe de remerciement, mais ne fit pas un geste pour prendre les offrandes.

– Je n'ai pas besoin de votre charité, ma mère. Vous avez bien assez de bouches à nourrir sans vous préoccuper d'une meurtrière comme moi.

– Balivernes, ma chère enfant. Bonjour, Esther. Je ne m'attends pas à ce que Matthias accepte volontiers votre innocence, Irem. Ce garçon est plein de contradictions et dans sa recherche de la vérité, il ne peut s'empêcher d'orienter cette vérité dans le sens qui l'arrange le mieux. Cc n'est pas contre vous. Ce n'est contre personne, en vérité. C'est une âme chagrinée, notre Matthias. Enfant déjà, il avait ce regard voilé que nous lui connaissons encore aujourd'hui, n'est-ce pas Esther ? Brillant, mais aucune sagesse. Voilà, c'est dit. Matthias Lavau de Combe-Lavau, comme nous l'appelions autrefois, est intelligent mais il n'est pas sage.

Tout en parlant, la prieure ôta son monocle et déploya sur le banc tout un essaim de victuailles. Pains, fromages, viande séchée. Esther loucha avec envie sur le fromage et le pain, elle qui n'avait dans l'estomac qu'un reste de café réchauffé. Mêlé aux relents sordides de la geôle, le fumet lui tourna la tête.

– C'est étrange, dit-elle, ce qu'on trouve dans son manteau quand on est bonne sœur.

Marie posa sur elle son regard bleu sans animosité, teinté de curiosité. Elle prit un morceau de pain et le tendit à la jeune femme.

– Matthias n'est pas sage, reprit-elle comme si elle n'avait jamais été interrompue. Mais vous l'êtes, d'une certaine manière. Allez, Irem. Je ne me suis pas trimballée tout ça en me tortillant pour les planquer pour que vous refusiez de manger.

Comme la femme de Pierre Lauriers s'exécutait avec dignité, Esther prit le pain et mordit dedans. Pendant quelques instants, les trois femmes gardèrent le silence, entassées dans la geôle glaciale et malodorante. Sans y être, elles entendaient les bruits du dehors, la queue devant la boulangerie, les badauds sur la route du cimetière.

– Esther va ramener Matthias à la raison, Irem. N'ayez pas de crainte.

La prieure sourit, d'un sourire qui diffusa de la chaleur dans la cellule.

Esther Louve mangea un second morceau de pain. Sa mission accomplie, sa certitude établie, elle pouvait prendre congé, laisser Irem aux mains tendres de cette religieuse qui lui parlerait de Dieu, de l'Amour et de toutes ces fadaises. Mais elle attendit. Ce n'était point pour le pain ; Irem, depuis l'arrivée de Marie, paraissait plus agitée. Alors, Esther mangea sans lever les yeux de ses genoux, se rendant invisible pour se faire oublier des deux femmes qui, à présent, se concentraient l'une sur l'autre.

– L'inspecteur ne regarde pas dans la bonne direction, ma mère, souffla Irem. C'est la Dame Blanche qui a tué Thomas.

Sœur Marie haussa un sourcil circonspect et chaussa son monocle. Son œil droit tripla de volume, comme ça elle donnait l'impression d'avoir la figure collée à un microscope portatif. C'était pratique pour examiner le monde. La religieuse chassa de son visage une moue irritée.

– La Dame Blanche ? Allons, soyons sérieuses une minute, voulez-vous ?

Irem secoua la tête.

– Vous ne pouvez pas comprendre, ma mère.

Marie se pencha et agrippa l'épaule d'Irem. Ses doigts se tachaient peu à peu de brun.

– Irem, vous divaguez, mon enfant. Reprenez-vous. En un rien de temps, vous serez rentrée.

– Rentrée ? Rentrée chez Pierre ? Pauvre Pierre… Un infirme cocu, voilà ce que j'en ai fait.

– La guerre l'a rendu infirme.

– Je l'ai rendu cocu, ce qui est une forme d'infirmité pour les hommes, ma mère. Il ne me le pardonnera jamais.

Irem eut un petit rire.

– Thomas m'avait prévenue, pourtant. Il m'avait bien dit que la Dame était le diable. Le diable déguisé en un esprit blanc et pur, auquel je ne devais pas me fier. Il disait qu'elle avait tué des orphelins par le passé et qu'un jour, elle reviendrait pour lui.

– Ce sont de vieilles histoires à dormir debout, ma chère. Chaque région de France connaît son lot de légendes.

– Je l'ai vue, ma mère.

– C'est un blasphème, Irem. Un simple blasphème que je vous pardonne aisément au vu des circonstances.

Signifiant la fin de l'entretien, la religieuse se leva. Elle embrassa Irem et sortit de la cellule, non sans un regard oblique vers Esther qui, boulottant les restes de pain, se demandait maintenant quelle était cette histoire d'esprit blanc et pur qui assassinait des orphelins et ce que diable tout cela avait à faire avec le meurtre sanguinolent de cette raclure de TS.

Chapitre 11

La nuit tombait sur le pays de Haut-de-Cœur de façon presque inaperçue. L'éternelle lumière bleutée qui baignait le village s'assombrissait légèrement. Les vallons enneigés se noyaient dans les extrémités du ciel, le froid se faisait un peu plus mordant. Des bois de Combe-Lavau s'élevait parfois le hululement d'un hibou. Le jour ou la nuit, la différence d'un clignement de paupières.

Immobile au sommet de la colline du Vieux-Château, Jeanne Sorel resserra les pans de sa pèlerine, contemplant les nuages blancs qui s'échappaient de ses lèvres à chaque respiration. Une bourrasque de vent se leva et s'engouffra dans sa jupe, dont le claquement sec rappela les battements d'un drapeau. À plusieurs kilomètres vers le sud-est, l'étang du Petit-Saut luisait sous l'éclat de la lune et, un peu plus au nord, les lumières de Grand-Cœur éclairaient le paysage comme autant de chandelles.

Réprimant un frisson, Jeanne redressa sa chapka sur ses cheveux. Ses gants de fourrure, souillés de terre, laissèrent sur son front une mince traînée. Elle frotta ses mains sur son vêtement, distraite. Sa silhouette longiligne se dressant dans l'air de la nuit comme la figure de proue d'un navire, Jeanne songeait à son époux. Elle y songeait avec compassion, car il lui apparaissait désormais que TS, mort autant qu'on pouvait l'être et bon débarras, avait trimballé son lot de malheurs. Ces malheurs l'avaient tué, la veuve n'en doutait pas, parce que Thomas n'avait jamais su voir la beauté des collines dans le paysage polaire de Haut-de-Cœur. Il n'avait pas su se délecter du doux crissement de la neige sous ses pas, écouter le silence qui enveloppait la forêt, s'extasier devant les cercles bleus d'une bouffée de cigarette. Quand les cloches des Ursulines retentissaient avec passion, Thomas Sorel n'entendait pas de musique. Cette surdité lui avait fermé le cœur.

La jeune femme exhala un soupir. Le Clos sonna vingt-deux heures, la mélopée du carillon monta jusqu'au Vieux-Château. De l'édifice qui s'élevait autrefois sur la colline, il ne restait qu'un puits abandonné. Dans le comté, on le surnommait le Puits du Diable en raison du péril qu'il représentait pour les hardis qui s'y aventuraient. Comme il est de mise avec tous les interdits dangereux, cet endroit avait toujours été le lieu d'escapade favori des orphelins, génération après génération.

Jeanne contourna le puits et regagna le chemin qui descendait vers Haut-de-Cœur, protégée par l'ombre des arbres qui bordaient les talus. Rue de la Mairie, elle releva le col de sa pèlerine et longea les jardins privatifs, sur ses gardes. Le couvre-feu était passé. Ses souliers laissaient dans son sillage des empreintes de terre, le bas de sa jupe était lourd de glaise.

Elle le sentit avant de le voir et tandis qu'il la ceinturait avec force en lui écrasant sa paume sur le visage, elle s'émerveilla de cette souplesse de chat, de cette démarche silencieuse qui faisait qu'elle-même, trente ans après, se laissait encore surprendre. Il la plaqua rudement contre le mur de pierre, juste en face de l'élégant portillon vert du jardin de Lorraine Chablon. Une redingote défraîchie à rayures bleues et blanches et à boutons d'or envahit son champ de vision. Une redingote qui sentait le passé et la poussière.

– Tu te souviens ce qu'on faisait dans ce jardin ? murmura Antoine de Maison-Rouge, l'haleine empestant le mauvais vin, le visage enfoui dans les cheveux de la jeune femme. Toutes ces roses qui nous griffaient la peau…

Jeanne remua pour l'inciter à desserrer son étreinte et porta la main à son crâne. Sa tête avait heurté la pierre, le son mat résonnait entre ses oreilles.

– Comment oublier, souffla-t-elle.

Son haut-de-forme enfoncé jusqu'aux yeux, Antoine inclina la tête vers elle. Le ruban pourpre qui ornait le chapeau était dénoué, flottant dans le vent du soir. Jeanne scruta les yeux cernés, deux billes flambant de tristesse telles des bougies mal éteintes qui vacillaient encore. Une barbe clairsemée habillait le bas de son visage creusé, et le laisser-aller qui accompagne le chagrin dans ses errements avait eu raison de plusieurs dents. Et pourtant il était exubérant, Antoine, léger à presque s'envoler. Il refusait le malheur avec fougue, mais ne pouvait s'empêcher de s'y complaire. Jeanne réajusta la lourde besace qu'elle transportait sous son manteau et passa son bras autour des épaules d'Antoine.

Le maître du château de Nobles-Pierres, du temps où il n'était qu'un morveux assistant aux leçons des sœurs, agissait déjà à contre-pied de ce qu'on attendait de lui. Il riait des choses tristes et pleurait quand il fallait rire. Il lambinait au moment de courir et remuait comme un diable quand il fallait être assis au pupitre. Il amusait ses camarades, ça oui, le petit qui avait un papa et qui traînait pourtant dans les jambes des sœurs parce que son paternel préférait ses deux cabots. Avec Matthias Lavau et Jeanne Gauthier, il faisait les quatre cents coups, les cinq cents coups, les mille coups. Si Matthias manqua un temps devenir un minable délinquant, Antoine leur attira plus d'ennuis que quiconque. Il traînait quand il fallait fuir en courant et il les faisait prendre. Il parlait à haute et claire voix quand il fallait chuchoter et il les faisait prendre. Il débitait toute la vérité sur un ton goguenard quand il fallait mentir et il les faisait prendre. Aimer les châtiments était un prérequis pour être ami avec Antoine. Aimer récurer, aimer polir, aimer laver, aimer la solitude des coins sombres, aimer les souris dans les cellules dramatiquement appelées « cachots ». Antoine et Matthias se mirent sur la figure un nombre incalculable de fois, car le second rendait le premier responsable des colonies de punitions qui déferlaient sur eux.

Devenu adulte, Antoine de Maison-Rouge n'évolua pas beaucoup. Il s'appliqua à faire exactement le contraire de tout ce que son père le sommait de faire. Il ne devint pas discret, mature, responsable. Il épousa Louise Galant, une belle fille dont il ne savait rien et qui n'avait pas le sou, mais qui avait de l'esprit et qui était courtoise, et poursuivit ses affaires de lit avec Jeanne. Antoine resta volatile.

Puis il y avait eu l'ignoble révélation de sœur Marie.

Jeanne grimpait la colline, elle avait hâte. Hâte de retrouver son amant, d'enfouir ses mains sous l'éternelle redingote pour les réchauffer au contact de sa peau. Hâte de plonger dans son regard qui laissait entrevoir sans pudeur l'état de son âme. Hâte d'écouter les battements précipités de son cœur, d'entendre son rire tandis qu'ils basculeraient dans les herbes hautes du bosquet, emmêlés l'un à l'autre. Ce rire qui créait une sorte de fêlure dans son cœur, une émotion si intense qu'elle en devenait douloureuse.

Jeanne gravissait les derniers mètres, elle était en retard, Antoine serait déjà là.

Près du puits, sœur Marie lui tournait le dos, contemplant la vallée. La jeune femme s'arrêta à quelques mètres du manteau blanc, balaya la colline du regard. Le comte n'était nulle part en vue.

– J'ai renvoyé Antoine, dit la religieuse sans se retourner. Ce garçon, ajouta-t-elle en soupirant, a toujours été une tête de pioche, mais j'avais quand même bon espoir qu'il s'assagisse en grandissant.

Marie pivota vers Jeanne, ôta son monocle et lui adressa un sourire froid.

– Suis-je naïve.

Jeanne se sentit soudain misérable face à cette femme qui l'avait élevée, à cette figure qu'elle aimait et admirait et dont l'opinion revêtait une importance plus grande encore que celle de Mélanie, sa mère adoptive. Elle dut faire un effort pour ne pas rentrer la tête dans les épaules comme une fillette prise sur le fait.

– Ma mère... Je...

– Ne te fatigue pas. Mets-y simplement un terme.

– Un terme ?

– Cette amourette avec notre joli comte. Mets-y un terme.

Jeanne secoua la tête, s'approcha de sœur Marie, toute fièvre envolée. Elle scruta un moment la vallée comme si elle espérait y lire une réponse appropriée.

– Ce n'est pas une amourette, ma Mère. Je sais que vous me trouvez indigne. Il y a Louise et l'enfant.

Antoine a une famille, vous ne pouvez que condamner notre... lien. Mais si vous saviez comme je...

Sœur Marie éclata d'un rire sans joie. Ses doigts gantés de blanc n'avaient de cesse d'essuyer le monocle, encore et encore. Le soir était tombé.

– Je n'ai que faire de l'adultère, Jeanne. Ça, c'est votre problème à tous les deux, je ne vais pas charger ma conscience avec vos bêtises.

– Mais alors...

Le regard bleu de la prieure la réduisit au silence. Ses yeux lumineux, sa peau diaphane sur laquelle le temps ne semblait pas avoir de prise, son profil parfait. Comme elle aurait été aimée si elle avait choisi les hommes à la place de Dieu. Mais en cet instant, ce regard avait perdu sa bienveillance et Jeanne sentit son échine se glacer. La voix de sœur Marie s'éleva à nouveau dans le crépuscule.

– Il y a plus de trente ans, une jeune novice du couvent a eu un enfant dans le plus grand secret. Elle ne voulait pas être nonne, vois-tu, elle n'avait pas entendu l'Appel. Je pense que sa famille l'avait placée là pour se débarrasser d'elle. Toujours est-il qu'un homme l'a séduite et qu'une graine a germé, si tu me passes l'expression botanique.

Jeanne ne bougeait plus, figée. Elle avait l'impression que ses bottines s'étaient enfoncées dans la terre de plusieurs centimètres.

– Léonie, la novice, n'était pas une mauvaise fille, ni l'homme un méchant homme. Je crois au fond de moi que ces instants d'amour volés leur ont permis d'échapper à leur fardeau, même si c'était pour un court laps de temps.

– Je ne... Pourquoi...

– Tu n'as pas à rougir de tes géniteurs, Jeanne. Mais tu ne peux plus les ignorer.

Les épaules de sœur Marie s'affaissèrent et elle baissa la tête, avant de reporter son regard sur la vallée. Jeanne manqua d'air.

– C'est de ma faute, j'aurais dû te le dire bien plus tôt. Mais j'avais juré le secret et le comte... Le comte ne se rappelait même pas, ma pauvre enfant. La novice a quitté le Clos et le comte de Maison-Rouge a regagné son château. Et son fils.

Jeanne ferma les yeux, porta la main à son ventre. Une nausée violente la prit, mais elle ne fit pas un mouvement. Elle parla difficilement.

– Vous... Vous voulez dire que...

– Tu es l'enfant de la novice et Antoine de Maison-Rouge est ton frère, dit Marie. Tu ne peux pas l'aimer d'amour. Pas de cet amour-là.

Le cœur de Jeanne se brisa. Ce cœur gonflé de fièvre et de joie quelques instants plus tôt, ce cœur battant de vie s'effrita et s'enfonça dans la glaise du chemin. Jeanne entrouvrit les lèvres, inspira l'air parfumé de la nuit qui tombait. Sa vue se brouilla.

– Je suis désolée, mon enfant, souffla sœur Marie en lui prenant la main.

Jeanne n'ôta pas ses doigts, se concentra de toutes ses forces sur la douceur du gant. Elle ne devait pas perdre pied malgré l'effroi qui la submergeait.

– Antoine ne doit rien savoir, dit-elle. Il ne faut pas lui dire.

– Jeanne, ma petite...

– Non.

Jeanne leva les yeux et les planta dans ceux de la religieuse.

– Vous ne comprenez pas. Je ne l'aurais pas moins aimé si j'avais su qu'il était mon frère. Il ne m'aimera

pas moins s'il apprend que je suis sa sœur. Antoine est fou, vous le savez. Il n'acceptera pas de...

Sa voix se brisa.

– Oh, ma Mère, pourquoi...

Le chagrin de Jeanne eut alors raison de sœur Marie, qui chaussa son monocle pour cacher la larme qui dégringolait sur sa joue et prit sa protégée de toujours dans ses bras.

– J'ai été la première à te tenir contre moi, mon enfant, murmura la prieure. Je suis là, à jamais.

Longtemps, elles restèrent enlacées.

Soutenant le comte imbibé comme une outre, Jeanne tentait de chasser les reflux du désespoir qui l'avait envahie cette fameuse nuit, en descendant de la colline. Plusieurs années après, les paroles de sœur Marie continuaient de résonner dans sa tête. Découvrant qu'elle était enceinte, elle s'était précipitée dans une union avec le premier venu, c'était tombé sur TS. Elle l'avait pris en traître, un soir qu'il épanchait sa solitude au comptoir des Lauriac. Il lui fallait vite un mari, il n'y avait pas grand monde de disponible. Tout avachi sur son tabouret, le nez dans une pinte de mauvaise liqueur, TS ne lui était pas apparu pire qu'un autre. Jeanne n'avait guère réfléchi ; elle avait bu et l'avait fait boire, sans avoir trop besoin d'insister en l'occurrence, et avait ferré le bras droit du maire dans son lit le soir même. TS s'était retrouvé marié, mais il avait encore manqué quelque chose : devenir père.

Les cris d'Antoine, son incompréhension, sa colère, ses menaces, tout cela il lui avait fallu l'endurer sans ciller. Les mensonges qu'elle avait brodés avaient tenu bon. *Tu as une famille, je ne veux plus vivre dans son ombre.* Il n'avait pas compris, bien sûr.

Ils débouchèrent rue de la Mairie, Jeanne commençant à tituber sous l'effort.

– T… Thomas So… Thomas So… SSSSorel… Ce chaf… chaffff… chafouin…

– Attention où tu mets les pieds. Voilà. Parle plus doucement.

– Chafffff… Chafouin… Vil… Peu… Peureux… Lâchhhhhe.

– Tu ne l'aimais pas, je sais. Je doute pourtant qu'il soit la raison de ton état ce soir, soupira Jeanne en reprenant son souffle.

– Sa… Salopard… Mal bai… mal baisé… Pau… Pauvre Jeanne ! Gros, gros dégueulasse.

Antoine trébucha et ils manquèrent de s'aplatir sur le chemin enneigé. Irritée, Jeanne les redressa tant bien que mal.

– Thomas est mort, Antoine. C'est indécent d'insulter les morts.

Le fils du comte stoppa net sa laborieuse progression et, brutalement tirée vers l'arrière, Jeanne retint son souffle, craignant un esclandre. Dissimulés dans l'ombre de la mairie, ils devaient encore traverser la place et gagner la rue Basse sans se faire remarquer. Au-dessus d'eux, une fenêtre éclairée indiquait que le maire ou sa femme veillait malgré l'heure tardive. *Il ne manquerait plus que Lestrange nous attrape, avec ce que je transporte dans mon sac… Le plaisir qu'il se ferait de nous coller en cellule.*

– Ma pauvre Louise… Mon garçon… mon garçon… Oubliés.

Le murmure étranglé. La voix brisée.

– Personne ne les a oubliés.

Seigneur, presque trente-cinq ans et j'en suis toujours à jouer au chat et à la souris avec les autorités. Celles d'aujourd'hui sont simplement moins bienveillantes que celles d'hier.

– Il savait, tu ssssais… Ce chaffffouin… Louise et Gusssstave… TS sssavait…

Jeanne entraîna Antoine en se courbant en deux, dans le mince espoir que cette posture les dissimulerait aux regards des curieux. Ils filèrent ainsi devant la mairie, devant la boucherie abandonnée et devant la boulangerie aux volets tirés. À chaque tentative de parole de son acolyte, elle émettait des *chuts* impérieux, serrant son poignet pour lui éviter de glisser et de finir couché sur le trottoir comme un clochard anonyme.

– Mais il savait ! Ccccc'est lui qui… mon garçon, mon fils…

Nous y sommes presque. Seigneur, vous devez être avec moi ce soir car ce type sur mon épaule fait autant de bruit qu'une fanfare de Noël.

– Comment as-tu pu…

– Comment j'ai pu quoi ? maugréa Jeanne avec humeur, les reins brûlant de douleur et la sueur perlant sur son front malgré le froid.

Parvenus à destination, elle poussa le battant sans ménagement et les jeta à l'intérieur. Antoine fit quelques pas en dansant la danse des pochtrons et se stabilisa. Ses godillots de conscrit laissèrent des flaques d'eau un peu partout. Jeanne se pencha en avant, les mains sur les genoux, s'autorisant à reprendre sa respiration. Puis, vérifiant au passage que sa précieuse besace était toujours en place, elle plongea la main dans sa poche et en tira la clé de son appartement.

– Allez viens, on monte. Tu vas dormir sur le canapé.

Au bout de quelques secondes, elle désigna son sac et ajouta :

– J’ai de quoi préparer un copieux dîner, ça ne te fera pas de mal.

– Comment as-tu pu ?

Elle s’arrêta dans l’escalier et se retourna, faisant face à un comte de Maison-Rouge dressé de toute sa hauteur, les yeux fous et perdus.

– Comment j’ai pu quoi, Antoine ? L’épouser ? De quoi te mêles-tu, à la fin ?

– Comment as-tu pu ne pas voir qu’il savait ? Voir ce qu’il préparait ?

À présent, Antoine ne bafouillait plus. Son timbre clair démentait tout état d’ébriété, mais il fallait le connaître depuis la nuit des temps pour savoir qu’Antoine de Maison-Rouge n’était pas ivre comme les autres hommes étaient ivres. Épuisée par l’effort physique qu’elle venait de fournir, Jeanne ouvrit les bras et les laissa retomber.

– Je n’ai pas envie de deviner de quoi tu parles, Antoine.

– Maintenant, tout le monde les a oubliés. À peine refroidis.

– C’est faux, tu le sais très… Antoine ! Attends !

Elle l’interpella, l’appela plusieurs fois, mais ne fit pas un geste. En cause ses muscles douloureux, ses jambes tétanisées et surtout sa conviction qu’une fois qu’elle arriverait dans la rue, Antoine aurait tout bonnement disparu. *Personne ne les a oubliés. Certainement pas moi qui... qui... qui les ai trouvés. Et TS... ?*

« Mais il savait ! » avait dit Antoine.

Immobile dans les escaliers qui menaient à son trou à rat, sa lourde charge sur les genoux, Jeanne laissa s’insinuer dans son esprit l’idée que son défunt époux n’était peut-être pas étranger au sort funeste réservé à Louise et Gustave de Maison-Rouge deux ans plus tôt.

Chapitre 12

Le tintement d'une cuillère en argent sur une tasse de porcelaine arracha l'inspecteur à sa contemplation béate et il recentra son attention sur son interlocutrice. Entrée depuis peu dans cet âge où les gestes sont ralentis, Adèle Lestrange possédait un regard enveloppant, une paire d'yeux bleu ciel immense et bordée de cils noirs et épais qui vous conduisait naïvement à croire que vous étiez le seul être au monde digne d'intérêt. Sa voix chaude et calme était semblable à une musique religieuse et sa silhouette aux mouvements souples, de hauteur et d'envergure moyennes, provoquait chez ses allocutaires un recueillement quasi monastique. La douce Adèle, c'est ainsi que l'on parlait d'elle dans le bourg, dans les campagnes alentour et au-delà.

De tous les hommes en proie à cette fascination, Matthias Lavau n'était pas le dernier. Planté dans le salon bourgeois des Lestrange, il se tenait entre une console surmontée d'un Cupidon et la table basse agrémentée d'un plateau garni de tasses et d'une théière lustrée. Il n'osait bouger, craignant par sa grande taille de cogner quelque chose et d'envoyer par terre une porcelaine ou un objet de valeur. Assise sur le canapé, le dos droit et la nuque inclinée sur le côté, Adèle servit le thé.

– Je vous en prie, inspecteur Lavau, asseyez-vous. Guy ne va pas tarder. Vous boirez bien quelques gorgées en attendant.

Elle lui sourit et Matthias se balança d'un pied sur l'autre, gauche comme un enfant. Le temps d'une seconde, la vision furtive d'Esther levant les yeux au ciel le troubla. Esther Louve, la seule personne à des kilomètres qui restait insensible au charme déconcertant d'Adèle Lestrange.

L'inspecteur s'assit avec précaution dans un fauteuil sans ôter son cache-poussière, gêné par le cliquetis de ses bottes, et prit la tasse fumante que lui tendait l'épouse du maire. Le salon semblait tout droit sorti d'une époque antérieure, étrangère à toute forme de privation. Seul détail qui rappelait leur temps de restrictions, des bougies qui servaient à économiser les lampes sur le manteau de la cheminée. Adèle tournait sa minuscule cuillère dans sa tasse, le regard perdu soudain dans le liquide sombre, et Matthias se souvint du lien qui avait existé entre elle et Thomas Sorel de nombreuses années auparavant. Il songea à lui présenter ses condoléances, sans parvenir à ressentir une once de sincérité.

– Alors, inspecteur Lavau. De quelles affaires souhaitez-vous vous entretenir avec mon mari ?

– Eh bien madame, c'est lui qui m'a convoqué. J'ai dans l'idée qu'il s'agit du meur… de monsieur Sorel.

Les yeux d'Adèle se voilèrent, son sourire s'effaça un bref instant.

– Mon pauvre Thomas…

Je vous présente mes condoléances pour votre perte, madame. Rien à faire, ça ne sortait pas.

– Il n'a pas toujours été comme ça, vous savez.

Matthias but une gorgée de thé, se brûla la langue. Il reposa sa tasse dans un bruit de vaisselle.

– Comme ça ?

– Oh, vous voyez bien. Aigri.

– Aigri, répéta Matthias qui trouvait le qualificatif par trop magnanime pour cette raclure de TS.

– C'était un homme bon, autrefois. Bon et doux. J'éprouvais beaucoup de plaisir à passer du temps en sa compagnie. Il était une oreille bienveillante et compatissante. C'était un ami… très loyal.

Allons bon, songea Matthias. *En voilà une autre qui chante les louanges de cette enflure. Si je m'étais douté quel Don Juan il était…*

– Nous nous promenions pendant des heures et je crois qu'il a caressé un temps l'idée de demander ma main… Oh, bien sûr, mon *père* était contre.

Le mot claqua dans l'atmosphère feutrée du salon, la cuillère heurta le bord de la tasse et retomba sur le plateau dans un tintement sonore. Une flaque de liquide se forma, quelques gouttes s'échappèrent sur le napperon brodé. L'inspecteur releva la tête, surpris par ce geste d'humeur. Le temps d'un battement de paupières, il crut entrevoir un éclat féroce luire dans le regard habituellement doux de son hôtesse. Mais déjà elle lui adressait un sourire désarmant, saisissait une délicate serviette pour éponger le thé renversé. Il avait dû rêver.

– Quelle maladroite je fais, dit-elle d'un ton d'excuse amusé.

– Tout va bien, madame ? Vous semblez troublée.

Quelque part dans la maison, une porte claqua, un bruit de pas impatients gravit une volée de marches. Matthias se redressa sans hâte et se leva. Sa bisbille avec le maire suffisait à lui coller des bâtons dans les roues ; il ne serait guère opportun que Guy Lestrange le trouve affalé dans son fauteuil à discutailler avec sa femme.

– Oui, inspecteur Lavau, je vais bien. Pardonnez-moi. C'est que mon père… Mon père était un sacré personnage, voyez-vous. Très, très autoritaire. Tout est de sa faute, vous voyez ? Tout… Mon pauvre Thomas…

Matthias Lavau haussa un sourcil, à nouveau intrigué. Il n'avait jamais rencontré Serge Cordier, mort plusieurs années auparavant, mais il connaissait la réputation de l'industriel. Propriétaire de plusieurs entreprises à Grand-Cœur, ce dernier avait donné des emplois à plusieurs générations d'hommes et régné sans partage sur les usines et les mairies de la région de Bourgogne. Un roitelet, que les hommes comme Matthias méprisaient. Un roitelet, dont les hommes comme Guy Lestrange s'inspiraient. *Qu'est-ce qui est de sa faute ?* Adèle scruta son interlocuteur de ses perles bleues.

– Et votre Esther… Esther… !

L'inspecteur se figea, surpris.

– Esther ? Eh bien quoi, Esther ?

À cet instant, la porte du salon s'ouvrit et Guy Lestrange pénétra dans la pièce. Affublé de dents de cheval et d'un sourire de hyène, le maire posait sur le monde des yeux bleu acier sans chaleur, surmontés d'une chevelure fine et huileuse. Il n'était pas laid à proprement parler, mais cette figure peu engageante peinait à séduire. Matthias lui adressa un salut de la tête, aussi sec et froid que possible.

– Monsieur le maire.

Les bras chargés d'une cagette en bois vermoulu remplie à ras bords de petits carnets noirs, le notable haussa un sourcil arqué.

– Vous ennuyez mon épouse, Lavau ?

Sans ménagement, il laissa tomber la cagette à l'entrée du salon et contourna la table basse pour venir embrasser les cheveux d'Adèle. Le regard de Matthias fut immédiatement attiré par les carnets ; au premier coup d'œil, il avait reconnu les fameuses fiches anthropométriques inventées par Bertillon et consignées dans de petits volumes de cuir. Comment ces fiches s'étaient-elles retrouvées en possession du maire de Haut-de-Cœur ? Avant qu'il n'ait pu l'interroger, Adèle répondit à son mari :

– Bien au contraire, Guy. J'ai proposé une tasse de thé à l'inspecteur, puisque tu as été retardé.

Le nouvel arrivant prit un biscuit sur le plateau et l'enfourna, puis saisit la main de sa femme et l'incita à se lever.

– Je suis là, maintenant, chérie. L'inspecteur et moi devons parler affaires.

– Est-ce à propos de Thomas ? Je voulais vous demander, ajouta-t-elle en se tournant vers Matthias, où en était l'en…

– Adèle, s'il te plaît. Ce ne sont pas des histoires pour les oreilles délicates.

– Mais mademoiselle Louve est dedans jusqu'au cou ! s'exclama Adèle. Mademoiselle Louve a des oreilles délicates aussi, et cela ne l'empêche pas de mener l'enquête avec l'inspecteur Lavau.

Décidément. Qu'a-t-elle, avec Esther, à la fin ?

– Ce ne sont pas des *histoires* tout court, intervint Matthias. Mademoiselle Louve et moi-même sommes au beau milieu d'une investigation pour meurtre. Cela concerne la police et le maire de cette ville. Madame Lestrange, je vais en discuter avec votre époux. Charge à lui de vous informer des avancées de l'enquête.

Adèle hocha la tête en signe d'approbation et son mari fusilla l'inspecteur du regard. Alors qu'elle s'apprêtait à quitter la pièce, elle se retourna une dernière fois.

– Tout ça, c'est de sa faute. Mon père. Bien sûr, que c'est de sa faute.

Secouant la tête de dépit, elle disparut dans l'entrebâillement.

Le maire délaissa le plateau de thé et, gagnant une console près de la fenêtre, se servit un verre de whisky. De fines pellicules se déposèrent sur ses épaules tandis qu'il passait une main dans ses cheveux. Il désigna la caisse de bois.

– Ça vous dit quelque chose, j'imagine.

Matthias enfonça les mains dans les poches de son cache-poussière.

– Des DKV.

– Des quoi ?

– Les carnets contenant les fiches anthropométriques de la police. Des centaines et des milliers d'individus bertillonnés. Il y en a un petit paquet dans cette cagette…

– Ce sont les fiches établies au moment de la mobilisation. Apparemment, celles-ci concernent tous les conscrits et les réformés qui sont partis de Haut-de-Cœur. Probablement aussi les délinquants qui se sont illustrés pendant cette période.

– Ça concerne une bonne partie de la région.

– Précisément. Vos homologues de Lyon nous informent que nous sommes dorénavant dans l'obligation de les consigner chez nous.

– Ah.

– Je vous laisse vous en occuper, inspecteur. Ce sont des choses de flicaille, je n'en ai pas grand-chose à faire. Bien ! ponctua le maire en vidant d'un trait son verre de whisky. Passons à l'objet de votre convocation. L'avez-vous arrêté ?

La question claqua dans l'air de la pièce.

– Qui donc ?

– Antoine de Maison-Rouge, qui d'autre voulez-vous ?

Allons bon.

– Pourquoi voulez-vous que j'arrête Antoine ? Ivrognerie et insulte à agent ? Parce que si je l'arrête pour ça, autant lui coller une peine ferme.

– Pour le meurtre de Sorel. Ne faites pas l'idiot, Lavau.

– Jusqu'à preuve du contraire, Antoine n'a rien à voir avec l'assassinat de TS.

Guy Lestrange se posta devant la fenêtre qui donnait sur la rue des Halles et souleva un coin du voilage, comme une grand-mère espionnant ses voisins.

– Antoine de Maison-Rouge est un déserteur et je tiens de source sûre que TS avait repéré sa cachette. Ce salopard l'a descendu pour l'empêcher de l'arrêter et de le faire passer en cour martiale.

Matthias haussa les sourcils et croisa les bras, goguenard.

– Comment n'y ai-je pas pensé ! Eh bien voilà, vous avez résolu l'enquête, monsieur le maire.

– Ne vous foutez pas de ma gueule, Lavau.

– Ne vous mêlez pas de mon affaire, Lestrange. Vous n'avez pas la moindre preuve de ce que vous avancez.

– Saviez-vous que votre bon petit copain le comte avait déjà tenté de tuer Thomas ? Dans les tranchées. Tout un pays jeté dans la gadoue, et il a fallu que ces deux-là se retrouvent dans le même régiment. Ironie mise à part, leurs différends les ont suivis et Maison-Rouge a bel et bien tenté de se débarrasser de Sorel.

– Vous dites n'importe quoi.

– J'en ai la preuve, dit doucement Lestrange en laissant tomber le rideau. Thomas m'a écrit une lettre dans laquelle il relatait toute l'affaire.

– Je serais curieux de la lire.

– C'est une correspondance privée. Et je crois l'avoir égarée qui plus est. Mais ce n'est pas la question. Thomas, on peut le comprendre, en voulait sévèrement à Maison-Rouge. Quand il a découvert que ce dernier avait déserté, il a mis un point d'honneur à le retrouver pour le livrer aux autorités militaires.

– Et Antoine aurait cané cette crapule de TS pour sauver sa peau, c'est ça ?

– Précisément.

– C'est ridicule.

– Cela tient la route et vous le savez pertinemment. Vous allez donc m'arrêter ce comte de mes deux et l'interroger.

– Je ne sais pas où il est, mentit Matthias.

– Votre amitié avec ce clown d'aristo est connue de tous, inspecteur. Ne commettez pas l'erreur de me prendre pour un abruti.

Le maire se versa une autre rasade de liqueur, le front luisant et les yeux étincelants.

– Maison-Rouge s'est toujours cru au-dessus de tout. « Comte », laissez-moi rire. Il est coupable et je le veux sous les verrous. Et tant que vous y êtes, mettez un terme aux activités de contrebande de cette foutue ville. Le préfet me téléphone tous les jours à ce sujet, je ne sais plus quoi inventer.

Matthias soupira. L'entretien commençait à lui taper sur les nerfs.

– Nous n'avons aucune preuve de l'activité dont vous parlez.

– Je vais vous le dire autrement, Lavau. Vous avez collé cette gourde d'Irem Lauriers en cellule, pour une histoire de fesses et de cheveux. C'est une demi-portion, nous savons tous qu'elle n'aurait pas pu tuer ce pauvre TS. Mais elle va rester en cellule, toute innocente qu'elle soit, jusqu'à ce que vous m'ayez livré le responsable de cette putain de contrebande. Je me suis assez ridiculisé.

L'inspecteur plissa le regard, ses narines se dilatèrent.

– Vous me faites du chantage, Lestrange ?

– Appelez ça comme vous voulez. Je suis le maire de cette ville, mon bon Lavau, et ce satané hiver n'en finit pas. Croyez-vous que j'aurais du mal à faire porter le chapeau à madame Lauriers ? Madame Lauriers, laissez-moi rire. Une *étrangère*. Nous vivons une sale époque pour ces gens-là, inspecteur.

À ces mots, le sang monta d'un coup à la tête de Matthias et, d'un puissant coup de botte, il propulsa la table basse, la théière, les tasses, le plateau et les biscuits contre le mur à la tapisserie fleurie, dans un fracas épouvantable. Ses yeux gris exultèrent de fureur, mais le maire ne s'en émut guère. Il considéra le chaos ambiant d'un œil indifférent, vida son verre.

– Je ne vous retiens pas, inspecteur. Vous avez du pain sur la planche.

Sur ce, il ramassa un biscuit écrasé, l'épousseta du bout du doigt et l'engloutit.

– Et n'oubliez pas la cagette.

Chapitre 13

Matthias Lavau se dit qu'il fallait être sacrément frappé pour vouloir, après une vie dans un orphelinat, retourner y enseigner à son tour à une bande de chiards malappris et d'une mauvaise volonté crasse. La chose le dépassait complètement. Adossé au mur dans le couloir, il attendait la fin de la leçon en écoutant la voix autoritaire de Jeanne qui, entre deux équations de mathématiques, houspillait tel ou tel qui avait bien autre chose à faire que de s'enrichir la cervelle. Cela ne dérangeait pas Jeanne, qui distribuait les corrections avec autant d'allant qu'elle distillait ses connaissances.

– J'ai toujours su que tu aimais ça, dit-il quand elle le rejoignit dans le couloir. Quelle perverse tu fais.

– Aimer quoi ? Jean ! Albert ! Vous croyez que je ne vous vois pas, petits morveux ? Ouste, dehors ! De quoi parles-tu ? ajouta-t-elle en l'entraînant dans le couloir.

– De ça. De toutes les réprimandes. Et de tout ce qu'ils te font subir, ces petits couillons.

– N'exagérons rien. Je suis institutrice.

– Il faut certainement être perverse pour être institutrice.

Elle s'arrêta de marcher et le toisa avec irritation.

– Et pour être policier, il faut être comment ? Pour traquer le mal et le vice toute la journée, pour découper des cadavres et se farcir la tronche de centaines de criminels en tout genre, il faut être comment ?

– Ça n'a rien à voir.

– Bien sûr que non, répliqua-t-elle avec sarcasme.

Elle reprit sa progression en accélérant le pas, le dépassant. Dévalant les marches de l'escalier central, elle prit le chemin des cuisines. Matthias maintint la distance qui les séparait, mais revint à la charge.

– Je ne suis pas resté au Clos, moi. J'ai coupé le cordon.

– Tu me fatigues, Matthias.

– Je suis parti ! Je me suis envolé !

– Sœur Marie t'a mis dehors, espèce de crétin. Si elle ne l'avait pas fait, tu serais encore à dormir dans le grenier et à balayer la cour.

– Tandis que ton sort est tellement plus enviable.

– Mon sort, c'est moi qui l'ai choisi. Merci de ne pas me donner ton opinion quand je ne te l'ai pas demandée.

– On fait tous ce qu'on peut, Jeannette, soupira Matthias en s'affalant sur une chaise dans la cuisine.

Il adressa un clin d'œil à une novice au sourire enjôleur qui prenait son tour à la préparation du repas. Jeanne surprit leur échange et, d'un ton sec, renvoya la jeune fille.

– Précisément. Je tente humblement de ne pas créer plus de débiles que ce village n'en compte déjà, et toi tu cherches l'assassin de mon mari. Des nouvelles, de ce côté ?

Jeanne souleva le couvercle d'une marmite qui crépitait dans la cheminée et y plongea une louche. Un fumet de ragoût s'en éleva, et Matthias se demanda – ce n'était pas la première fois – comment la prieure s'y prenait pour que les garde-manger du couvent regorgent toujours de victuailles. Chacun à Haut-de-Cœur devait se serrer la ceinture ; une discipline qui ne semblait pas exister dans l'enceinte du Clos.

– Donc, feu mon mari ? Des pistes ?

Jeanne attaqua son assiette, à peine assise sur un coin de table. Matthias la contempla par en dessous, contrarié.

– C'est possible.

Comme il se taisait, Jeanne eut un mouvement d'humeur.

– Et donc ?

– Je vais aller discuter avec notre bon ami Antoine. J'ai des questions à lui poser.

Elle cessa de manger, la fourchette en suspens entre l'écuelle et son menton. Elle fronça les sourcils, et Matthias la trouva décidément si jolie.

– Pourquoi ?

– Voyons voir. Lui et TS ne s'aimaient pas beaucoup.

– Bel euphémisme.

– Antoine est porté déserteur depuis deux ans. TS le savait, il a pu vouloir lui nuire. Ce ne serait guère étonnant venant du personnage. S'il avait découvert sa cachette…

– Antoine l'aurait vidé comme un pourceau pour l'empêcher de le dénoncer ? Tu ne trouves pas cela un peu… disproportionné ?

– Antoine *est* disproportionné, soupira Matthias. Écoute Jeanne, je n'y crois pas beaucoup moi-même. Avec ce qui est arrivé à sa femme et son fils, je doute qu'Antoine se préoccupe encore de sa propre liberté. Et je doute qu'il ait accordé ne serait-ce qu'une pensée à ton con de mari. Mais…

À ces mots, Jeanne se rembrunit et détourna le regard. Matthias la transperça de ses yeux d'aigle.

– Quoi ?

– Rien. Rien du tout.

– Tu sais quelque chose, Jeannette.

– Non.

L'inspecteur soupira, secoua la tête. Planta son regard dans le sien. Ils se connaissaient si bien tous les deux. Jeanne céda.

– Je l'ai vu l'autre soir. Mais il est reparti aussi vite qu'il est venu.

– Il t'a parlé de Thomas ?

– Il était soûl, ses propos étaient décousus. Tout se mélangeait. Thomas, la guerre, Gustave… Il n'était pas vraiment lui-même. De toute façon, tu viens de dire que tu ne croyais pas qu'il ait tué TS.

– Non, je n'y crois pas, mais le maire veut lui coller le meurtre sur le dos. Je ne laisserai pas ça arriver. Quoi qu'il m'en coûte.

Jeanne délaissa son assiette inachevée, l'air soudain las. Elle sourit faiblement à l'inspecteur.

– Je me disais aussi que cette idée ne pouvait venir de toi.

– Lestrange est peut-être une ignoble pourriture, il n'énonce pourtant que les faits. Antoine et Sorel se haïssaient, Antoine et toi vous… bref. Antoine avait de bonnes raisons d'en vouloir à ton mari. Si le maire s'arrange pour m'éjecter de l'affaire, il n'aura pas de mal à convaincre d'autres policiers qu'Antoine est le coupable idéal.

Jeanne hocha la tête. *Antoine avait de bonnes raisons d'en vouloir à ton mari*. Matthias ne croyait peut-être pas si bien dire.

– Je sais que tu sais où il se terre, Matthias. Que tu l'as toujours su.

– Bien sûr, que je le sais, dit l'inspecteur en se redressant pour prendre son congé. Il est comme mon frère.

– Alors sors-le de là. Maintenant si tu veux bien, mes morveux vont bientôt être affamés.

– Ne laissons pas les débiles mourir de faim, tu as raison.

Matthias déroba une pomme dans la corbeille et quitta le Clos.

Déambulant dans le village à la recherche d'Esther Louve, Matthias Lavau fit une première halte chez Yvette Lauriac, puis une seconde chez Lorraine Chablon. Au café Bontemps comme à l'Alimentation Générale, il aimait de temps à autre retrouver ses anciennes camarades, observer leurs sourires, leurs ridules, leurs regards empreints de nostalgie. Ils évoquaient quelques souvenirs des Ursulines, il leur parlait un peu de sa vie lyonnaise. Il caressait la joue d'Yvette, qui jetait une œillade derrière elle pour s'assurer que son benêt de mari ne les espionnait pas, il serrait la main de Lorraine en se demandant par quelle anomalie bizarre elle lui avait préféré son propre frère. Lorraine secouait la tête en souriant gentiment. *On n'est pas sûr que ce soit mon frère, Matthias. Tu devrais t'occuper un peu plus de tes affaires. Cette mademoiselle Louve, par exemple.*

Mademoiselle Louve, qui ne se trouvait jamais là où elle était censée se trouver.

Mû par un vil instinct de curiosité, Matthias monta dans l'appartement de Jeanne. La serrure ne lui résista pas plus que les fois précédentes, son nécessaire de crochetage ne quittait jamais sa poche. À la guerre comme à la guerre, il n'allait pas benoîtement gober les mensonges de la jeune femme sans fouiner comme une vieille pie. Elle lui avait certifié être en train de prier la nuit de l'assassinat de TS ; Jeanne mentait, il le flairait à des kilomètres.

L'inspecteur pénétra dans la piaule minuscule et s'arrêta sur le pas de la porte. Sortant de sa poche un mégot usagé, il le ficha entre ses lèvres et négligea de l'allumer. Sur le dossier d'une chaise, une jupe abandonnée présentait un ourlet de terre mal séchée, qui lui laissa sur les doigts une trace de glaise. Ses souliers, d'odieux godillots informes qui de toute évidence avaient appartenu à TS, en étaient couverts aussi. *Intelligent*, songea Matthias. *Porter les vieilles nippes du macchabée pour ne pas se faire prendre... Où diable a-t-elle été traîner pour se couvrir de terre de la sorte ? Il n'y a que de la neige partout.*

Matthias fouilla la cuisinette de Jeanne, ouvrant les quelques placards et soulevant les couvercles. Il inventoria d'impressionnantes réserves de café, de sucre, de viande séchée et de farine. Soufflé, il souleva ensuite deux lattes du plancher, dont il connaissait le secret parce que Jeanne, qui le prenait parfois pour un simplet, ne s'était pas doutée qu'un jour il lui viendrait l'inspiration de fureter chez elle. Elle s'en remettait à cette bête adoration que Matthias lui vouait depuis leurs tendres années et dont elle se servait à loisir. Matthias ne nourrissait pas d'illusion ; la fille de Mélanie l'utilisait. *Matthias ne me ferait jamais ça.* Il la laissait croire, il était bon pour un policier d'entretenir les idées que l'on avait de lui ; cela lui permettait, sans éveiller les soupçons, d'agir à l'exact opposé. *Matthias ne me ferait jamais ça.* Ben tiens.

Dans la cachette, l'inspecteur mit au jour des pains entiers, des jambons, des mottes de beurre ainsi que plusieurs sacs de riz. Il n'avait pas vu de telles quantités de nourriture depuis des années et il pariait volontiers que personne à Haut-de-Cœur, pas même cet empaffé de maire, ne pouvait se prévaloir de repas si substantiels.

Le regard de Matthias courut des chaussures souillées au butin alimentaire. Il replaça les lattes du parquet et poursuivit son exploration. Enfin, dans une boîte en fer-blanc, il découvrit son butin. Les tickets de rationnement. Des mois de tickets de rationnement, intacts.

L'inspecteur glissa quelques tickets dans sa poche et reposa la boîte à sa place. Puis, sans s'attarder davantage, il sortit.

Guy Lestrange avait vu juste. Malgré ses réserves étonnamment garnies, Jeanne n'utilisait pas les tickets de rationnement distribués depuis que l'hiver avait commencé à s'éterniser. Elle s'approvisionnait donc au marché parallèle. À en juger par l'état de ses habits, elle rencontrait son fournisseur à l'écart du bourg, probablement dans les bois de Combe-Lavau. On trouvait de la glaise dans certains coins de la forêt, dans les zones les mieux protégées par les arbres.

Trois heures sonnèrent et Matthias Lavau regarda malgré lui en direction du clos des Ursulines. Lui revinrent en mémoire les conversations qu'il avait eues, au matin de la découverte du cadavre de TS, avec Jeanne et sœur Marie. Ces conversations grotesques, au cours desquelles les deux femmes l'avaient clairement pris pour un crétin. *Je priais*, avait débité Jeanne. Fermant les yeux, l'inspecteur revit la tasse de café fumante offerte par la religieuse et l'entendit à nouveau qui lui servait la même fable. *Nous avons prié pour le salut des pauvres*.

Il secoua la tête, dépité. Décidément, les pauvres avaient le dos large.

Chapitre 14

Négligemment adossé au muret qui longeait le cimetière, l'inspecteur fumait en contemplant les bois de Combe-Lavau en contrebas. Dans les lueurs à peine changeantes du crépuscule, une brume légère s'élevait d'entre les arbres alourdis de neige. D'une pichenette, Matthias déposa la cendre de sa cigarette dans un creux de la pierre et suivit du regard le vol d'un rapace au-dessus des cimes. À l'inverse des autres habitants de Haut-de-Cœur, qui montaient la colline du Puits du Diable pour contempler la vallée et l'étang du Petit-Saut, l'orphelin préférait le muret du cimetière et les bois à perte de vue. Son regard d'aigle savait repérer le château de Nobles-Pierres, entièrement dissimulé dans la végétation, la ferme du Bas de Chalas et, au-delà, les lieux plus reculés comme l'Huis du Bout. Cette forêt était celle de Matthias, il en portait le nom. Enfant, il s'échappait du couvent et s'enfonçait dans les bois jusqu'à l'arbre au pied duquel le comte de Maison-Rouge l'avait trouvé. Il restait là des heures, attendant celle qui l'y avait déposé. Sa mère reviendrait, il fallait qu'il soit au pied de l'arbre quand cela se produirait, pour ne pas la manquer. Les idées que l'on se fait quand on est enfant.

Personne n'avait jamais su où il disparaissait quand il disparaissait. Personne, sauf Antoine de Maison-Rouge. Antoine savait toujours où le trouver. Il arrivait qu'Antoine s'asseye en silence à ses côtés et attende simplement avec lui.

Matthias écrasa sa cigarette, imaginant la figure toute pétrie de contentement de Guy Lestrange à la place du cendrier de pierre. Thomas Sorel était cané, cela faisait le bonheur de tout Haut-de-Cœur, mais voilà, le crétin était citoyen et victime d'assassinat. Matthias se coltinait l'enquête avec pour fascinante mission de dégoter le coupable, auquel il devrait passer les fers au lieu de le congratuler. Autant dire que cela lui arracherait la tronche.

Le cri de l'aigle perça le silence du soir. N'ayant à se rendre nulle part, le policier alluma une seconde cigarette et la fuma avec lenteur, les yeux mi-clos qui suivaient le vol de l'oiseau de proie. La bête avait sa nichée dans les combles du château de Nobles-Pierres, dans l'aile est en ruine et déserte. Un autre vieil ami de Matthias. Cet ami avait-il vu sa mère le déposer au pied de l'arbre ? Avait-il vu l'assassin se faufiler sous le manteau de nuit ? Savait-il où se terrait Esther Louve qu'il n'avait pas aperçue de la journée et dont l'absence aussi soudaine qu'inexpliquée l'emplissait de soupçons ?

Matthias Lavau était un bon policier. Son extraordinaire mémoire et son talent de physionomiste n'avaient d'égal que sa capacité de déduction et sa vivacité d'esprit. Il pouvait être con comme tous les hommes, mais globalement il valait un peu mieux que la plupart et c'était déjà bien. L'immense savoir de ses professeurs l'avait forgé. Ses années lyonnaises l'avaient forgé. Sa rencontre avec les hommes, pairs ou criminels, l'avait forgé. Matthias Lavau était un *excellent* policier.

Cependant, et il le savait, il lui manquait pour devenir exceptionnel une qualité qu'il n'acquerrait jamais. Matthias était dépourvu de toute objectivité.

L'inspecteur glissa son mégot éteint dans la poche de son cache-poussière et, prenant appui sur le muret, sauta lestement par-dessus. Ses bottes heurtèrent le sol dans un bruit de boucles, rapidement étouffé par le manteau de neige qui recouvrait le cimetière bâti à flanc de colline. Matthias circula sans se presser entre les tombes. Il n'y avait plus nulle part de fleurs à cueillir, alors on déposait des bougies aux flammèches vacillantes sur les autels des caveaux. Le policier suivit les lueurs orangées qui jalonnaient les allées, descendant vers l'extrémité ouest du cimetière. Au-delà, les champs et les bois de Combe-Lavau.

Il était là où il s'était attendu à le trouver.

Dans la pénombre, Matthias reconnut la silhouette dégingandée, presque aussi grande que lui, enveloppée dans la redingote à rayures. L'homme ne bougeait pas, comme pétrifié dans le froid, ses godillots de conscrit enfoncés dans la neige au pied de la tombe devant lui. La tête baissée, le haut-de-forme au ruban délacé pendant au bout de son bras, Antoine de Maison-Rouge paraissait dormir. La brise soulevait quelques mèches de sa chevelure auburn emmêlée, seul indice qu'il ne s'était pas changé en statue.

Matthias s'immobilisa à côté de lui et posa les yeux sur les noms gravés dans la pierre. C'était dans ce coin reculé du cimetière que l'aura de tristesse était la plus épaisse. L'inspecteur contempla le profil de son ami. Ses sourcils broussailleux sur ses paupières closes, son nez fier, ses lèvres pleines et son menton dur, mal rasé. Chaque détail lui était aussi cher que familier.

– T'as une sale mine, mon ami, dit Antoine sans ouvrir les yeux.

– Tu t'es pas regardé.

Antoine laissa échapper un rire léger comme une plume. Le visage à présent tourné vers le ciel, il fouillait la masse bleutée de la nuit de ses yeux lumineux. Cela réconfortait Matthias de songer que la flamme qui le consumait ne s'éteindrait jamais. L'horreur et le deuil avaient déformé l'âme d'Antoine, mais la flamme brûlait toujours.

– Elle est jolie, ta petite inspectrice. Pas très aimable, mais jolie.

Matthias haussa les épaules.

– Je ne l'emploie pas parce qu'elle est jolie, maugréa-t-il. Et elle n'est pas vraiment inspectrice.

– Tu me dis ce qu'elle n'est pas. Dis-moi plutôt ce qu'elle est.

Antoine pencha la tête vers lui, ondulant, un demi-sourire goguenard sur la figure, le regard pourtant voilé de larmes.

– Je ne sais pas. Esther est Esther. Ça fonctionne bien comme ça.

– Ne perds pas de temps, mon ami. Du temps ici-bas, nous n'en avons pas.

Esther aux yeux d'ambre, Esther volatile. Matthias secoua la tête pour la chasser de ses pensées, où elle avait tendance à s'incruster. Le comte s'accroupit, parcourut du bout des doigts les lettres qui formaient les noms de Louise et de Gustave. Le bas de la redingote se trempa de neige.

– Jeanne me manque, dit-il. Suis-je un monstre de me languir des vivants davantage que des morts ?

Matthias tiqua, retint sa respiration. *Ne pas aller sur ce chemin. Il ne sait pas, ne doit jamais savoir.*

– Jeanne n'est pas ton problème principal, répondit-il. Et tu ne perds rien, elle est insupportable.

Il avait réussi, Antoine rit à travers ses larmes.

– Pourquoi ne suis-je pas étonné ? Allons, quel est mon problème principal ?

– Lestrange est convaincu que tu as tué TS et exige que je te coffre au plus tôt.

Un ange passa, Matthias espéra entendre le cri de son aigle, en vain.

– Lestrange a toujours été pénible, observa Antoine.

– Pénible, c'est peu de le dire. Un véritable emmerdeur, renchérit Matthias.

– Pénible, mais pas si con.

– Comment ça, pas si con ?

– Réfléchis, Matthias.

Matthias darda ses yeux gris sur le visage marqué du comte, sur son sourire narquois. Il se rappela le petit garçon plein de malice qui lui avait attiré tant d'ennuis au cours des années. Le camarade indomptable, le cauchemar des religieuses. Il se rappela que plus la punition était lourde, plus Antoine riait fort. Le comte recoiffa le haut-de-forme hérité de son père, souffla sur le ruban pourpre qui voletait devant ses yeux.

– Personne d'autre que moi n'est aussi heureux de la mort de cette raclure, murmura-t-il. J'avais déjà essayé, tu sais… J'avais échoué, alors.

L'inspecteur se détourna, contempla le sentier qui longeait le cimetière au sud, scruta l'orée des bois. La campagne silencieuse lui sembla écrasante.

– Ça ne change rien, finit-il par dire. Je te sortirai de là. Quoi qu'il m'en coûte.

Matthias s'ébroua, saisit le comte par la nuque et posa son front sur le sien.

– Garde-toi d'être trop bavard et de montrer ta sale gueule au village, d'accord ?

– Qu'est-ce que tu vas faire ?

– Je te l'ai dit.

– Et si je l'ai fait, Matthias ?

– Tu ne l'as pas fait.

– Ça, tu ne peux pas le savoir.

L'inspecteur sourit, tourna les talons pour remonter les allées vers l'entrée du cimetière.

– Bien sûr que si, je peux.

Un instant, seul le bruit de ses bottes dans la neige lui répondit. Puis enfin, la voix du comte qui ponctuerait leur échange du soir.

– Tu sais où me trouver.

– Toujours, mon frère.

L'inspecteur remonta vers le bourg, hâtant le pas. Quelque chose qu'Adèle Lestrange avait dit taraudait Matthias. *C'est que mon père... Tout est de sa faute, vous voyez ? Tout... Mon pauvre Thomas...* Puis, elle avait invoqué le nom d'Esther. La douce Adèle, travaillée du chapeau à force de vivre avec un Lestrange depuis tant d'années, invoquait son tout-puissant paternel et le mêlait, on ne savait comment, à l'affaire qui occupait Matthias. Le policier n'ignorait rien de la passion qui avait jadis brûlé entre Thomas Sorel et la jeune Cordier ; il était probable qu'Adèle ait nourri quelque ressentiment envers son père qui l'avait soulevée des bras de Thomas pour la blottir dans ceux de Guy. Matthias ne savait pas très bien si elle avait gagné au change, mais ce n'étaient pas ses oignons. En tout état de cause, il cherchait encore le lien entre cette sortie inattendue et le meurtre de TS. Pour ce qu'il en savait, Serge Cordier était mort depuis des lustres et Adèle nageait en pleine confusion. Pourtant, elle avait mentionné le nom d'Esther qui, à l'époque de ses amours contrariées avec la victime, sortait à peine de l'enfance. Bref, tout cela était confus.

L'inspecteur remonta la rue du Four jusqu'au presbytère et sans s'annoncer, poussa le lourd portail de bois. Anselme, le curé, disposait d'une vieille rosse et d'une carriole fatiguée, dont il se servait pour aller prêcher dans les villages alentour. L'attelage n'était guère vaillant mais Matthias ne serait pas regardant sur son allure. Contournant l'habitation, il se glissa dans la pénombre jusqu'à la petite écurie et flatta l'encolure de Joséphine.

– Là, ma toute belle, là… On va partir en balade, tous les deux. Pas un mot à ton maître, d'accord ? Ce pauvre Anselme respecte scrupuleusement le couvre-feu, il se ferait du mouron.

Le père Anselme réunissait en un seul individu tout ce qui mettait les nerfs de Matthias à rude épreuve : un jeunot bavard et exalté avec une figure de jouvenceau, pieu comme un cagot et qui avait affublé sa jument du nom de l'Impératrice Joséphine. De quoi se méfier.

Matthias harnacha l'animal et le fit reculer entre les deux brancards de la carriole. Puis, sans s'embarrasser de refermer le portail derrière lui, il mit Joséphine au pas et quitta le presbytère. Au moment où il faisait claquer sa langue pour donner l'ordre de marche, la petite voiture tangua et la leste silhouette d'Esther Louve se matérialisa sur le siège à côté de Matthias. Sans lui accorder un regard, elle rajusta sa jupe rayée sur ses genoux et resserra sa pelisse de laine. Comme l'inspecteur ne faisait plus un geste, elle s'impatienta.

– Alors ? On y va ?

– Où diable étiez-vous toute la journée, Esther ?

Joséphine s'ébranla, la neige étouffant le martèlement de ses sabots sur le pavé. Esther haussa les épaules, croisa ses mains gantées sur ses genoux.

– J'enquêtais, inspecteur. Où va-t-on ?

– Vous enquêtiez ? Vous vous moquez de moi ? Vous n'étiez pas au village. Vous étiez dans la forêt, c'est ça ? C'est dangereux, Esther. Pourquoi y retournez-vous sans cesse ?

La jeune femme reporta son regard devant eux, sur la grand-rue Chanoine-Laforest qui plongeait vers Grand-Cœur.

– N'en parlons plus, souffla-t-elle.

C'était quelque chose que la campagne de Bourgogne aux heures indues de la nuit, éclairée seulement de quelques rayons de lune qui miroitaient sur l'étang du Petit-Saut. Le bruit de la neige froissée et le roulis des essieux pour seule musique, le policier inspira profondément, libéré de Haut-de-Cœur, de ses secrets et de ses murmures. La présence d'Esther à ses côtés, même plongée dans un mutisme inébranlable, l'apaisait. Il n'insista pas et se détendit, puis mit la jument au trot.

Il ne leur fallut guère plus d'une heure pour se rendre dans le quartier Saint-Laurent. Matthias arrêta la carriole devant un immeuble récent et enroula les guides de Joséphine autour d'un lampadaire. De sa poche, il tira une vieille croûte de pain qu'il glissa entre les dents de la jument.

– Pas bouger, ma cocotte. Papa revient très vite. En espérant que tonton Marcus ait du cognac en réserve.

Et, après une dernière flatterie sur l'encolure de Joséphine, Matthias Lavau et Esther Louve s'en allèrent frapper chez le docteur Marcus Taillandier. Ils s'y reprirent à deux fois avant que l'ancien collègue de l'inspecteur, la mine chiffonnée, ne vienne déverrouiller le loquet.

Taillandier était l'une des rares personnes que Matthias pouvait regarder dans les yeux sans incliner la tête, l'une des rares qu'il n'aurait osé défier à la lutte sans crainte de se faire rosser. Il comptait parmi les esprits les plus intelligents que l'inspecteur ait jamais rencontrés. Ainsi, et bien que les deux hommes se soient colletés un paquet de fois au cours de leurs nombreuses collaborations, il ne serait pas venu à l'idée de Matthias de s'adresser, pour l'affaire qui l'occupait, à quelqu'un d'autre.

Celui qui avait été médecin légiste considéra un moment ses visiteurs avec une expression indéchiffrable, puis leur claqua la porte à la figure. Matthias compta lentement jusqu'à cinq et entra à sa suite.

– Il me reste un fond de cognac.

– Ça ira très bien, répondit l'inspecteur en promenant son regard sur la pièce dans laquelle Esther et lui venaient de pénétrer.

Un canapé fatigué, une table, quelques chaises, un buffet aux gonds mal en point. Dans une assiette, les restes d'un repas inachevé qu'un chat obèse s'employait à faire disparaître. À un bout de ce salon négligé, une porte ouverte laissait entrevoir un lit défait dans lequel une jeune femme dormait. *Normal*, songea Matthias. *On n'a pas la gueule de Marcus sans avoir de fille dans son lit. Ça va avec.* À l'opposé de la chambre, une cuisine plongée dans la pénombre. Taillandier sortit du buffet une bouteille poussiéreuse et trois petits verres qu'il remplit à ras bords.

– La dame boit comme nous ?

Esther acquiesça sans un mot, Taillandier s'en alla fermer la porte de la chambre.

– Tu es sûr qu'elle respire encore, Marcus ? ironisa Matthias en tirant une chaise sans y être invité. C'est pas un macchabée ?

– Je t'emmerde, Lavau.

– Je croyais que tu n'aimais pas les gens.

– Je n'aime pas les gens, mais je ne baise pas les morts, objecta sèchement le médecin. Qu'est-ce que tu fiches ici ? Toi et…

– Je pourrais te retourner la question. Chirurgien, est-on bien sérieux ? Je te présente Esther.

Marcus vida son verre et se resservit, puis se rendit dans la cuisine. Il en revint aussitôt avec une miche de pain entamée et des restes de fromage. Les pieds de sa chaise raclèrent le sol.

– Faut croire. Et chirurgien en chef, avec ça.

– Moi qui pensais que tu clamserais sur scène, comme Mozart. En pleine autopsie, tu vois.

– Découper des cadavres à longueur de vie m'aurait rendu zozo. Alors quand cette opportunité s'est présentée, je l'ai saisie. Et c'est Molière qui est mort sur scène.

Matthias savait que son ancien partenaire, au bout de plusieurs années dans l'équipe de Locard, avait consommé son comptant d'horreur et de tragédies. Marcus Taillandier, le colosse à la belle figure aussi stoïque qu'un gros caillou. Une carrière à ausculter des viscères avait fini par lui tordre les siennes. Fondé par la fameuse famille Cordier, l'hôpital de Grand-Cœur avait ouvert une clinique dont Marcus était à présent le responsable du service de chirurgie. Edmond Locard lui-même avait rédigé sa lettre de recommandation.

Ils trinquèrent, et s'évanouirent les derniers lambeaux de froideur entre deux compagnons longtemps séparés. Dans la chambre, la jeune femme grogna dans son sommeil et ils échangèrent un sourire amusé.

– Je réitère ma question, dit le médecin. J'imagine que ce n'est pas une simple visite de courtoisie, avec le merdier qui règne vers chez toi.

Matthias cassa un morceau de pain mais laissa le fromage. Comme il avait chaud, il ôta son cache-poussière et l'abandonna sur le dossier de son siège. Sa chemise en toile apparut, froissée.

– Tu imagines bien. J'ai besoin que tu nous dises tout ce que tu sais au sujet de Serge Cordier, lâcha Matthias.

Puis il ajouta :

– Serge Cordier et son gendre estimé, Guy Lestrange.

Marcus remonta ses manches, révélant ses avant-bras sculptés, et attaqua le fromage à la pointe de son couteau.

– Guy Lestrange, ce n'est pas le maire de ta bourgade ?

– Lui-même.

– Tu lui cherches des poux dans le crâne, à ton maire ?

– C'est lui qui m'en cherche. D'une certaine manière, nuança-t-il par souci d'honnêteté. Disons que je prends les devants. S'il s'entête à me causer des soucis, je pourrais avoir besoin d'une ou deux sales histoires qui le tiennent en respect.

Marcus haussa les épaules, vida la fin de la bouteille de cognac dans leurs trois verres et se laissa aller sur le dossier de sa chaise.

– Tu le soupçonnes du meurtre ?

– Pas directement, non. Mais il tente d'interférer dans mon enquête, conclut-il.

– Ça, c'est les politiques, compatit Marcus. Enfin. De ton Lestrange, je ne sais rien. Jamais vu sa tronche, d'ailleurs. Un bourgeois aux dents qui te font des tranchées dans les pavés. Comme si on n'avait pas eu notre comptant de tranchées. Je connais des types qui l'ont côtoyé autrefois du temps de Cordier. Tu penses bien que cette famille est chez elle partout dans cette ville, encore plus à l'hôpital. À l'origine, il a été bâti pour les familles des ouvriers qui travaillaient dans les usines Cordier.

– Ils en disent quoi, ces types que tu connais ?

– Rien de bon. Rien de mal. Un con, c'est tout.

– Ça, j'étais au courant, soupira Matthias.

– Serge, en revanche…

Les paroles incohérentes d'Adèle lui revinrent en mémoire et l'inspecteur retint son souffle. À ses côtés, Esther se tenait aussi immobile qu'une statue. Elle avait ôté sa pelisse et Marcus jetait des regards curieux à la collerette de cuir qui lui enserrait le cou et les épaules, l'air de dire *Qu'est-ce que c'est que ça.*

– Je ne l'ai jamais rencontré moi-même. Il est mort il y a cinq ans, en 1912, mais autant te dire que le bonhomme a marqué les esprits. Grand-Cœur dort à l'ombre de cet homme, Matthias. Encore aujourd'hui.

– De quoi parle-t-on ? Chantages, pots-de-vin, malversations ?

– Ça, c'est le lot de tous les industriels, répliqua Marcus en haussant les épaules. Cordier, lui, a été à l'initiative d'énormément de changements pour les habitants de cette ville. Il a fait bâtir des écoles, des commerces, instauré de nouveaux moyens de transport… Les villages ouvriers ainsi que l'hôpital sont également à inscrire à son palmarès.

– En somme, un bon petit père de famille, résuma Matthias. À mesure que ses usines ont pris de l'essor, le vieux a progressivement pris le contrôle de tous les aspects de la vie de ses ouvriers.

– Exactement. Et ça n'a pas vraiment plu à tout le monde…

– Comment ça ?

– À la mort du vieux, certaines rumeurs ont circulé.

Matthias prit une gorgée de cognac et attendit. Les yeux plissés, Marcus semblait se remémorer les bruits de couloirs entendus çà et là.

– Il y a vingt ans, plusieurs gamines ont disparu dans la région. Du jour au lendemain, sans laisser de traces, et elles ne sont jamais réapparues. Des recherches ont été conduites, des enquêtes ont été ouvertes puis refermées, faute de résultats. Une vingtaine de filles entre douze et vingt-cinq ans se sont littéralement volatilisées en l'espace de quinze ans.

– Laisse-moi deviner. Les disparitions ont cessé à la mort de Serge et les rumeurs ont fleuri.

Marcus hocha la tête.

– Tu y crois ? demanda l'inspecteur. Cordier aurait fait disparaître les gamines ?

Haussement d'épaules.

– Un type à mi-chemin entre le patron de la pègre et le bon samaritain, qui emploie la moitié de la ville et fonde un hôpital, haute figure de la municipalité pendant trente ans, qui se prendrait pour Dieu et se croirait au-dessus des lois ? Oui, on aurait déjà vu ça. D'un autre côté, il n'y a rien. Aucune preuve. Pas de corps, pas de témoins, rien.

– Et les familles ? Que disaient les familles ?

– Les familles, mon bon, vivaient toutes grâce aux salaires que leur versait Cordier.

– Toutes ? La vingtaine ?

– La vingtaine, acquiesça Marcus. Mais cela ne prouve rien et aucun parent n'a jamais accusé Serge. Et, ajouta-t-il pour revenir au sujet, cela ne nous rapproche pas de ton maire.

– Lestrange et Sorel – Sorel, c'est mon cadavre – ont travaillé pour Serge Cordier une bonne partie de leur vie avant la mort du vieux. Nom d'un chien, Lestrange a même fini par épouser sa fille. Non, ces deux couillons étaient forcément au courant. Serge était peut-être le bourreau, mais je doute qu'il ait été celui qui se débarrassait des corps.

– *Si* c'est lui le coupable et *si* corps il y avait, nuança Marcus.

Matthias hocha la tête avec distraction. Puis, réalisant l'heure tardive, il prit congé.

– Par hasard, voudrais-tu me rendre un service ?

– Dis toujours.

– Je voudrais la liste des disparues, ainsi que l'adresse de leurs familles.

Marcus siffla, se grattant le cuir chevelu.

– Et comment diable veux-tu que je me procure un tel papier ? Je suis chirurgien à l'hôpital.

– Tu es un ancien de Locard. Cela devrait t'ouvrir quelques portes, non ? Fais à ta guise, mais je parierais que tu meurs d'envie de jouer au policier de temps à autre.

Au bout de quelques secondes d'hésitation, Marcus hocha lentement la tête, la trogne toujours renfrognée, mais c'était son visage de chaque jour alors Matthias ne s'en formalisa pas. Esther se leva, donnant le signal du départ. Les deux hommes échangèrent une solide poignée de main et les visiteurs rejoignirent Joséphine qui somnolait dans la rue, attachée à son lampadaire.

– Vous n'avez pas dit grand-chose, Esther. Je sais bien que vous n'êtes pas une grande bavarde, mais…

Matthias observa le profil insondable de la jeune femme. Ses yeux luisaient et, l'espace d'une seconde, il crut apercevoir des larmes. Quand elle tourna la tête vers lui, il réalisa son erreur. Elle ne pleurait pas. Elle souriait – il se disait, aussi.

– Je ne crois pas vous l'avoir déjà dit, inspecteur, mais mon père était employé des usines Cordier.

Le policier fit claquer sa langue et opérer un demi-tour à la voiture du père Anselme. Le froid glacial le fit se recroqueviller sur lui-même.

– Effectivement, je l'ignorais. Je croyais que votre père était mort.

– Il l'est, répondit-elle au bout d'un moment.

– Vous connaissiez donc Serge Cordier ?

Esther reporta son regard sur la route. Son sourire s'effaça tandis que sa voix perçait à nouveau le silence de la nuit.

– Non, je ne crois pas l'avoir jamais vu.

Chapitre 15

Le tapis est donc blanc. Blanc et souillé, les franges sont imprégnées de ce liquide rouge et poisseux. Esther est sonnée, mais elle n'est pas sotte. Elle sait bien ce que c'est, et d'où ça vient. Elle s'efforce de respirer calmement pour atténuer la douleur qui lui déchire la gorge. Un vrillement aigu, lancinant.

Devant ses yeux, le ballet des souliers l'irrite. Ils bougent trop vite pour qu'elle puisse ajuster son regard comme avec une paire de bésicles. Mais Esther ne porte pas de bésicles, pas encore. Le monde est flou. Le chat feule sous la commode, tandis que les souliers à pressions vont et viennent et que les autres, ceux qui sont moins élégants, tapotent mollement le parquet.

Esther essaye de comprendre. Elle connaît ce ballet, elle n'a plus à s'en préoccuper. *Les souliers à pressions martèlent le parquet, s'éloignent, reviennent sur le tapis en une série de sons mats et étouffés.* Elle n'a qu'à se concentrer sur les voix qui discutent. Non, qui se disputent. Ses yeux tombent sur les livres dans le rayonnage de la bibliothèque. Elle plisse les paupières. Un des livres est abîmé, une partie du dos a été arrachée et révèle la couture des pages. Ah, un détail nouveau. Un peu de courage revient à Esther.

Les souliers à pressions continuent de s'opposer aux autres. Esther veut tourner la tête pour voir les visages, mais il y a toujours ce poids sur le côté de sa figure. Elle se concentre sur la conversation.

– Pas ici, décrète la voix à laquelle appartiennent les souliers à pressions. Je vous l'interdis.

– Tu n'as rien à m'interdire. Que fais-tu ici ? Je n'attendais pas ta visite.

Un silence, les pas des souliers à pressions.

– Pas ici, répète la voix des souliers à pressions. Les hommes parlent, les rumeurs circulent vite. Si quelqu'un la voit… vous voit, nous serons finis. Tous autant que nous sommes. Je ne le permettrai pas.

Esther entend un bruit de succion, un ignoble gargouillis, réalise qu'il provient de sa gorge. Elle va se vider de son sang, elle va mourir ! La panique la prend, tiens, c'est nouveau. Dans les rêves précédents, elle ne se rappelle pas avoir paniqué. Mais c'est absurde, elle rêve donc elle vit. D'une façon ou d'une autre, elle va se remettre de sa blessure à la gorge.

Esther se calme, réalise qu'elle n'a pas suivi la conversation qui se déroule au-dessus d'elle.

– Passe-temps ! Quel drôle de terme.

De quoi parlent-ils, déjà ?

– Appelez ça comme vous voulez. Mais celle-ci, laissez-la-moi.

Voilà, c'est là, le moment où son sort se scelle. Esther redouble d'attention, écarquille les yeux, se concentre de toutes ses forces pour oublier la brûlure de sa gorge et la sensation des franges du tapis imbibées de sang sous son visage.

– Elle est tout abîmée, de toute manière, regarde-moi ça. Débarrasse-t'en comme tu veux.

Les souliers à pressions tournoient, lui donnent le vertige, Esther va vomir. Non, elle ne vomit pas dans le rêve. Elle ferme les yeux pour empêcher la pièce de tourner, s'accroche à la voix imprégnée de cigare, elle est à deux doigts de mettre un visage sur cette voix !

– Elle a vu nos visages.

Ah, le troisième larron, le gus auquel appartient la botte qui lui écrase la joue. Esther a envie de s'exclamer *Oui ! Oui, j'ai vu vos visages, mais pourquoi je ne m'en souviens pas ? Je dois m'en souvenir !*

– C'est problématique.

– Je vais m'en occuper.

– Certainement pas. En tout cas, pas ici et pas de la façon qui vous vient à l'esprit.

– Quel ennui !

Qui parle ? Esther ne sait plus. Sa respiration s'emballe. Elle ferme à nouveau les paupières, rassemble ses esprits épars. Quelqu'un s'en va, elle ne sent plus que deux présences. La pression de la botte augmente sur sa joue, Esther a bougé sans s'en rendre compte.

– Enfermez-la quelque part, donnez-lui un rôle à jouer. Elle nous servira. Et désormais, vous n'en référez plus qu'à moi. À moi, comprenez-vous ?

– Très bien, répondent les bottes.

Obséquieuses, les bottes.

– Il est grand temps que je m'occupe de toute cette histoire.

Maintenant ! C'est maintenant ! Esther sait qu'elle va voir un visage, maintenant. Les souliers à pressions se plient, un habit noir passe devant ses yeux. Une figure floue près de la sienne, proche à l'embrasser, une main qui lui caresse le front. Soudain, sa vision se stabilise, comme si elle avait enfilé ses bésicles. Esther est saisie d'effroi.

Guy Lestrange lui sourit avec bonté. Oui, avec bonté. Il dit *Je t'ai sauvée*. Esther s'évanouit. Esther se réveille.

Ils n'avaient guère dormi tous les deux, après leur escapade à Grand-Cœur. Emmitouflés dans leurs effets, ils quittèrent Haut-de-Cœur par la route de la Tagnière, qui plongeait à travers champs vers les bois de Combe-Lavau. La main gantée d'Esther, enfoncée dans la poche de sa pelisse, serrait la paire de bésicles aux anneaux de cuivre doré.

Tandis qu'ils progressaient côte à côte sur le chemin enneigé serpentant entre les collines, Matthias l'informa de son entretien avec le maire, Guy Lestrange, et des menaces proférées par ce dernier à l'encontre d'Antoine de Maison-Rouge. Esther resserra son poing sur les bésicles, se concentra sur le bruit que produisaient les bottes à boucles de l'inspecteur. Autour d'eux, une brume tenace s'était installée, qui ne semblait pas perturber son sens de l'orientation.

– Nous allons donc interroger votre ami le comte pour vérifier son alibi, conclut-elle quand le policier eut achevé son exposé.

Matthias prit une inspiration et répondit sans la regarder.

– J'ai l'ai déjà vu, hier soir. Disons qu'il est resté flou sur le sujet. Dans un sens, j'ai le sentiment qu'il aimerait qu'on le *croie* coupable. Payer pour un crime qu'il n'a pas commis serait une façon d'apaiser la culpabilité qui le dévore, j'imagine.

Il sentit l'œillade dubitative que lui lançait la jeune femme, ce haussement de sourcil empli de perplexité qui donnait à son interlocuteur le sentiment désagréable de passer pour un incompétent.

– Et s'il l'avait fait ?

– Je connais Antoine depuis si longtemps que vous n'étiez même pas de ce monde, Esther. Il est pour moi comme un frère. S'il était coupable d'assassinat, je le saurais.

– C'est ridicule. Il ne s'agit que de votre instinct. L'instinct n'est pas tellement votre fort, il me semble. Vous avez vraiment perdu votre temps chez Bertilloux et le docteur Locand.

Irrité de se voir rappelés son cruel manque d'objectivité et sa légèreté face à la nécessité de réunir des preuves scientifiques, le policier ne prit pas la peine de la corriger. Esther haussa les épaules.

– Pourquoi va-t-on au château, dans ce cas ?

– Je veux m'assurer qu'il va bien.

– Comment pouvez-vous être sûr qu'il y sera ? Je le croyais déserteur en cavale.

– Antoine connaît la région comme sa poche. S'il ne veut pas être pris, il ne sera pas pris.

Il hésita avant de poursuivre, l'air déçu comme s'il révélait l'astuce d'un tour de magie :

– Et, en l'occurrence, le château possède plusieurs caves dont personne ne connaît l'existence, à part lui et moi.

– Comment est-ce possible ?

Matthias haussa les épaules.

– Le château est dans un état de délabrement avancé, personne ne l'entretient plus depuis des générations. Au village, nul n'y a jamais vraiment été convié, hormis Jeanne et moi quand nous étions enfants. Ces caves ont été oubliées, tout simplement. Nous les avons redécouvertes après qu'il fut… revenu du front.

Esther ne répondit rien, touchée malgré elle par le désir de Matthias de veiller sur le comte.

– Rappelez-moi encore l'histoire tordue entre le châtelain et Thomas Sorel, fit-elle. Je crains de ne pas avoir tout saisi.

Matthias s'arrêta à une croisée de chemins, scruta le sol puis emprunta le sentier qui s'enfonçait à l'ouest. L'histoire d'Antoine était intrinsèquement liée à celle de Thomas, de Jeanne, du Clos. À la sienne. L'histoire d'Antoine n'était qu'une version de l'histoire de Haut-de-Cœur, une version de la vie des orphelins des Ursulines. Il était un chapitre du livre qui les contenait tous et Esther, étrangère en pays de Bourgogne, ne l'avait jamais lu. Il soupira.

– Antoine et TS se haïssaient. Rien d'étonnant là-dedans, il n'y a pas grand monde qui aimait Sorel. Mais Antoine… Antoine avait d'autres raisons de vouloir l'anéantir. Voyez-vous, Esther, nous avons grandi ensemble, tous les trois.

Le policier plissa son regard qu'il porta au loin, accentuant les fines pattes-d'oie au coin de ses yeux, comme s'il cherchait dans la cime des arbres quelque trace de son récit.

– Antoine, Jeanne et moi. Nous étions inséparables. Insupportables aussi, probablement. Nous n'avions aucune famille. Il y avait bien le père d'Antoine, le comte de Maison-Rouge, mais il ne s'occupait pas de lui. Alors il passait ses journées au Clos avec nous autres, les orphelins. Nous étions comme frères et sœur et nous partagions tout ce que partagent les fratries. Nous jouions ensemble, nous mangions, nous étudiions. Nous avons fait un certain nombre d'idioties qui nous ont valu le cachot, ajouta-t-il avec un sourire absent. Dieu du ciel, combien de fois avons-nous subi les foudres des sœurs pour nous être échappés au Puits du Diable pour apercevoir la Dame Blanche ?

Se rappelant les propos tenus par Irem Lauriers dans sa cellule, Esther tiqua mais resta silencieuse. L'inspecteur suivit du regard le vol d'un aigle, comme un souvenir qui passait dans le ciel.

– Croyez-vous que des gamins sans père ni mère puissent être véritablement heureux en ce monde, Esther ? J'ose croire que nous l'avons été tous les trois, un temps du moins.

– Que s'est-il passé ?

Matthias s'arrêta et elle se tourna vers lui, scrutant ses yeux perçants, sa barbe mouchetée de flocons de neige, ses traits taillés à la serpe. S'il y avait eu un enfant jadis sous cette colossale stature, il avait disparu. Il ne restait qu'un homme perclus de tourments, déchiré entre son devoir et ses anciennes amitiés.

– Nous avons grandi, répliqua-t-il en lui rendant son regard. Nous sommes devenus des adultes.

Ils se remirent à marcher, escortés par l'aigle de Matthias qui leur montrait le chemin. Quand ils arrivèrent sur le Bas de Chalas, le policier reprit la parole.

– Antoine et Jeanne se sont profondément aimés. Ce n'est plus tellement un secret aujourd'hui, mais à l'époque nous étions encore sous la tutelle d'une institution religieuse. Ils se retrouvaient en cachette au Vieux-Château et dans les jardins privés qui bordent la route, au-dessus de la mairie. Je crois que c'est à cette époque que je me suis… détaché d'eux. Mon comportement me valait les pires remontrances et je me retrouvais régulièrement à faire le larbin des sœurs au couvent. Cuisine, ménage, service… Je n'ai compris que plus tard qu'elles ne cherchaient pas tant à me punir qu'à garder un œil sur moi.

– Vous vous sentiez délaissé par vos amis.

– J'étais amoureux de Jeanne, Esther. Mais elle avait choisi Antoine. Des choses qui arrivent.

Désarçonnée par cet aveu brutal, Esther jeta une œillade oblique à Matthias. Il l'ignora et poursuivit son récit.

– C'est à cette époque que sœur Marie m'a envoyé à Paris avec Bertillon. Quelques années plus tard, j'ai appris qu'Antoine avait épousé une certaine Louise et avait eu un enfant.

Esther releva la tête, mais le regard de Matthias la dissuada de l'interrompre à nouveau.

– Bref. Quand Jeanne s'est, à son tour, mariée avec cette raclure de TS, les deux hommes se sont déclaré la guerre. Antoine était jaloux comme une teigne et Thomas…

– Thomas avait la main leste sur sa tendre épouse, acheva la jeune femme.

Progressant à présent à couvert des bois de Combe-Lavau, ils s'approchaient peu à peu du château de Nobles-Pierres, demeure des comtes de Maison-Rouge.

– Selon Lestrange, Antoine et TS auraient trimballé leur différend avec eux jusqu'à la guerre, où plusieurs incidents auraient renforcé leur bisbille. Aussi, quand Antoine a déserté après… après le drame, Sorel se serait mis en tête de le retrouver et de le donner aux autorités.

– Votre ami l'aurait donc occis pour l'empêcher de révéler sa planque. C'est plausible.

– C'est fumeux, répliqua Matthias.

– Pourquoi ne se sont-ils pas mariés ? Jeanne et Antoine ? Vous dites qu'ils s'aimaient, mais…

– Ils sont frère et sœur, coupa-t-il avec brutalité.

Esther s'arrêta de marcher, interloquée.

– Quoi ?

– Ils sont frère et sœur, soupira encore l'inspecteur. Jeanne est la fille d'une religieuse qui a quitté le couvent il y a longtemps et du vieux comte de Maison-Rouge.

Matthias s'arrêta à son tour, ses yeux gris se posèrent sur sa comparse.

– Quelles sont les chances, n'est-ce pas ? Des enfants sans parents, élevés dans un orphelinat… Finalement liés par le sang. À croire que les cieux se foutent parfois de notre gueule.

Ils reprirent leur progression. Pendant un moment, seul le bruit de leurs pas sur le tapis neigeux vint rompre le silence, puis Matthias continua :

– Jeanne m'a écrit quand je travaillais dans la police de Lyon, mais Antoine ne le sait pas. C'est un secret que nous lui tairons à jamais.

Il n'ajouta pas qu'Esther avait toute sa confiance, qu'il se fiait à elle comme il se fiait à lui-même. Il n'ajouta rien, mais elle sut. Et de toute manière, Esther excellait à garder les secrets. Elle hocha la tête en signe d'approbation et laissa le sujet derrière eux sur un morceau de chemin.

Tandis qu'ils pénétraient dans la cour du château, Esther voulut poser une dernière question.

– Qui est la Dame Blanche, inspecteur ?

Il la considéra avec étonnement.

– Un fantôme qui, dit-on, apparaît la nuit sur la colline du Vieux-Château, près du Puits du Diable. Des fables destinées à faire peur aux orphelins du Clos, pour les dissuader de se sauver. Vous imaginez bien que cela a toujours produit l'effet contraire et que nous avons *tous* cherché à apercevoir cette revenante.

– Et l'avez-vous aperçue ?

– Bien sûr que non ! Esther, je viens de vous dire qu'il s'agit de vieilles légendes. Pourquoi me demander cela ? Quel rapport avec notre enquête ?

Elle ne le savait pas encore, mais s'abstint de répondre et reporta son regard autour d'elle.

Laissé à l'abandon, l'édifice aux tours pointues, bâti dans le style Louis XIII, regardait la vallée de la Sorme. Construits en brique, le logis médian et les deux ailes arboraient le même état de délabrement, avec leurs lucarnes brisées et leurs fenêtres sorties de leurs gonds. Telle la peau d'un lépreux se détachant de son corps, les hautes toitures d'ardoise à quatre pans s'épluchaient peu à peu des charpentes, venant joncher le sol de morceaux de tailles variables. Dans la plus grande indifférence, le château de Nobles-Pierres se mourait et s'en retournait à la terre. Et tandis que son regard effleurait les tourelles affaissées, Esther sentit une accablante mélancolie la saisir. Une aura de cimetière régnait et les pierres n'exhalaient plus que de douloureux souvenirs ; ceux des malheurs trop nombreux qui étaient advenus.

– Vous venez ?

Matthias se tenait sur le seuil de la porte à double battant, tout près de pénétrer dans ce néant pour y débusquer son vieux camarade. *Il n'est pas là*, songea Esther.

– Allez-y sans moi, je vais faire le tour des jardins.

L'inspecteur affirma qu'il n'y avait guère que la courette dans laquelle elle se tenait dont elle put « faire le tour ». La forêt avait depuis longtemps repris ses droits sur les jardins du château. Esther haussa les épaules et tandis que la haute silhouette de Matthias disparaissait à l'intérieur de la vieille demeure, elle se dirigea vers l'orée des bois, de l'autre côté du chemin de Bruel.

Sous les bosquets, un mouvement attira son attention.

Esther se statufia, ses sens tournés vers la forêt. Une branche craqua, un feuillage s'agita soudain. *Quelqu'un*. La jeune femme se précipita sous l'ombre des arbres, faisant fi des ramures qui lui laissèrent sur la figure quelques estafilades, et trébucha. Perdant l'équilibre, elle plongea en avant et la terre l'avala. Son corps ne rencontra pas l'épais tapis de neige qui aurait pu amortir sa chute, non. La lumière s'éteignit et elle chuta de plusieurs mètres dans un conduit obscur, puis sa tête heurta un morceau de fer rouillé.

Étendue sur le sol boueux, engloutie dans les ténèbres, Esther gémit de douleur. *Matthias.* Le souffle court, elle se redressa. L'odeur forte de la glaise emplit ses narines, elle sentit sous ses paumes la terre collante. Refusant de céder à la panique, Esther se remit sur ses pieds en chancelant et regarda autour d'elle. Elle se trouvait dans une sorte de corridor. S'élevant du sol, deux parois de pierre se rejoignaient en une voûte basse. Le puits de lumière formé par le gouffre révélait un passage souterrain qui s'enfonçait sous le chemin de Bruel et le château. *Mais qu'est-ce que...*

– ESTHER !

La voix de l'inspecteur, angoissée et impérieuse. Le cœur d'Esther fit un bond et elle leva la tête vers la lumière.

– Je suis ici ! hurla-t-elle. Dans la forêt !

C'est alors qu'elle remarqua la présence d'une échelle à demi rongée de rouille, qui émergeait de la paroi de pierre. Plusieurs barreaux manquaient à l'appel, mais Esther ne put résister au désir d'appuyer son front sur ces barreaux, reconnaissante, le temps d'apaiser les battements frénétiques de son cœur. *La sortie.*

Le torse de Matthias assombrit la cavité.

– Esther ! Vous allez bien ?

– Je me suis cogné la tête, réalisa-t-elle en sentant un filet de sang chaud s'écouler le long de sa tempe. Mais ce n'est rien. Je remonte.

Il se pencha dans le puits, et dès qu'elle fut à sa portée, il la souleva pour la ramener à la surface. À genoux, elle fut prise d'une quinte de toux. Son séjour sous la terre n'avait pas duré plus de quelques minutes. Elle haleta :

– Inspecteur… Matthias… Qu'est-ce…

– Chut. Ne bougez pas. Ne bougez surtout pas.

Ce ne fut qu'un murmure, pourtant si froid et si calme qu'il la glaça. Esther leva la tête, immobile sous la main que Matthias avait posée sur son épaule. Elle le vit là qui les fixait intensément de ses yeux jaunes, les oreilles dressées. Le loup noir, l'échine puissante, le pelage moucheté de blanc. Il regardait Esther, assis dans la neige.

Blue, le loup.

Chapitre 16

Au café Bontemps où ils se rendirent pour se réchauffer et boire une liqueur, il n'y avait qu'eux et cette bonne Yvette Lauriac. Quel que fût l'instant du jour où l'on passait sa porte, on surprenait toujours Yvette à la même sempiternelle besogne : elle essuyait quantité de verres et de vaisselle, comme si elle avait tenu un restaurant mondain perpétuellement bondé. Pourtant, quel que fût l'instant du jour où l'on passait sa porte, Yvette était toujours seule.

D'apparence miteuse, l'établissement s'enorgueillissait quand même d'une dizaine de tables en bois grossier et d'une cheminée de pierre qui propageait dans la salle une chaleur bienvenue. Yvette Lauriac portait un surcot de laine brune par-dessus sa robe et des mitaines effilochées grises sur ses mains noueuses. Elle se fondait si bien dans son décor qu'on aurait oublié jusqu'à sa présence si son aura de solitude n'avait été si forte.

Recroquevillée sur une chaise dans le fond de la salle, le bas de sa jupe gouttant sur le parquet irrégulier, Esther regardait Yvette avec la désagréable sensation de contempler un automate dont l'énergie mécanique s'affaiblissait peu à peu. Ce n'était qu'une question de minutes avant que l'aubergiste ne s'éteigne tout à fait, les doigts enroulés autour de son torchon et la main tendue pour saisir un nouveau verre. Esther avait ôté ses gants à boutons, à présent étalés bien à plat sur la table en direction du foyer. Elle se défit de sa pelisse qu'elle disposa sur le dossier de sa chaise, dans l'espoir qu'elle sèche un peu. Ses cheveux, humides de neige, tombaient lourdement sur ses épaules. Devant elle, les bésicles. Par miracle, elles étaient intactes. Esther ne pouvait plus s'en passer pour scruter les petits éléments.

Dans un froissement de cuir et un cliquetis de boucles, Matthias s'assit en face d'elle. Il poussa sur la table deux minuscules verres emplis d'un liquide ambré et la bouteille associée.

– Je vous ai dit que je pensais Antoine de Maison-Rouge innocent, attaqua-t-il, abrupt.

Esther vida son verre, en proie à une migraine vibrante. La coupure qui ornait sa tempe était bénigne, mais douloureuse à présent que son visage se réchauffait.

– Sur la seule base de votre instinct, ironisa-t-elle.

– Et si je m'étais trompé ? souffla Matthias en se penchant en avant, ses yeux gris luisant dans la lueur du feu de cheminée.

Esther grimaça. Elle ne l'aurait jamais confessé, mais la position assise la faisait souffrir et elle se serait volontiers retrouvée dans son lit plutôt qu'au café Bontemps, à écouter les circonvolutions fumeuses de l'inspecteur.

– C'est un revirement très rapide. C'est ma dégringolade dans le souterrain qui vous a fait changer d'avis ?

– Rien à voir. C'est le loup.

– Blue ?

– Seigneur, Esther, c'est un loup. On ne donne pas de nom aux animaux sauvages.

Elle haussa les épaules, il poursuivit :

– Le loup, Blue, si vous voulez, il était là aussi, cette nuit-là…

La jeune femme se resservit une rasade de whisky, passa un doigt dans la collerette de cuir qui commençait à lui tenir chaud. Sa patience s'effilochait comme les mitaines grises d'Yvette.

– De quoi parle-t-on, inspecteur ?

– De la nuit où Louise et Gustave de Maison-Rouge ont été sauvagement assassinés, débita sobrement Matthias, avant de porter le verre à ses lèvres.

Esther se figea, ses yeux d'ambre fichés sur le visage de Matthias. Le drame, la mélancolie. La tristesse qui enveloppait le comte comme une aura persistante. Le comte ? Le village tout entier, oui ! Ainsi, cette tristesse portait le nom d'un enfant et de sa mère.

– Que s'est-il passé ?

– Personne ne le sait vraiment, dit Matthias, qui fixait les flammes. Antoine était encore au front. Toujours est-il qu'un matin, Jeanne s'est rendue au château pour donner ses leçons particulières à Gustave. Le petit… Le petit n'allait pas à l'école des orphelins. C'est Jeanne qui lui faisait la classe. Mais ce jour-là, elle les a trouvés… morts.

L'inspecteur ferma les yeux. Le pli de sa bouche se durcit.

– On s'était acharné sur eux. J'ai vu d'abominables choses, Esther, depuis que je fais ce métier. Je… Je n'aime guère la vue du sang, ce n'est pas un secret. Laissez-moi vous dire que j'en ai fait des cauchemars pendant des mois.

Esther ne répondit pas. À la migraine qui lui vrillait le crâne s'ajoutait maintenant une violente nausée.

– Jeanne… Jeanne s'est enfuie, sous le choc. Mais dans la cour… dans la cour du château, deux hommes l'ont attaquée. Deux mercenaires inconnus par ici, des hommes venus d'ailleurs. Elle est parvenue à gagner l'orée du bois avant qu'ils ne la rattrapent.

Esther détourna son regard, s'appliqua à lisser ses gants bien secs à présent. Un bouton menaçait de se détacher, ne tenant plus qu'à un fil.

– Ils l'ont rossée jusqu'à l'inconscience. Je n'ai aucun doute qu'ils l'auraient tuée comme Louise et Gustave si la Portée n'était pas intervenue.

– La Portée ?

– Blue, comme vous dites, et ses frères. Les cinq loups, soudain surgis de nulle part, menés par le Vieil Anar. Ils ont massacré ces deux raclures. Un véritable carnage. Quand je me suis rendu sur les lieux, il ne restait d'eux que leurs haillons, quelques lambeaux de chair et des os éparpillés dans la neige.

Esther déglutit, sous le choc.

– Et… Jeanne ?

– Sauvée. Le Vieil Anar l'a portée sur son dos jusqu'au village avant de venir me chercher.

Esther avala une gorgée de liqueur, les joues brûlantes. Avait-elle de la fièvre ou était-ce la flambée ? Au-dehors, la demi-pénombre de l'après-midi s'assombrissait. D'ici quelques minutes, il neigerait encore.

– Il a fallu prévenir Antoine, murmura Matthias. Sœur Marie est venue avec moi à l'État-Major des armées… Ils lui ont écrit. Quelques jours après, Antoine désertait.

– C'est une terrible histoire, inspecteur. Je comprends mieux à présent pourquoi votre ami semble vouloir s'isoler du reste du monde. Cependant… quel serait le rapport avec la mort de TS ? Lui aussi se trouvait encore sur le front quand ce drame est survenu, n'est-ce pas ?

Matthias acquiesça et se redressa, faisant grincer son cache-poussière.

– Ils se haïssaient, murmura-t-il, comme pour lui-même. Je ne connais pas deux personnes qui se soient autant détestées. Il y a une chose que cet abruti de maire a dit, quand il m'a convoqué comme un larbin…

– Qu'Antoine était un déserteur et aurait tué TS pour l'empêcher de le faire arrêter et passer en cour martiale, coupa Esther. Je croyais que vous aviez écarté cette hypothèse.

– Il a dit autre chose. Il m'a parlé d'une lettre. Venez.

Matthias se leva d'un bond, renversant sa chaise. Derrière son comptoir, Yvette sursauta. Esther renfila ses gants minutieusement.

– Une lettre ?

– Une lettre. TS a écrit à Lestrange pour lui raconter qu'Antoine aurait essayé de le tuer dans les tranchées. Et si Sorel avait décidé de se venger ? C'était un homme vindicatif.

La jeune femme acheva de boutonner sa pelisse et lui emboîta le pas.

– TS aurait envoyé les mercenaires ? Cela aurait effectivement donné une autre bonne raison au comte de s'en prendre à lui… Mais comment en avoir la preuve ?

– Je mise sur cette lettre.

– Très bien. Où est-elle ?

– Aucune idée. Lestrange prétend l'avoir perdue. Mais nous allons la trouver, Esther. Nous n'avons pas le choix.

Jeanne Sorel ne fut guère ravie de se voir rappeler un épisode qui, de toute évidence, lui donnait toujours des palpitations. Avec des gestes saccadés d'irritation, elle plaça une bouilloire sur le réchaud et fourragea dans un placard à la recherche de tasses. Le froid s'infiltrait par les interstices de la fenêtre et les lueurs vaporeuses du soir se répandaient dans les rues de Haut-de-Cœur. Jeanne portait sa chapka enfoncée sur les yeux et n'avait pas quitté ses mitaines depuis qu'elle était rentrée du Clos. Esther regretta la maison de Matthias, dans laquelle on n'avait pas si froid. Elle noua ses doigts autour de la tasse de thé tendue, s'adossa contre la porte. L'inspecteur occupait le canapé.

– Je n'avais jamais vu autant de sang, finit par dire la jeune femme sans regarder les deux acolytes. C'est tout à fait étonnant, la quantité de sang dans le corps d'un jeune enfant, savez-vous, mademoiselle Louve ?

Esther croisa le regard sombre de Matthias, s'abstint de répondre. Bien sûr qu'elle savait.

– J'aimais beaucoup Gustave, souffla Jeanne en s'affaissant. Beaucoup. Louise, c'était une autre histoire, évidemment. Mais Gustave… Nous avions notre complicité, lui et moi.

Elle se détourna pour contempler la rue Basse par le carreau.

– La Portée du Vieil Anar a fait le travail. Il n'est rien resté de ces deux monstres.

– Rien que leurs haillons, quelques lambeaux de chair et des os éparpillés dans la neige, récita Esther.

L'inspecteur lui adressa une œillade d'avertissement ; elle se tut.

– Antoine savait-il ? demanda Matthias. Savait-il que les criminels avaient été envoyés par TS ?

Jeanne haussa les épaules, leur fit enfin face.

– Antoine *croit* que les criminels ont été envoyés par Thomas. Mais Thomas était à la guerre. Il était même blessé, j'ai reçu une lettre de l'hôpital militaire à cette époque. Comment aurait-il eu accès à de pareilles crapules ? Comment les aurait-il payées ? Nous n'avons jamais eu beaucoup d'argent. Le crime n'était sûrement pas gratuit.

– Il aura tiré quelques ficelles, répliqua Matthias.

– Que veux-tu dire ?

– Lestrange m'a parlé d'une lettre que TS lui aurait envoyée depuis les tranchées. Je dois mettre la main dessus.

Esther laissa le policier relater à son ancienne camarade les dernières théories échafaudées au café Bontemps et redescendit au rez-de-chaussée, dans la boutique désaffectée. Elle déambula un moment sur le sol recouvert d'excréments de souris, de déchets en tout genre, d'éclats de fenêtres brisées. *Quelque chose ne colle pas.*

Le pied de la jeune femme heurta une caisse de bois à demi éventrée, oubliée dans le fatras alentour, de laquelle s'échappa une gabardine souillée. Elle s'agenouilla. *Les affaires de Sorel.* Le manteau porté par le laquais du maire chaque fois qu'il partait collecter les loyers pour le compte de la commune. Clignant des paupières, elle revit soudain la silhouette grande et épaisse, les cheveux huileux sur la nuque, qui rôdait dans les rues de Haut-de-Cœur dès le lever du jour. Elle se rappela le claquement de la gabardine, agitée par le vent. Esther écarta le vêtement et plongea dans le contenu de la caisse. Plusieurs documents administratifs, attestant de l'emploi de TS auprès de la mairie de Haut-de-Cœur, suggéraient que Guy Lestrange avait fait restituer les effets de son défunt subalterne à sa veuve. Esther feuilleta un carnet de notes portant mention de noms et de sommes. *Les débiteurs de sa majesté le maire*, songea-t-elle en déchiffrant les noms de Pierre et d'Irem Lauriers parmi les nombreuses pattes de mouche. Une paire de gants, une matraque, une lettre. Le regard ambré d'Esther s'alluma.

Dans l'appartement, Jeanne s'était assise et Matthias faisait de gros efforts pour ne rien renverser chaque fois qu'il se mouvait.

– Si tu trouves la lettre et qu'elle prouve que Thomas a fait assassiner Louise et Gustave, Antoine deviendra ton suspect numéro un, disait Jeanne. Thomas ne risque plus grand-chose, là où il est. Mais Antoine ?

– Je t'ai dit que je le sortirais de là.

– Quoi qu'il t'en coûte.

Esther dispensa l'inspecteur de renchérir. Elle pénétra dans la pièce et lui tendit la lettre sans un mot. L'enveloppe portait le sceau de l'armée, le papier était froissé à force d'avoir été manipulé. Matthias interrogea Esther du regard, elle acquiesça d'un signe de la tête.

Guy, mon cher ami,

C'est un grand service que j'ai là à vous demander. Voyez-vous, un homme m'a fait grand tort et il est en votre pouvoir de me rendre justice...

Je ne vous ai pas demandé grand-chose depuis toutes ces années. J'ai accepté que le destin me coupe l'herbe sous le pied et que vous soyez mieux verni. J'ai ravalé ma bile. J'ai gardé vos secrets, j'ai ramassé votre argent et croyez bien que je n'en ai jamais gardé une piécette pour moi tout seul. C'est pourquoi j'estime, c'est peut-être la douleur qui me fait parler car j'ai un bout d'obus coincé entre deux côtes, j'estime que c'est à vous de me rendre service. Je veux que le Comte paye. Ce comte-là, oui, celui auquel vous pensez. Le chien a tenté de me tuer en me jetant en pâture aux ennemis. C'est au Ciel que je dois ma survie, au Ciel, à la chance, au diable, je m'en contrefiche pas mal. Mais je suis toujours vivant et je compte me venger. Il me faut deux délinquants. Payez-les grassement, je vous prie, pour aller effrayer la femme et le gamin. Qu'ils y aillent joyeusement, hein. Une trouille bleue comme on dit, un avertissement. Qu'ils délivrent un message : « La prochaine fois, nous tuerons le comte. » Vous savez, oh comme vous savez que je pourrais faire le travail moi-même si j'étais au village. Rien que je n'aie déjà fait, pas vrai ? Bien, c'est entendu. Ce sera fait quand je rentrerai. Si je rentre. Mais si j'étais convaincu de mourir au début de la guerre, je me dis que mon heure n'est pas venue car je suis toujours là. J'en connais une qui va être ravie.

– Votre instinct n'est pas si mauvais, commenta placidement Esther quand Matthias eut achevé la lecture de la missive. Vous aviez raison.

– Où avez-vous trouvé cette lettre ?

Les yeux écarquillés, Jeanne posa son regard brun sur Esther.

– Dans la caisse au rez-de-chaussée. Avec d'autres affaires.

– Adèle… souffla encore la fille de Mélanie.

– Adèle ? Matthias plia la missive et la glissa dans une poche de son cache-poussière. Quoi, Adèle ?

– C'est Adèle Lestrange qui m'a fait restituer les affaires que Thomas avait laissées à la mairie.

– Suis-je la seule à trouver la chose étrangement facile ? objecta Esther en se tournant vers l'inspecteur.

– Que voulez-vous dire ?

– Nous cherchons une lettre, nous trouvons une lettre. Pourquoi Adèle aurait-elle rendu à Jeanne un document aussi compromettant pour son époux ?

– Adèle Lestrange a une araignée qui se balade au plafond, répliqua Matthias. Et je doute que le maire son époux lui fasse part de toutes ses entorses à la légalité. Je gage qu'elle n'a même pas eu vent de ce courrier.

La voix tremblante de Jeanne interrompit leur échange.

– Thomas n'a pas voulu la mort de Louise et Gustave. Il ne voulait que les menacer…

Elle paraissait sous le choc, ses mains tremblant sur son giron. Elle eut un pauvre sourire qui n'était pas destiné à quelqu'un d'autre qu'elle-même. Une sorte de soulagement ceignait ses traits.

– Cela me console un peu de savoir qu'il n'a pas ordonné le meurtre du petit… Qu'il n'était pas *si* mauvais…

– Il a fait appel à des mercenaires sans foi ni loi, rétorqua Matthias. Ces hommes-là n'ont pas d'honneur et n'obéissent à personne. Ta défunte raclure n'a pas ordonné la mort de Gustave, mais c'est tout comme.

Les mots durs du policier blessèrent la veuve, qui détourna le regard. Un ange passa, Esther jugea préférable d'en revenir à la missive.

– Il s'agit d'une correspondance privée, souligna-t-elle. Si le comte est bien l'assassin, cela signifie qu'il a eu connaissance de son contenu, d'une façon ou d'une autre.

– La question est comment.

Esther fronça les sourcils.

– Je continue de croire que cette lettre vient un peu trop à point nommé. Cela arrange très mal les affaires du comte, cela arrange très bien les affaires du véritable meurtrier.

– En tout cas, coupa Jeanne. Si vous cherchiez un mobile, vous en avez un. Et un sacrément solide.

Matthias secoua la tête, enfila ses gants de cuir.

– Quoi qu'il m'en coûte, répéta-t-il.

Chapitre 17

Un rayon de lumière crépusculaire, des particules de poussière suspendues dans l'air. Les verrières au-dessus d'elle reflétaient toutes les nuances du ciel, et sur la table devant elle, le rosier. Les doigts noueux se gantèrent de toile grossière, saisirent le plant mal en point pour l'arracher à sa prison de céramique. Tandis que les racines cédaient et que le rosier s'abandonnait, la terre desséchée s'effrita. Une épine transperça le gant, une exclamation s'échappa de ses lèvres.

Sœur Marie chaussa son monocle sur son œil droit et épousseta les racines tout en les scrutant attentivement. Mortes. Mortes ? Pas toutes ! Deux jeunes filaments d'un blanc éclatant, entrelacés comme deux amants dans un champ de cadavres, s'obstinaient à vivre. La religieuse soupira de soulagement. La vie, qui déjouait tous les oracles et subsistait dans cet interminable hiver.

La prieure tailla le rosier sans ménagement, puis emplit un second pot de terre fraîche afin de l'y planter.

– Tu vois comme ils survivent, ici, dit-elle à Matthias. Celui-ci, il lui aura fallu un coup de pouce, mais il repartira.

Elle ne se retourna pas pour regarder l'inspecteur qui arrivait, elle n'en avait pas besoin. Ce fut lui qui vint se placer à ses côtés, faisant mine d'examiner le rosier à son tour. Malgré son harnachement coutumier, il ne faisait aucun bruit. Le cuir de son cache-poussière ne grinçait pas, les boucles de ses bottes ne s'entrechoquaient pas. La serre ne tolérait pas le bruit, pas plus qu'elle ne tolérait le froid et la nuit. Il régnait sous la verrière une éternelle lumière dorée semblable à un rayon de soleil de provenance non identifiée.

– Voilà des années que tu n'étais pas venu, dit Marie en arrosant le rosier dans son nouvel habitat. Dans la serre.

Matthias remonta ses lunettes sur son casque et ôta son masque de cuir. Barbe hirsute, yeux gris insondables. *Dieu, comme l'enfant a changé.*

– C'est une parenthèse agréable au froid de chien qu'il fait dehors, répondit-il en balayant les lieux du regard.

Arbustes, plantes, mobiliers, outils, jeux d'enfants. Un bric-à-brac gigantesque. Ses narines se dilatèrent, il ferma les yeux.

– Cet endroit est irréel, souffla-t-il. Il l'a toujours été.

– C'est vrai, approuva sœur Marie.

Elle épousseta ses mains avec un chiffon.

– Les enfants ont toujours aimé venir jouer en cachette ici. Il y faisait toujours clair, toujours bon. C'est un lieu paisible pour les âmes tourmentées. Allons donc dans mon bureau prendre un café. Sois gentil, passe-moi mon manteau. Il est sur la patère.

Matthias se dirigea vers le fond de la serre, où la religieuse entreposait ses effets quand elle venait jardiner. À mesure qu'il s'approchait du portemanteau bringuebalant fiché dans un coin, une puissante odeur de glaise lui souleva le cœur.

Alors, Matthias s'arrêta de respirer.

La glaise. Cette satanée glaise alors que le pays tout entier était enseveli sous la neige. Cette glaise sur les affaires de Jeanne, dans le souterrain sous le château de Nobles-Pierres. Cette glaise ici, dans la serre, sur le manteau d'un blanc virginal de la prieure suspendu à la patère. À nouveau, il ferma les yeux, comme pour se rappeler.

– C'est drôle, comme l'esprit se souvient de détails insignifiants… Je n'ai jamais pu oublier cette odeur, sœur Marie.

Elle lui sourit.

– Tu n'oublies pas grand-chose, mon petit. Tu es si doué.

– Où sont-elles cachées ?

– Quoi donc ?

– Les rations de contrebande, sœur Marie. Toute la nourriture que vous faites passer en toute illégalité à Haut-de-Cœur en utilisant les souterrains entre ici, le château et le Puits du Diable. Vous et notre bonne amie Jeanne, ajouta-t-il dans un souci de précision.

– Oh.

La prieure resta silencieuse, rangeant ses outils de jardinage dans une caisse. Elle ne semblait ni choquée, ni surprise, ni même embarrassée. Elle émit un léger rire.

– Ça colle, vois-tu. La glaise. Les couloirs souterrains en sont pleins, c'est infernal pour s'en débarrasser.

Matthias décrocha la lourde cape blanche et la lui tint tandis qu'elle se coulait dedans. Ainsi parée, elle évoquait une apparition éthérée et illusoire. Du bras, elle désigna un coffre en chêne massif sur lequel s'entassaient des pots vides et un arrosoir en zinc.

– L'entrée du souterrain se trouve là-dessous, au cas où tu te demanderais. Tu penses bien qu'avec l'âge, j'ai de plus en plus de mal à le déplacer. Je compte demander à l'antiquaire d'ajouter des roulettes.

L'inspecteur balaya d'un geste les objets qui encombraient le coffre, sans égard pour les pots qui se brisèrent au contact du sol, et le souleva sans effort. Aussitôt, l'odeur de glaise se fit encore plus prégnante. Une échelle à barreaux métalliques s'enfonçait dans un souterrain, en tous points identique à celui dans lequel Esther était tombée. La voix de la religieuse s'éleva à nouveau.

– Elles sont dans les sous-sols du couvent. Les rations. Jeanne en a un peu chez elle, mais le gros est ici.

Matthias hocha la tête et ils quittèrent la serre. Au-dehors, le soir était tout à fait tombé. Il ne regardait pas la prieure. Et soudain, quelque chose entre eux se brisa. Aussi sûrement qu'un voile déchiré, une fissure s'ouvrit entre Matthias et sœur Marie. Elle éprouva le besoin de se justifier.

– Aurais-je dû attendre que des enfants meurent de faim, Matthias ? Vous n'avez jamais manqué de rien, toi et les autres. Aucun petit jamais confié à ma garde n'a jamais souffert de la faim. Qui penses-tu devoir remercier pour cela ? Le gouvernement ? La Providence ? Bien sûr que non. Ça a toujours été moi. Moi et ma cape blanche pour me confondre dans la neige, depuis tant d'années.

– TS savait-il ?

– Quoi ?

– TS savait-il, sœur Marie ? Avait-il découvert votre trafic ? Menaçait-il de vous dénoncer ?

– Thomas fourrait son nez partout, grogna la prieure en se détournant. Peut-être savait-il. Il avait surpris

Jeanne revenant du Puits du Diable quelquefois, mais elle m'a toujours certifié n'avoir rien divulgué.

Matthias leva le visage vers le ciel, inspirant profondément. Le givre le saisit.

– Je n'ai pas tué Thomas, si c'est ce que tu te demandes, reprit froidement Marie. Il était un des miens. Exactement comme tu l'es. Ou Yvette, ou Lorraine et Lorrain.

– Ne me comparez pas à lui.

– Écoute, je suis navrée si tu es déçu et que tu ne peux comprendre. Mais j'ai toujours fait ce qu'il fallait et j'ai la conscience tranquille.

– Vous êtes bien la seule.

L'inspecteur se détourna et s'éloigna en direction de la porte bleue. Il sentit, il *sut* que sœur Marie luttait pour ne pas le retenir. Des larmes brûlantes lui montèrent aux yeux et il attendit de les avoir refoulées pour pivoter sur ses talons.

– Irem Lauriers est toujours en cellule, débita-t-il d'un ton monocorde. Et elle y restera jusqu'à ce que je livre le chef du réseau des trafiquants à Lestrange. Alors je vous propose d'avoir une petite conversation avec votre conscience, ma *mère*.

Il tendit la main et referma ses doigts gantés sur la poignée de la porte.

– Je vous laisse deux jours.

Chapitre 18

Le rêve se dissipa à coq chantant, mais Esther resta immobile de longues minutes. Devant ses yeux, les bottes et les souliers à pressions dansaient encore sur le tapis banc imbibé de sang. Son visage endolori, son corps meurtri par la chute dans le souterrain pesaient si lourd qu'elle faillit renoncer à se lever. Mais elle s'approchait, elle pouvait le sentir. Pivotant la tête sur l'oreiller rêche, elle chassa les dernières brumes de rêve et avisa l'interstice derrière la commode, qui laissait entrevoir ses coups de crayon sur le mur de la chambre. La veille au soir avant de se mettre au lit, elle avait inscrit *BLUE* en capitales. Les quatre lettres caressaient les mots *pigeonnier* et *forêt* en une supposition qui s'était muée en conviction.

Esther n'avait pas trouvé le pigeonnier. Combien de nuits avait-elle fouillé les bois de Combe-Lavau à la recherche de la vieille tour délabrée ? De Chèvreloup à l'extrémité nord de la forêt en passant par les alentours du château de Nobles-Pierres, elle avait arpenté tous les sentiers, toutes les pistes connues et inconnues.

Et tant de fois, Blue l'avait ramenée à bon port. La jeune femme se redressa et mit pied à terre. Elle ôta sa chemise de nuit pour faire sa toilette et contempla, devant le petit miroir suspendu au mur, l'épaisse cicatrice rouge et bourrelée qui lui ornait le cou tel un collier. Esther passa un doigt dessus, toujours étonnée après toutes ces années de ne plus ressentir la moindre douleur. Ses mains plongèrent dans le baquet de porcelaine, elle se lava en s'efforçant de respirer calmement, les dents serrées. La cicatrice, ses yeux couleur d'ambre, couleur de forêt d'automne. *TS m'a enfermée dans le pigeonnier, Blue m'en a sortie. C'est pour cela qu'il part sans cesse à ma recherche quand je m'enfonce dans les bois. Il me sauve, encore et encore.*

Derrière la commode, elle entoura d'un trait épais les noms *Serge Cordier* et *Guy Lestrange*. Esther n'avait pas encore trouvé le pigeonnier, mais le rêve se précisait, l'étau se resserrait. Avec patience, elle ajusta les dix-sept boutons de sa collerette de cuir pour masquer le collier de chair.

Au rez-de-chaussée, elle trouva l'inspecteur avachi à la table de la cuisine, une tasse de café refroidi devant lui. Le regard perdu par la fenêtre qui donnait sur le minuscule jardinet, il ne tourna pas la tête à son approche. Matthias ne portait qu'une chemise de nuit lâche et délacée sur le torse. Ses cheveux hirsutes, sa barbe en broussaille, ses yeux hagards témoignaient d'une nuit sans sommeil. Ses bras et jambes nus étaient puissants et ciselés. Il était si rare de voir l'inspecteur sans son attirail de casque, de masque et de cache-poussière ; le trouver ainsi à demi-nu la fit presque chanceler. Il n'en était pas moins massif et impressionnant.

Elle prépara deux tasses de café brûlant et s'assit en face de lui. Elle, raide et boutonnée jusqu'au menton, les manches de chemise amidonnées, et lui, négligé comme il l'était. Un bras bougea, une main saisit la tasse et l'éleva jusqu'à ses lèvres. Il ne parlerait pas. Matthias Lavau, porté sur la conversation si ce n'était bavard, Matthias Lavau dont elle avait si souvent souhaité qu'il se taise enfin, qui la poursuivait de toutes ses théories tard dans la nuit et jusqu'à la porte de sa chambre parfois, Matthias ne parlerait pas. Esther redressa les épaules, mal à l'aise. Elle devait rompre le silence, murmurer des mots de consolation. Elle devait l'arracher au cercle infernal des pensées orageuses dans lesquelles il se noyait depuis la veille. C'était à elle, c'était son tour. Il l'avait si souvent fait pour elle, même s'il ne s'en rendait pas compte.

– Vous devriez aller dormir, dit-elle en cherchant son regard.

Elle l'accrocha. Deux yeux d'aigle, gris acier. Désespérés. Elle retint son souffle.

– Je croyais la connaître. Je croyais les connaître.

– Matthias, vous…

Comme elle était mauvaise à ce jeu. Comment réconfortait-on quelqu'un ? *Pas quelqu'un. Matthias.*

– Ce n'est pas si grave, Matthias, dit-elle enfin après un raclement de gorge.

Il ricana, détourna le regard.

– Elle m'a élevé, Esther. Elle est ce qui se rapproche le plus d'une mère, pour moi. Je l'ai aimée comme telle, nom de Dieu ! Et depuis tout ce temps, elle…

– Elle a fait ce qu'elle devait faire.

Esther but une gorgée de café. Il darda sur elle ses billes métalliques implacables et elle frémit en sentant sa colère la percuter de plein fouet. Sa colère, sa douleur, la plaie béante de la trahison.

– Quarante ans de mensonges, éructa-t-il. J'ai été dupe pendant quarante ans ! Elle est la raison pour laquelle je suis devenu policier. C'est elle qui m'a jeté dans les pattes de ce guignol de Bertillon. C'est elle qui a voulu que je devienne un homme honorable, tandis qu'elle n'était qu'une… qu'une…

– Regardez le monde autour de vous, inspecteur, le coupa-t-elle. Sorel qui meurt, c'est une bénédiction. Mais le monde, Matthias, le monde ne nous a jamais épargnés. Les mères abandonnent leurs enfants, les hivers s'éternisent, la neige efface les traces de pas qui auraient pu nous permettre de retrouver notre chemin. Le sort place des Lestrange dans les mairies, les Lestrange déclarent des guerres. Les orphelins ont faim. Les mères et leurs fils sont assassinés, des loups peuplent nos forêts. Regardez le monde.

Esther avança la main et la posa sur celle de l'inspecteur. Il tressaillit.

– Et dans ce monde, il y a des gens comme vous, Matthias. Des hommes qui se soucient de ce qui est juste. Il y a des femmes comme la prieure, qui se soucient de ce qui est juste. Illégal, peut-être, mais juste.

Le policier retourna doucement sa main et recueillit les doigts d'Esther dans les siens. Ils étaient chauds. Du pouce, il caressa la paume de sa main. La gorge de la jeune femme se noua.

– Taire certains secrets ne signifie pas que l'on vous aime moins, inspecteur.

Je suis là, aurait-elle voulu dire. Mais bien entendu, ces mots-là ne franchirent pas le seuil de la cicatrice. À la place, elle dit :

– Vous-même, vous faites bien des mystères.

Il continua de regarder la main d'Esther, d'effleurer sa peau avec douceur. Il ne releva pas la tête pour demander :

– De quel mystère parlez-vous ?

– Ce masque que vous portez. Cette pièce de cuir qui mange votre visage et vous fait ressembler à une sinistre figure d'outre-tombe.

– C'est un souvenir, murmura-t-il. Vous le savez, Esther. Un souvenir de ma Rover.

Elle secoua la tête.

– Je n'y crois pas. Il ne s'agit pas uniquement de nostalgie. Vous cachez quelque chose, derrière ce masque.

Peut-être était-ce dû à l'étrange intimité qu'ils partageaient, aux lueurs d'une aube surnaturelle ou encore à l'immense fatigue qui l'habitait. Toujours est-il que Matthias, après quelques instants de silence, rendit les armes.

– Je suis orphelin, Esther. Je n'ai aucune origine. Pendant longtemps, je n'ai été qu'un nom sur un registre. Un garnement sur une chaise, une tête échevelée parmi tant d'autres, comme des chiots à vendre sur un marché.

Son pouce se déplaça, parcourant le réseau de veines de son poignet.

– Puis je suis devenu policier et j'ai acheté la Rover. Cette moto a été la première chose qui soit vraiment à moi. Ce n'était pas un prêt ou une vieille chose qui avait appartenu à d'autres. Je ne la partageais avec personne. J'ai enfilé le masque et j'ai roulé.

À cette évocation, la jeune femme crut déceler un sourire dans la barbe broussailleuse.

– Il n'existe rien de comparable au sentiment de grisante liberté que vous ressentez quand vous conduisez un tel bolide, Esther. Pour la première fois de ma vie, je me suis senti *quelqu'un*. Je n'avais aucun ancrage et la moto, en me portant toujours plus loin, m'en a donné un. Paradoxal ? Peut-être. Je n'ai plus la Rover, mais le masque représente cela. Mon ancrage et ma liberté. Je ne puis m'en défaire.

Enfin, il leva les yeux et les planta dans les siens. Esther sentit le sang pulser à ses oreilles.

– Vous connaissez mon secret, souffla-t-il. Me direz-vous les vôtres, à présent ?

Elle ne répondit rien, reprit lentement sa main. Il laissa échapper un petit rire triste et se leva.

– Antoine a un mobile, finit-il par dire. Jeanne, ne lui en déplaise, a un mobile. Et si cette raclure de TS avait percé à jour la contrebande de Haut-de-Cœur, sœur Marie a un mobile. Voyez si vous arrivez à démêler ce merdier. Moi, je vais dormir.

La neige avait cessé de tomber et la bâtisse se dressait dans la lumière bleutée qui nimbait toute la vallée. Au-delà de la serre, un rayon de lumière semblait poindre à la lisière d'un nuage, mais ce rayon disparut dès que son regard changea d'angle. Esther emboîta le pas de la sœur venue l'accueillir au portillon bleu. Elles empruntèrent le sentier menant à l'imposant perron. Sitôt qu'elles eurent pénétré dans le hall du couvent, la quiétude extérieure s'évanouit et un brouhaha sonore les assaillit.

– C'est l'heure de la récréation, expliqua la religieuse. Mais il fait trop froid aujourd'hui pour qu'on les laisse sortir, alors les enfants jouent à cache-cache dans les parties communes.

Esther hocha la tête. Ainsi, c'était ici qu'ils avaient grandi. Jeanne, Antoine, Matthias. Ici qu'ils avaient ri, étudié, que leurs liens s'étaient tissés. La jeune femme promena son regard sur les dalles noires et blanches, sur le massif escalier central qu'une fillette dévalait en courant. La petite manqua une marche et s'étala de tout son long, faisant sursauter la sœur, mais elle se releva aussitôt, les yeux farouches, avant de reprendre sa course jusqu'à la porte d'entrée et de crier « Gagné ! ».

– Ils ont l'air de bien s'amuser, commenta Esther pour dire quelque chose.

– Mais oui, opina la sœur. Ils sont heureux, ici. Le Clos est leur maison.

Esther songea à Jeanne qui revenait chaque jour au couvent depuis qu'elle en était partie, après son adoption. Elle songea à Yvette qui s'était installée deux rues plus loin, à Marcel Jacquemin, le barbier, aux Chablon Lorraine et Lorrain. Elle songea à Matthias et à Thomas Sorel. Tous ces orphelins qui n'avaient jamais pu s'affranchir de l'attraction que le Clos exerçait sur eux.

Allons, toi tu cherches bien ton pigeonnier. Et contrairement à ces enfants-là, tes souvenirs n'y sont pas heureux.

– Le garçon d'Irem Lauriers s'est-il bien accoutumé ? demanda-t-elle soudain.

La sœur fit la moue.

– Il mange, il dort, il s'assoit et regarde les autres. Sœur Marie passe beaucoup de temps avec lui.

– Où est-elle, sœur Marie ?

– À Grand-Cœur pour la journée. Rendez-vous à l'évêché. Autant vous dire qu'elle n'était pas ravie, elle ne peut pas l'encadrer, l'évêque. Mais faut bien, parfois. Ça ne peut pas attendre, votre requête ?

– Cela concerne l'enquête de l'inspecteur Lavau. C'est lui qui m'envoie.

– Oh ! Si c'est Matthias…

Le visage rubicond de la sœur s'illumina. L'attraction exercée par le policier n'avait rien à envier à celle du Clos. Elles parcoururent plusieurs salles de classe en désordre, un salon envahi d'enfants plongés dans des activités de lecture ou d'écriture, puis empruntèrent un escalier qui les conduisit dans une cave obscure. Une prégnante odeur d'humidité saisit Esther à la gorge tandis que la sœur craquait une allumette et allumait une bougie dans une coupelle.

– Personne ne vient jamais ici, maugréa-t-elle. Il fait encore plus froid qu'ailleurs. Personne, à part sœur Mathilde qui s'occupe de la paperasse. Elle se fait vieille et perd parfois un peu le nord, mais en principe, tout est là.

Esther prit la bougie et la tendit devant elle. Des dizaines de rangées de casiers alignés occupaient toute la superficie de la cave. C'était là toutes les archives du clos des Ursulines, depuis que le couvent était devenu orphelinat. Des générations et des générations de religieuses et d'enfants. Elle retint un soupir, espérant que sœur Mathilde avait conservé assez d'esprit pour adopter un système de classement cohérent.

– Que cherchez-vous, exactement ? Vous croyez que le meurtrier de Thomas se cache dans ces archives ?

Esther pénétra plus avant dans la cave, abandonnant la sœur sur les dernières marches de l'escalier.

– Je retrouverai mon chemin, dit-elle simplement. Inutile de descendre me chercher.

Longtemps, bien longtemps avant son arrivée à Haut-de-Cœur, Esther Louve avait croisé la route de Thomas Sorel et celui-ci lui avait fait grand tort. Une chose terrible qu'elle retenait contre lui par-delà la mort, une chose pour laquelle elle l'avait traqué et retrouvé. Dans le rêve, Thomas était les bottes.

La jeune femme soupira en ajustant ses bésicles sur son nez et souffla sur ses doigts raidis, engourdis par le froid. Sur la table devant elle, plusieurs casiers étaient ouverts, des casiers dégueulant la vie de TS depuis son misérable commencement. Thomas était les bottes, le soldat. L'automate qui exécutait les basses œuvres sans tressaillir. Point de cœur, point de pitié, une âme damnée en louage.

Le rêve était clair ; les bottes avaient obéi à un ordre. Cet ordre avait-il été donné par Guy Lestrange, comme le dernier songe le suggérait ? Esther doutait, craignant d'être influencée par les griefs de l'inspecteur à l'encontre du maire. *À force d'entendre pis que pendre du personnage, comment savoir si je n'ai pas les méninges embrouillées ? Et qui est le porteur de la troisième paire de souliers ?*

Elle s'empara du premier casier et passa en revue les différents documents entreposés. Certificat de naissance, photographies, attestations médicales : les premiers jours de Thomas Sorel au clos des Ursulines avaient été soigneusement répertoriés. Puis venaient les carnets de notation, les essais les plus importants, les travaux dans lesquels l'orphelin s'était illustré – guère nombreux, ceux-là. La jeune femme se redressa, en proie à un sentiment de frustration croissant. Une existence ennuyeuse, voilà ce qu'avait vécu Thomas avant de quitter le Clos. Un polisson mal embouché, certes, mais rien qu'un polisson ! Traumatisé par l'abandon dont il avait fait l'objet et qui avait entaché son caractère, la belle affaire. Ils avaient tous été laissés pour compte, chassés, oubliés ! Matthias lui-même, au pied de son arbre dans les bois de Combe-Lavau… Les pensées d'Esther dérivèrent. Matthias, la douleur de Matthias. Cette douleur qui lui avait coupé le souffle. Ses doigts enveloppant les siens. Sa gorge nouée, l'air qui ne passait plus. Ne pas penser à Matthias. Seul TS comptait.

Le cours de la vie de Sorel avait basculé *après* son départ de l'orphelinat. *Pourtant il y a quelque chose ici, je le sens*. Elle ferma les yeux. Un infime détail lui avait soufflé de venir fouiller les archives du Clos, un infime détail qui appartenait au passé de TS. Un fait porté à sa connaissance durant les jours écoulés. En esprit, elle remonta le fil du temps : le récit de Matthias sur le drame du château de Nobles-Pierres, le souterrain, Blue, la visite à Marcus Taillandier, les révélations sur Serge Cordier, l'arrestation d'Irem, le rêve, l'autopsie.

Esther ouvrit les paupières, la flamme des bougies dansa dans ses iris ambrés. L'autopsie, le bras fracturé de TS. À nouveau elle se plongea dans les casiers, faisant montre d'une patience renouvelée, sans plus de notion du temps qui s'étirait. Au bout de plusieurs minutes, elle extirpa des colonies de documents un rapport médical corné aux quatre coins, dont la couverture portait les stigmates de marques de cigarettes. Esther ouvrit fébrilement le dossier, ses yeux parcoururent les pleins et les déliés de l'écriture manuscrite. *Une fracture ancienne, j'avais raison*. Remarquablement conservé, le document stipulait :

Je, soussigné Docteur Dufour,

Serment préalablement prêté d'apporter son concours à la justice en son honneur et conscience

Certifie avoir examiné le 14 juillet à l'hôtel-Dieu de Grand-Cœur où il avait été transporté

L'enfant Thomas Sorel, âge 8 ans

Déclarant avoir été victime d'une agression le 14 juillet sur la colline du Vieux-Château à Haut-de-Cœur.

Se plaignant d'une vive douleur au bras.

À l'examen, il a été constaté une fracture profonde et de nombreuses lésions.

Pas d'antécédents, mais une tendance constatée à l'élucubration, probablement due à une chute sur la tête : l'enfant prétend avoir été victime avec ses amis d'un fantôme.

Ainsi, son instinct ne lui avait pas fait défaut. Un événement était survenu, bouleversant le quotidien du Clos et marquant l'enfant à jamais. Esther ôta ses bésicles, se frotta les yeux, les reposa sur son nez. Elle isola le certificat médical dans l'intention de le montrer à l'inspecteur un peu plus tard, et reprit ses recherches. Elle délaissa les casiers consacrés aux orphelins, parcourut la cave en tenant la bougie à hauteur de ses yeux. Dans le silence, le cliquetis léger de ses bottines résonnait incongrûment.

Bientôt, la flamme vacillante éclaira une nouvelle étagère, invisible depuis l'entrée de la vaste pièce. D'innombrables carnets de cuir remplaçaient les casiers, portant chacun sur la tranche la mention d'une année. Esther déposa la coupelle contenant la bougie et saisit l'un d'entre eux. Le cuir raide et humide s'imprima dans ses doigts, elle souleva la couverture.

An de grâce 1824, prieure Caroline Lenferna. Dieu nous a béni, cette première nuit de l'année, de trois nouveaux petits, amenés au pied du portillon bleu aux heures où l'on sommeillait encore.

Esther referma l'ouvrage dans un claquement, soufflée, et parcourut du regard l'alignement des carnets qui se perdaient dans l'obscurité. Il y en avait tant qu'elle ne pouvait les compter, tant de pages, tant d'années, tant de religieuses dont la plume avait gratté le papier aux heures tardives des nuits sans lune.

Les journaux de bord des Ursulines, tenus au fil des âges par les prieures successives. Des siècles de secrets entre Dieu et ces femmes hors du commun.

La gorge nouée, Esther suivit le décompte des années jusqu'à rencontrer le journal qui renfermait les événements advenus l'année de l'accident de TS. La bougie tressauta, un courant d'air glaça la jeune femme. Elle ouvrit le journal et découvrit une écriture délicate. Au tout début, elle ne trouva rien de notoire ; la prieure narrait les arrivées, les départs, les faits marquants, les moindres changements dans la mécanique parfaitement huilée du Clos. Enfin, en bas d'une page, elle lut les mots qu'elle cherchait :

Je sais bien que ce journal n'est point fait pour m'épancher ou me repentir, pour cela il y a la prière. Mais ce qui est arrivé dépasse de loin mon entendement ou celui du prêtre qui m'écouterait en confession...

Puis, rien.

Perplexe, Esther tourna les pages suivantes, mais dut se rendre à l'évidence. La suite du récit manquait et plusieurs feuilles avaient été arrachées. La jeune femme retint une exclamation de fureur et referma le carnet dans un claquement sec.

Quelqu'un avait effacé ses traces.

Elle s'apprêtait à quitter les lieux quand un détail attira son attention. Un document dépassait de l'ouvrage de cuir, glissé entre deux pages comme pour le dissimuler à la va-vite. Esther le délogea et se débarrassa du journal inutile sur l'étagère la plus proche. Le feuillet était plié en quatre. Elle regagna les marches de l'escalier et s'assit. Alors seulement, elle défroissa le feuillet et entreprit sa lecture. Ses yeux s'écarquillèrent.

Sanctions disciplinaires,

Monsieur Adrien Lambert,

En date de toute cette année passée et probablement des précédentes, nous avons eu à déplorer de votre part le détournement et l'abus de confiance de la novice Léa, nonne au couvent des Ursulines où vous officiez en tant que jardinier, dont a résulté un crime de fornication.

Facultatif, point 1 :

Or il ne s'agit pas d'un acte isolé, puisqu'une mise en garde vous avait préalablement été adressée, mise en garde que vous avez délibérément ignorée.

Facultatif, point 2 :

Vous ne pouvez pas vous prévaloir du consentement revendiqué par la novice en raison des vœux qu'elle a prononcés.

Facultatif, point 3 :

Ce rapport de sanction fait suite à l'audience équitable qui a été rendue en présence de votre conseil, sœur Marie, et des témoins à charge : Denis Périgueux, Michel Loyseau et Thomas Sorel. Ces témoins ont en outre déclaré sous serment qu'ils vous avaient surpris « en train de faire la bête à deux dos avec sœur Léa » dans les jardins communaux de la rue de la Mairie, à Haut-de-Cœur.

Par la présente, ce rapport vous relève de vos fonctions. Vous n'êtes plus jardinier du couvent des Ursulines et rejoindrez pour l'année un régiment de conscrits. Vous recevrez, en même temps que ce courrier, votre ordre de mobilisation.

Fait à Grand-Cœur.

Esther peinait à reprendre son souffle. Le rapport disciplinaire vieux de quarante ans lui brûlait les doigts. Denis Périgueux, Michel Loyseau et Thomas Sorel avaient dénoncé une sœur et son amoureux, et ce dernier avait été chassé du Clos. Les pensées se bousculaient dans l'esprit de la jeune femme. Denis Périgueux, Michel Loyseau, pourquoi ces noms lui disaient-ils quelque chose ? Et quel rapport pouvait-on établir entre cette affaire de délation et l'accident de TS sur la colline du Vieux-Château ? Qu'était devenue sœur Léa ? Esther n'avait jamais entendu parler d'elle ; un examen minutieux des journaux des années suivantes lui confirma que la jeune religieuse avait disparu de la circulation. Il n'en était plus jamais fait mention.

La date du rapport retint l'attention d'Esther. Elle était antérieure à l'accident de TS. Ainsi, le petit cancre et ses comparses avaient mouchardé *avant* l'agression au Puits du Diable.

Et soudain, Esther sut où elle avait déjà vu les noms de Loyseau et Périgueux.

Chapitre 19

Harnaché pour affronter la neige et le froid, Matthias regardait le monde avec la visibilité d'un scaphandrier au fond de l'océan. Pourtant, malgré le paysage nimbé de brume et sans relief, les épaisses lunettes de motocycle, le casque et le masque de cuir qui lui enserrait le visage, ses yeux d'aigle repérèrent immédiatement la silhouette d'Esther à l'autre extrémité du cimetière. Il la contempla un moment sans bouger ; la pelisse de laine claire qui se détachait à peine sur le paysage blanc, la jupe rayée, les épaisses boucles brunes maculées de flocons. Puis, il mit son grand corps en mouvement pour la rejoindre, le cache-poussière traçant des sillons dans les bas-côtés du chemin.

Un liseré rouge soulignait les yeux d'ambre, deux cernes sombres creusaient ses joues. Esther, bien qu'impassible comme à son habitude, paraissait épuisée. En l'apercevant, elle ne s'embarrassa pas de gentillesses, tira de sa poche deux feuillets et les lui tendit.

– Qu'est-ce que c'est ?

L'inspecteur déplia le premier papier, le parcourut rapidement.

– Une nouvelle piste, répondit Esther. Si ce n'est ni Irem, ni Jeanne, ni Antoine, il nous faut peut-être remonter plus loin. Beaucoup plus loin.

Matthias prit connaissance du second document, fronça les sourcils.

– Expliquez-moi.

Son ton était sans appel, il le savait et évitait de la regarder. Elle ne s'en émut pas.

– J'ai remarqué cette fracture dans le bras de Sorel quand nous avons autopsié le corps. Une vieille fracture. Je l'avais oubliée, jusqu'à ce que je tombe sur le rapport du médecin qui l'a soigné à l'époque, ajouta-t-elle en désignant du menton le feuillet dans la main du policier. Je n'y aurais probablement prêté aucune attention – un enfant qui tombe et se casse un os, c'est chose commune – s'il n'avait pas fait mention du « fantôme » ayant attaqué TS.

– La Dame Blanche… souffla Matthias en levant cette fois les yeux vers elle.

Esther acquiesça.

– Vous êtes plus vif que moi, inspecteur. Je n'ai fait le rapprochement que plus tard. Je me suis d'abord interrogée sur les circonstances de l'accident et j'ai fouillé dans les carnets des prieures…

– Les carnets des prieures ?

La jeune femme poursuivit, hochant la tête.

– Des centaines de carnets, un par an depuis la création de l'orphelinat. Quelques semaines avant son accident, Thomas Sorel et deux de ses comparses se sont illustrés dans une vilaine affaire de délation.

Esther n'alla pas plus loin, Matthias avait lu le rapport disciplinaire. Elle se tourna alors vers la tombe qui s'étalait à ses pieds, à laquelle l'inspecteur n'avait pas encore jeté un regard. Il remonta les lunettes sur le casque et ses prunelles grises se posèrent sur le nom gravé dans le marbre.

Michel Loyseau.

– Denis Périgueux est enterré là-bas, murmura la jeune femme en désignant la direction du nord-ouest.

L'inspecteur rassembla ses esprits, secoua la tête.

– C'est impossible. La Dame Blanche est une légende. Une histoire d'enfants pour se faire peur.

– Il va de soi que ce n'est pas un fantôme, soupira Esther. Mais c'est bien quelqu'un.

– Que voulez-vous dire ?

– Irem Lauriers est une femme intelligente. Pas le genre à gober des racontars de villageois. Elle a forcément vu quelqu'un.

– Ou alors, elle est aussi toquée que tous les autres.

– Quand je suis allée relever ses empreintes, elle m'a dit : *Thomas m'avait prévenue, pourtant. Il m'avait bien dit que la Dame était le diable. Le diable déguisé en un esprit blanc et pur, auquel je ne devais pas me fier. Il disait qu'elle avait tué des orphelins par le passé...* Précisément.

Matthias la considéra un instant, interloqué.

– Comment pouvez-vous vous souvenir de ses paroles au mot près ?

– Vous avez une mémoire visuelle, la mienne est auditive. Enfin peu importe, je m'en souviens. C'est ce qui m'a mis la puce à l'oreille, et c'est là que j'ai compris où se trouvaient les deux compères de Thomas.

Esther écarta les bras, dans une tentative d'embrasser les tombeaux des enfants, l'histoire tout entière.

– Il y a quarante ans, Thomas Sorel et ses compagnons ont dénoncé un couple interdit. Sœur Léa et…

– Adrien, souffla soudain Matthias.

La photo des trois enfants dans le bureau de sœur Marie lui revint en mémoire avec une netteté surprenante. Les deux fillettes entourant un garçonnet rieur, la complicité qui se lisait dans leur regard.

– Oui, le jardinier. Leur liaison a été exposée et ils ont subi les foudres des conseils de discipline ou que sais-je encore. Ils ont été séparés.

– Il est mort, dit laconiquement l'inspecteur.

Adrien, le garçon, est mort. Les mots de la prieure résonnèrent en lui, bientôt remplacés par une série de chiffres et de mesures ; une suite de nombres qui dansa un moment devant ses yeux avant de se stabiliser. Matthias cligna des paupières, laissant le souvenir l'envahir. Esther redressa le menton. La nuit était tombée, la flamme orange des réverbères municipaux parvenait à peine jusqu'à eux. Le policier résuma brièvement sa conversation avec sœur Marie au sujet de la photographie, puis ajouta :

– Jusqu'à ce soir, je ne connaissais pas son nom, Lambert. Je n'ai donc pas fait le lien avec le garçon de la photo.

– De quel lien parlez-vous ?

– J'ai rencontré Adrien Lambert quand j'étais chez Bertillon, à Paris.

Esther reprit les documents des mains de Matthias, les parcourut à nouveau.

– Ce n'est pas possible, inspecteur. Si ces documents sont authentiques, alors le jardinier a été envoyé à la guerre et y est mort bien avant que sœur Marie ne vous envoie à la capitale.

Matthias se tourna vers la forêt, fit quelques pas. Il fallait le temps aux chiffres de s'ancrer dans son esprit, il fallait être sûr. Il sourit à Esther, de ce demi-sourire qui fendillait les cœurs et qui avait emporté toutes les volontés de femmes jamais croisées sur sa route. Il *était* sûr.

– Un mètre soixante-dix-huit, envergure un mètre quatre-vingt-un, hauteur du buste quatre-vingt-quinze centimètres virgule deux, longueur de la tête dix-neuf centimètres virgule quatre, oreille droite présentant un pli intérieur convexe et mesurant six virgule sept centimètres… Je vous épargne le reste des mesures, sauf si vous insistez. Juste avant la guerre, Adrien Lambert avait les cheveux brun foncé, les yeux bleus, une fossette au menton et un grain de beauté remarquable sur la pommette gauche.

Tout d'abord, Esther ne réagit pas. Puis elle plia lentement les documents dérobés au Clos, les glissa dans la poche de sa pelisse, faisant tinter les bésicles. Elle jeta un dernier coup d'œil à la tombe de Michel Loyseau et dit :

– Les fiches.

L'inspecteur hocha la tête en signe d'approbation.

– Les fiches.

– Comment est-ce possible ?

– Quand je suis arrivé à Paris, ma première mission a été de lire et de retenir toutes les fiches anthropométriques établies par les services de Bertillon. Aux côtés des criminels en tout genre, il y avait également les soldats mobilisés de gré ou de force dans toutes les guerres des trente années précédentes. Adrien Lambert avait sa fiche parmi ceux-là.

– Comment est-ce possible que vous vous *souveniez* de sa fiche ?

Il haussa les épaules.

– Je me souviens de tout, tout le temps.

Elle n'insista pas, sidérée. On ne sidérait pas Esther comme ça, Matthias pouvait bien s'enorgueillir de ça. Après un silence, elle revint au fil de leur enquête.

– Je gage que la novice s'est vengée. Elle s'est rendue au Puits du Diable un soir que les enfants avaient fait le mur et elle s'est vengée. Deux sont morts et TS s'en est tiré avec un bras cassé.

Matthias secoua la tête.

– Ce n'est pas possible, Esther. Si cette Léa est bel et bien le troisième enfant sur la photo, elle doit avoir environ le même âge que sœur Marie. Vous voyez une femme de cet âge abattre un colosse comme TS ?

– Sorel était imbibé comme du vieux bois sous la pluie. Il n'a pas dû beaucoup se défendre.

– Pourquoi aurait-elle attendu tout ce temps ? Et puis sœur Marie l'aurait reconnue. Si Léa est venue finir le travail, quelqu'un l'aura forcément vue ou entendue. Et sœur Marie l'aurait reconnue, répéta-t-il.

– Votre prieure est certainement de mèche. Il me semble que nous avons établi que la transparence et l'honnêteté n'étaient pas ses qualités premières. Elles ont peut-être fait le coup à deux.

L'inspecteur hésita entre le rire et le désespoir. Il se contenta de hausser les épaules.

– Tout le monde dans ce patelin avait une bonne raison de vouloir caner TS. C'est misérable, mais c'est comme ça. Tout le monde, mais pas sœur Marie. Je sais que j'ai dit qu'elle avait un mobile, mais je suis pourtant certain qu'elle l'a aimée, cette raclure.

Esther n'insista pas. Matthias tourna les talons pour quitter le cimetière, elle lui emboîta le pas après une hésitation. Il ne voulait pas parler de sœur Marie. Il ne *pouvait pas* en parler. Une fois n'était pas coutume, le coup avait été trop cuisant.

Ils cheminèrent en silence quelques minutes. Esther ne pipait mot, elle en avait assez dit pour les deux prochaines semaines. L'inspecteur lui jeta une œillade à la dérobée, geste rendu aisé par l'attirail qui lui recouvrait la tête, et se décida à briser le silence.

– Je me suis entretenu avec Marcus tout à l'heure. Au téléphone. Le père Anselme m'a laissé utiliser la ligne du presbytère.

Aussitôt, il perçut un changement dans l'attitude d'Esther. Une fraction de seconde d'arrêt, un regard à peine ébauché. Ainsi, il n'avait pas rêvé. Leur visite à Marcus Taillandier avait provoqué chez Esther un comportement plus étrange encore qu'à l'ordinaire : le sourire énigmatique dont elle l'avait gratifié en faisant une allusion impromptue à son père. Or, Esther ne mentionnait jamais sa famille. Jamais.

– Marcus a tenu parole, poursuivit-il. Il a fouillé dans le passé de Grand-Cœur et particulièrement dans ces histoires d'enlèvements dont Serge Cordier a été soupçonné. Enfin… Il n'existe aucune preuve. Même les parents – il en a rencontré certains…

– Il a rencontré les parents des jeunes filles disparues ?

Matthias acquiesça, scrutant le visage d'Esther qui regardait droit devant elle.

– Pas tous. Quelques-uns. Et pas un qui ait mis en cause la vieille canaille.

– Et TS ?

– Eh bien quoi, TS ?

Esther eut un geste d'humeur. Ils arrivaient rue des Juifs et la nuit était tout à fait tombée.

– TS était-il… impliqué ?

Une question qui n'en est pas une. Elle sait quelque chose.

– Rien ne permet de le dire pour l'instant.

Il ouvrit la porte de sa maison et s'écarta pour la laisser pénétrer la première à l'intérieur. La douce chaleur du poêle les cueillit, tandis qu'un carré de lumière bleue se découpait sur la table de la cuisine, plongée dans la pénombre. Quand ils furent tous deux débarrassés de leurs manteaux, il dit encore :

– Marcus a remonté la piste de TS, et il a découvert quelque chose.

Esther le regarda, insondable, attendant la suite. Nonchalamment, il ralluma le feu sous la casserole de café abandonnée un peu plus tôt.

– Sorel se rendait très souvent à quelques kilomètres d'ici, dans un endroit appelé l'Huis du Bout. C'est au bout de rien, d'ailleurs. Quelques hectares de forêt appartenant, je vous le donne en mille…

– À Serge Cordier.

Un souffle, un murmure.

– Précisément. Et le meilleur reste à venir. À l'Huis du Bout, notre bon ami TS prétendait rendre visite à… sa mère.

Esther ne prit pas la tasse remplie de liquide fumant que lui tendait l'inspecteur. À la place, elle s'assit à la table.

– Sa mère ? Mais TS était…

– Orphelin, oui. Pas l'ombre d'une mère à l'horizon.

– Mais alors, qu'allait-il faire à…

– Ça ma chère, vous n'auriez pas une idée ?

Elle était ébranlée, il pouvait le voir. Ses mains croisées blanchirent aux jointures et elle lui parut plus pâle. Adossé à la gazinière, il but une gorgée du café maintes fois réchauffé, retint une grimace. Tout bas, il murmura :

– Quels secrets me taisez-vous, Esther ?

Elle secoua la tête.

– Je dois être sûre, souffla-t-elle enfin. Je dois être sûre.

Alors, elle leva vers lui ses yeux d'ambre, ses yeux couleur de feuilles d'automne. Il avait presque oublié que la nature prenait parfois cette couleur.

D'un geste subit, Matthias vida le reste de son café dans l'évier et claqua la tasse sur la table. D'un placard dissimulé dans l'ombre, il tira une bouteille de liqueur fauve et deux verres minuscules qu'il eut tôt fait de remplir à ras bords. Puis, d'une main sûre qui ne tremblait pas, il poussa l'un des verres devant Esther sans en renverser une goutte.

– Buvez, dit-il.

Elle laissa tomber son regard sur le verre qui frôlait ses mains, mollement abandonnées devant elle. Un rayon de lune bleue venait frapper l'étiquette de la bouteille, une antique étiquette aux accents du passé et à l'aspect parcheminé. Elle haussa un sourcil.

– Buvez, répéta Matthias. Buvez donc, vous aurez bien le temps d'être sûre demain.

Après une œillade par la fenêtre, il ajouta :

– La neige tombe encore et le brouillard s'est installé.

Les doigts d'Esther s'enroulèrent autour du verre. Ses doigts fins et longs aux ongles coupés court, brossés avec maniaquerie. D'un trait, elle avala la liqueur, ferma les yeux sur la brûlure de sa gorge. L'inspecteur la resservit.

Ils burent ainsi en silence et les vapeurs d'alcool les réchauffèrent. Peu à peu, Esther sembla reprendre contenance. D'un geste distrait, elle passa le doigt dans le col serré de son caraco de cuir et machinalement, défit les deux premiers boutons. Après une hésitation, elle ôta les quinze restants et déposa la collerette sur la table. Matthias vit sa poitrine se soulever de soulagement, comme si tout ce temps, elle s'était abstenue de respirer.

Comme si. Ce n'est pas « comme si ». Pendant tout ce temps, elle n'a pas respiré.

Le col froissé de la chemise blanche était rabattu sur sa gorge, les yeux de feu le fixaient dans la nuit. Des yeux qui le brûlaient autant qu'ils l'apaisaient, des yeux si profonds et pourtant si opaques. Quand il se leva pour se rendre à l'étage, elle le suivit. Quand il ôta sa chemise pour s'allonger sur son lit, perclus d'épuisement, elle enleva ses souliers et s'étendit près de lui. Figé, il la laissa se mouvoir doucement jusqu'à ce que leurs peaux se touchent. Le contact de sa jambe sur la sienne, son souffle chaud sur son torse. Matthias sentit la course du sang dans ses tempes s'accélérer.

Ce ne fut que lorsqu'elle fut profondément assoupie qu'il se tourna sur le côté, veillant à ne pas déranger ses appuis ou la chaleur dont il l'enveloppait, et souleva le col de sa chemise. Il contempla le collier de chair boursouflée qui ceignait sa gorge, incapable de penser plus loin que le souffle chaud et alcoolisé d'Esther, plus loin que son épaule qui se soulevait avec mesure. Elle pesait si lourd près de lui, écrasée de fatigue et de tourments, les boucles brunes emmêlées sur son visage, cette cicatrice qui la barrait d'un trait, d'un trait épais, comme pour l'effacer du monde. Matthias effleura cette gorge abîmée du bout des doigts.

– Je ne vous lâcherai jamais, Esther, murmura-t-il. Quels que soient les secrets que vous taisez, je ne vous lâcherai jamais.

Chapitre 20

Marcus Taillandier gara son automobile à vapeur sur les derniers lambeaux de pavés, car décidément il ne pouvait pas aller plus loin. Devant lui se dressait l'orée d'un bois aux allures peu engageantes, cerné d'une clôture barbelée dans un état de délabrement avancé qui courait, pour autant qu'il pouvait en juger, aussi loin que portait le regard. Il longea le fil sur plusieurs dizaines de mètres, mais il ne vit ni ouverture, ni sentier. Ce morceau de forêt n'appartenait plus qu'aux animaux depuis des années.

L'ancien légiste se détourna et avisa, à six cents pieds de là, une maisonnette. Pas de chemin là non plus, il fallut s'enfoncer dans la neige jusqu'aux genoux pour rejoindre la porte d'entrée. Il toqua, essoufflé. Une vieillarde entrouvrit le battant, il n'aperçut que sa dent unique, fichée dans sa gencive supérieure, et son cache-œil d'où s'échappait une cicatrice blanchâtre. Marcus ne s'en émut pas outre mesure, il en avait vu d'autres, et des plus moches.

– C'est pour quoi ?

– Bien le bonjour, chère madame. Je suis à la recherche du propriétaire de l'Huis du Bout, dit Marcus en désignant le bois aux barbelés de sa main gantée. Par hasard, est-ce qu'il vivrait ici ?

La vieille eut un rire sardonique.

– Penses-tu, mon gars. Des années qu'on l'a plus vu, le Thomas. Mon avis, la vieille elle a cané t'seule.

– Je vous demande pardon ?

– T'seule, j't'dis. Sans personne pour lui fermer les yeux.

Marcus fit mine de se gratter la tête, souffla dans ses mains pour les réchauffer.

– Oh, vous voulez parler de la mère de Thomas.

– C'est ça. Sa mère.

– Savez-vous où se trouve sa demeure ?

La vieille femme agrandit l'ouverture, juste assez pour se glisser elle-même à l'extérieur. Elle fit un geste en direction des bois. Son œil valide se plissa.

– Que'que part là-dedans. Jamais eu droit d'rentrer, donc j'sais pas.

Elle croisa les bras sur sa poitrine inexistante, insensible au froid qui glaçait Marcus jusqu'aux os. Son œil était d'un bleu de ciel d'été, cela la rendait un peu moins vilaine.

– Thomas venait souvent, autrefois ?

– Tous les deux ou trois jours. Il v'nait rend'e visite à sa vieille, qu'y disait. Lui apportait des sacs de manger.

Marcus Taillandier se figea. *Des sacs de nourriture* ?

– Ch'sais pas où y trouvait toute cette bouffe. C'était des gros sacs. M'enfin. Des années qu'on l'a plus vu, le Thomas.

Et vous ne le reverrez pas de sitôt, s'abstint-il de rétorquer.

– Quand était-ce ? demanda-t-il abruptement.

– Quoi ?

– La dernière fois qu'il est venu ?

– Oh, attendez voir…

Le regard de la vieille femme se brouilla, comme si elle replongeait dans ses souvenirs pour délivrer une information exacte. Elle glissa un doigt sous le cache-œil, gratta ce qu'il y avait dessous. Marcus retint un renâclement d'impatience. De la neige s'était insinuée dans ses souliers, il peinait à ne pas trépigner.

– J'dirais disons d'cinq ans. Par là.

Nous y sommes. Ça colle.

Comme il avait appris ce qu'il voulait apprendre, il prit sommairement congé de la vieille et ne se retourna qu'une fois arrivé près de l'automobile à vapeur. Son regard se promena alentour et il ne vit rien que la forêt et les collines enneigées. Pas de fermes, pas de voisins, à peine une route qui, par ces temps d'hiver, n'était pas praticable. Que faisait donc cette femme seule ici ? Marcus secoua la tête de dépit. Ce n'était pas une façon de traiter les anciens.

Sans plus attendre, il souleva le fil barbelé et se coula en dessous. Il s'enfonça dans le taillis, écartant de ses mains les branchages qui gênaient son passage, s'appliquant à tracer une ligne droite depuis son point d'entrée dans le bois.

Bien entendu, il n'y avait aucune maison à l'Huis du Bout. Aucune mère de Thomas Sorel, puisque Thomas Sorel était orphelin. Lavau avait été catégorique là-dessus. Que diable venait-il faire, alors ? Ce morceau de forêt ne présentait pas le moindre intérêt. L'endroit était en friches, non entretenu, sans espoir d'y chasser quoi que ce soit. *Oh, et le bois appartenait en réalité à Serge Cordier.*

Aucune preuve, nulle part. Aucun document, aucun témoin, aucun indice, aucune trace. Des jeunes femmes disparues qui n'avaient jamais refait surface, ça oui, des pelletées. Mais rien, absolument rien qui n'eût jamais permis de relier les disparitions au plus grand notable de la région. Rien, hormis des soupçons anonymes, des murmures étouffés. Rien, hormis ce bois dans lequel TS venait faire on ne savait quoi, mais certainement pas rendre visite à sa mère. Puis, Serge Cordier était mort, les disparitions avaient cessé et Sorel n'était plus venu. La vieille avait confirmé ce dernier point.

Marcus marcha une heure ainsi, en ligne bien droite, marquant les arbres au scalpel pour pouvoir revenir sur ses pas. Enfin, il déboucha dans une sorte de clairière, déchirée en son milieu par le sillon d'un ruisseau rocailleux et asséché. Une sorte de clairière seulement, car l'endroit n'était pas totalement dégagé d'arbres ; ils étaient juste un peu plus clairsemés.

Au centre se dressait un vieux pigeonnier. Une tourelle massive en pierres de carrière, mangée par un réseau de branchages nus mais qui, en été, devait se couvrir de lierre. Une tourelle désolée, surmontée d'une toiture inégale, édentée. Un bâtiment d'apparence si ancienne que Marcus n'aurait pas été surpris d'apprendre que la forêt avait poussé autour.

À son pied, elle était là. Assis près d'elle, un chien noir qui ressemblait à s'y méprendre à un loup. Marcus s'arrêta, rangea son scalpel. Reprit son souffle. Le chien gronda, mais la main de la jeune femme se posa sur sa tête en un geste apaisant.

– Bonjour Esther, dit Marcus.

– Bonjour, docteur Taillandier, répondit-elle.

Elle se retourna et il vit que ses yeux brillaient d'un feu peu commun.

– Vous ne semblez pas surpris de me voir ici, dit-elle encore.

Il haussa les épaules.

– Ayant partagé mes récentes découvertes avec Matthias hier, je me doutais que votre venue ici était une question de jours.

À nouveau, Esther porta son regard sur le pigeonnier. Elle caressait distraitement le pelage noir de l'animal, une légère brise faisait danser une mèche sur son front.

– Vous avez rencontré mes parents, dit-elle soudain. C'est là que vous avez compris qui j'étais.

Il acquiesça.

– Comment avez-vous su ?

– Ils m'ont raconté une histoire étrange. Leur fille, Esther, avait disparu depuis près de dix ans quand une jeune femme s'est présentée à leur porte. Elle savait des choses sur leur fille, oui, mais elle était sale et incohérente. Ils ne l'ont pas reconnue. Et surtout…

Esther leva le regard vers la cime des arbres, là où le ciel bleu et mauve s'étirait paresseusement. Les lèvres entrouvertes, elle semblait goûter l'air comme s'il avait eu, dans cette clairière isolée, une autre saveur.

– Elle n'avait pas les mêmes yeux, acheva Marcus. Leur Esther avait les yeux noirs. Mais la jeune femme avait les yeux jaunes.

Elle eut un petit rire, bruissement de perles dans le tapis neigeux. L'animal leva sa tête vers elle avec bienveillance.

– Je ne me suis pas reconnue non plus, soupira-t-elle. Dix ans là-dedans, ça vous change. J'ai supposé que mes yeux avaient changé de couleur à force de regarder les feuilles par les interstices du toit. Ce toit, une ruine, vous savez. Heureusement, je voyais des morceaux de ciel et les arbres qui ondoyaient.

Marcus Taillandier, bien connu pour son empathie inexistante, sentit son cœur se fendiller. Il n'y avait pas de tristesse dans la voix d'Esther, pas d'amertume. Un filament de rêve tout au plus. Et parce qu'elle n'était pas triste, tout le malheur contenu dans ces lieux percuta Marcus de plein fouet.

– Oui, poursuivit-elle, c'est ce que je me suis dit. La couleur des feuilles d'automne.

Elle baissa la tête et donna ses doigts dénudés à laper au loup. Marcus en était sûr à présent, il s'agissait d'un loup.

– Esther, vos parents… Ils vivent toujours.

Elle secoua doucement la tête, murmura comme pour expliquer l'épilogue d'un conte à un enfant.

– Ce sont les parents de l'Esther disparue qui vivent toujours. Esther Louve n'a pas de parents. Elle est née de la forêt. Elle est née du pigeonnier.

Elle se tourna vers lui.

– Je suppose que vous cherchez les autres.

Il hocha la tête, sous le choc.

– Vous savez où elles sont ?

Esther sourit.

– Mais, elles sont là, Marcus. Elles sont toutes là.

D'un geste doux, elle désigna la clairière qui entourait le pigeonnier. Le sol sous leurs pieds.

– Dans un sens, elles étaient mieux loties que moi. Leurs souffrances avaient pris fin et elles reposaient sous le ciel. Je les ai vues disparaître, l'une après l'autre, sous la lumière de la lune. C'était toujours sous la lumière de la lune, jamais en plein jour. Je regardais par là.

Esther pointa le doigt vers un minuscule orifice perçant la pierre à la hauteur des yeux.

– Une fenestrelle ? souffla Marcus.

Elle hocha la tête.

– Il me jetait la nourriture par ce trou, et il enterrait les filles juste en face. De l'autre côté il ne pouvait pas, la rivière passait en contrebas. Alors je voyais tout.

– TS…

– Cette raclure de TS, oui, ponctua-t-elle. TS était les bottes, dans le rêve. J'imagine que les chaussures appartiennent au vieux Cordier.

Un instant, Marcus se demanda si Esther n'était pas en train de perdre l'esprit pour de bon. Elle avait survécu à l'enfer, elle s'était reconstruite. À présent qu'elle revenait sur les lieux de son calvaire, pouvait-elle encore sombrer ?

Mais non. Esther était simplement Esther.

– Je ne vois ni porte, ni fenêtres.

– C'est parce qu'il n'y en a pas. Il n'y en a jamais eu. J'étais emmurée vivante, docteur Taillandier.

– Comment vous êtes-vous échappée ? Il y a cinq ans, comment avez-vous fait ?

La jeune femme prit la main de Marcus et, l'entraînant à sa suite, contourna le pigeonnier. À l'aplomb de la rivière, la tourelle présentait bien une ouverture : au ras du sol, trois grosses pierres avaient été descellées et repoussées sur le côté, permettant ainsi le passage d'un petit corps.

– Qui vous a libérée ?

La voix du docteur n'était plus qu'un murmure. Esther haussa les épaules.

– Je ne sais pas. Je me suis réveillée un matin, et le passage était ouvert. Quand je suis parvenue à sortir, j'étais toujours seule.

Elle baissa la tête et sa main plongea à nouveau dans le pelage du loup, qui courba l'échine sous la caresse, tel un chaton.

– Il n'y avait que lui. Il était bien plus jeune, mais c'est Blue qui m'a guidée hors de la forêt.

Frappé de nausées, Marcus amorça une retraite. Il voulait sortir du bois, retrouver la route, son automobile, la grisaille rassurante de sa ville. Une salle d'autopsie aseptisée aurait aussi bien fait l'affaire.

– Venez, Esther. Il n'y a plus rien pour vous ici.

Elle acquiesça, le regard perdu sur les vieilles pierres. Marcus ne pouvait le savoir, mais Esther avait tant cherché cet endroit. Tant sillonné de routes et chemins, elle savait à présent qu'elle n'avait pas cherché en vain et qu'enfin, sa réalité prenait corps. Son histoire était validée.

Elle sortit de sa contemplation en entendant Blue qui leur faussait compagnie et s'enfonçait dans la forêt. Esther emboîta le pas à Marcus.

Quand il la déposa à l'entrée de Haut-de-Cœur, plusieurs heures plus tard, il coupa le moteur de l'automobile et ils restèrent un moment silencieux. Le village ne faisait pas de bruit, le village ne faisait jamais de bruit. Seul le clocher, de temps à autre, rappelait aux habitants qu'ils n'étaient pas morts, pas gelés, et qu'il fallait bien vivre en attendant le retour de l'été. Marcus parla le premier.

– Je n'ai rien dit sur vous à Matthias, Esther. Mais il se doute de quelque chose.

– Il me décevrait s'il ne se doutait de rien.

– Je ne dis pas ça souvent, mais Lavau est un homme bien.

– Je sais.

Un nouveau silence s'étira quelques minutes encore, puis Esther ouvrit la portière pour descendre du véhicule.

– Merci, Marcus.

– Mon enquête est finie, Esther. Je vais prévenir les autorités et nous rendrons aux jeunes filles une sépulture.

– Elles en ont déjà une. Thomas Sorel les a enterrées dans la clairière.

Il ne releva pas.

– TS est mort et nous n'aurons jamais la moindre preuve que le vieux Cordier était impliqué.

– Ce n'est pas grave, murmura-t-elle. Il reste le troisième homme. Celui qui m'a empêchée de mourir quand j'aurais dû. La dernière paire de souliers.

Marcus ne comprit pas la signification de ces paroles, néanmoins il demanda :

– Que comptez-vous faire ?

Elle se tourna vers lui, sourit.

– Mais, riposter, naturellement.

Chapitre 21

Au 1, rue sous les Halles, elle se coula dans l'ombre du muret qui bordait la rue et observa la façade de la mairie. Le double escalier de pierre qui entourait la porte de la prison, le puits condamné dans lequel, autrefois, les domestiques venaient s'approvisionner. Elle scruta les fenêtres à persiennes de chaque côté de la porte à double battant, la niche de la Sainte Vierge, la lucarne sous le toit. Une lumière vacilla au travers d'une fenêtre, elle supposa qu'il s'agissait de la salle à manger. Sur la droite de la bâtisse, l'entrée de service.

Esther resserra les pans de sa pelisse détrempée et plongea la main dans sa poche pour effleurer les bésicles du bout des doigts. Les bésicles étaient rassurantes. Puis, en quelques enjambées, elle fut devant la grossière porte de bois rouge dont elle fit sans peine sauter le loquet au moyen d'une tige de métal, empruntée à la double lentille des lunettes. Sans un bruit, elle se glissa à l'intérieur.

Un cellier ordinaire, sommairement meublé d'étagères où s'empilaient des réserves de nourriture. Pas aussi bien garnies que celles du Clos, mais pas de quoi se plaindre non plus. Esther huma les jambons, les fromages, les pains. Elle souleva le couvercle d'un coffre, le referma. Nourriture, linge, vaisselle. Le cellier ne présentait pas grand intérêt.

Une volée de marches la conduisit à la cuisine, où le désordre régnait. L'évier regorgeait d'assiettes sales, la table de chêne était couverte de farine. Des plats s'entassaient pêle-mêle et, au milieu, une tasse de café refroidi. Oubliée. Presque machinalement, Esther saisit un couteau effilé et le dissimula à l'intérieur de sa manche.

Soudain, un bruit de verre brisé sur du parquet.

Elle s'immobilisa, leva le regard vers le plafond. Un remue-ménage de meubles et, entre deux grincements de bois, un cri. Un cri bref, étouffé.

Alors qu'elle se remettait en mouvement, elle avisa sur le sol des empreintes de pas. On était passé par là avant elle, et on portait de sacrées chaussures. Larges comme longues, percées, à crans épais. Elle sut, bien sûr, Esther était une experte en empreintes. Elle se hâta, sans plus se soucier de faire silence ou de ne pas effaroucher les habitants de la maison.

Dans le vestibule plongé dans la pénombre, elle s'arrêta, ramassa un ruban pourpre qui faisait une tache de lumière sur le dallage aux tons mornes. Le tissu était doux, doux de nature et doux de crasse, Esther ôta ses gants pour mieux sentir cette douceur. Elle s'engagea dans les escaliers. Des voix lui parvenaient à présent. *Comte, je vous en conjure... Taisez-vous, pauvre folle... C'est vous qui êtes fou à lier ! Déserteur, criminel, fou à lier !*

Quand elle poussa la porte de la salle à manger des Lestrange, Esther Louve fut accueillie par un silence stupéfait. Des chandeliers et des lampes à pétrole éclairaient la pièce de lueurs dansantes. Assise très droite sur le canapé, Adèle Lestrange arborait un visage impassible, telle une peinture à l'huile dont on ne saisissait pas l'expression. Son époux, assis sur une chaise, les poignets entravés derrière le dos, gesticulait comme un beau diable pour ne plus se trouver dans la ligne de mire du fusil à poudre.

Sublime dans sa redingote rayée bleu et blanc à boutons d'or, son haut-de-forme dépourvu de ruban penchant sur le côté de sa tête, ses godillots de conscrits délacés qui laissaient des traces sur le parquet, Antoine de Maison-Rouge le tenait en joue avec nonchalance. Il sourit de toutes ses dents à Esther.

– Ah, mademoiselle Louve, c'est bien que vous soyez là. Vous pourrez tout raconter à mon bon ami Matthias. Mon frère. Il faut qu'il sache la vérité.

Antoine était vautré dans un fauteuil, les pieds sur la table basse devant lui, suivant de son bras armé les mouvements agités du maire.

– Allez, Lestrange. Raconte un peu à la petite Esther ce que tu as fait à ma famille.

– Pour l'amour de Dieu Maison-Rouge, vous êtes complètement fou ! Mademoiselle Louve, courez chercher l'inspecteur ! Cet olibrius va me tuer !

– Pour sûr, acquiesça Antoine avec vigueur, ébranlant l'équilibre précaire de son haut-de-forme. Mais d'abord, tu vas parler.

– Je n'ai rien à voir avec ce dont vous m'accusez ! Rien de rien !

Esther jeta une œillade à Adèle, dont l'attitude l'intriguait. La femme du maire ne paraissait point effrayée, sur ses gardes tout au plus, mais à l'observer attentivement on avait le sentiment qu'elle était surtout irritée par la situation. Un agacement semblable à celui d'une institutrice devant séparer deux garnements en pleine bagarre. Leurs regards se croisèrent, et quelque chose se passa. Adèle sourit. Ce n'était pas un sourire de soulagement ou de gratitude, non, elle *savait* qu'Esther ne venait pas les secourir. Elle inclina la tête avec une feinte déférence, comme pour la saluer. Esther se détourna, s'approcha d'Antoine.

– Nous avons lu la lettre, dit-elle.

– Quelle lettre ? répliqua le comte en lui accordant un bref regard.

– Non !

Rouge écrevisse, transpirant à grosses gouttes sous ses cheveux gras qui se collaient sur son front, Guy Lestrange venait de crier.

– Taisez-vous, espèce de folle ! Cet olibrius va me tuer !

Esther l'ignora, ses yeux d'ambre braqués sur le beau profil du comte.

– La lettre envoyée depuis les lignes de front, dans laquelle Thomas Sorel demande au maire de venger son honneur.

Puis, s'adressant au notable entravé :

– La lettre qui vous demande d'engager des mercenaires pour effrayer Louise et Gustave de Maison-Rouge. Sa riposte.

Au bout de quelques secondes de silence mortifié, elle ajouta :

– Thomas ne souhaitait pas leur mort, il était mauvais mais pas au point de condamner volontairement un petit comme Gustave. Mais les deux hommes que vous avez recrutés, monsieur Lestrange, se fichaient pas mal de vos ordres.

Hébété, le maire les considéra tour à tour. Antoine rejeta la tête en arrière en écartant les bras. Esther se décala du fusil.

– Je le savais… Pas lu la lettre, moi, mais je le savais… Ça ne pouvait être que lui.

– Cette lettre vous incrimine, Antoine. Elle vous donne un mobile pour le meurtre de TS. Et elle nous a été livrée sur un plateau…

Adèle sourit à nouveau, approbatrice, échangea un regard avec son mari.

– Oh, comme j'aurais aimé le tuer, ce sale porc… murmura le comte dans un souffle.

Il revint sur ses pieds, posa les coudes sur ses genoux.

– Tu sais ce qu'ils lui ont fait, à ma femme, sale ordure ? Tu aimerais que je traite cette pauvre Adèle de cette façon ?

Guy serra les dents, s'efforça de ne pas détourner le regard. Esther tourna la tête vers Adèle qui observait maintenant la scène avec grand intérêt. Les yeux qu'elle posait sur son époux étaient empreints de mépris.

– Et mon fils… Mon fils…

La voix d'Antoine se brisa. Une mèche châtaine passa devant son regard, son regard si bleu, si douloureux. Les narines dilatées, le comte flanqua le fusil sous le menton du maire, dont le nez coulait abondamment. En équilibre sur les deux pieds arrière de la chaise, il tentait vainement de s'éloigner du canon qui lui comprimait la glotte. Esther retint sa respiration, les yeux écarquillés.

– Mon fils avait neuf ans, chuchota Antoine. Il a fallu trois heures aux policiers pour le… le… reconstituer. Ils ont pleuré, les policiers, savais-tu, pauvre fou ? Ils ont pleuré.

Guy Lestrange avala sa salive avec difficulté, les lèvres entrouvertes. Le regard du maire se voila de larmes.

– Je n'ai plus rien, poursuivit Antoine d'une voix si basse qu'Esther se demanda s'il se souciait encore d'être entendu. Je n'ai plus d'enfant, je suis déjà mort. L'avenir du monde ne me concerne plus, je dois vivre avec ce vide, ce trou immense ici…

Il porta la main à sa poitrine, le visage tordu de souffrance. Guy voulut parler, hoqueta, mais Esther posa sur lui ses yeux d'ambre et ses mots s'étranglèrent dans sa gorge. La jeune femme s'agenouilla près d'Antoine et posa sa main sur celle qui tenait le fusil à poudre. La sécheresse de la peau était celle d'un vieillard, mais la fermeté de la prise détrompait cette impression. Par tous les pores de sa peau, le comte exultait le désespoir, désespoir entremêlé d'une vibrante colère.

Alors, Esther Louve songea aux parents de l'autre Esther. Elle songea qu'ils avaient continué leur vie, qu'ils l'avaient pleurée peut-être, pas très longtemps, qu'ils s'étaient tus. Ils n'avaient pas cherché l'auteur de la disparition de leur fille, quand bien même de sérieux soupçons circulaient. Ils s'étaient doutés, mais ils n'avaient rien dit. L'autre Esther n'avait pas été aimée, pas comme Gustave de Maison-Rouge avait été aimé. Et cet amour qui détruisait à présent Antoine à petit feu, cet incendie qui le consumait de l'intérieur et qu'aucun océan ne pourrait jamais éteindre, cet amour méritait réparation. Les visages des parents de l'autre Esther s'estompaient, mais Antoine n'oublierait jamais les traits de son fils.

– Je vais le faire, murmura-t-elle en glissant ses doigts sur la crosse.

Le comte renifla, tourna la tête vers elle tandis qu'un nouveau gémissement s'élevait du canapé.

– Quoi ?

– Lestrange va payer, Antoine. Mais pas de votre main.

Esther desserra sa pelisse et dessous, écarta un pan de sa chemise sans ciller. Elle ne portait pas le caraco de cuir.

– Justice sera rendue pour Louise et Gustave, souffla-t-elle. Mais il lui reste quelques crimes à confesser. Il m'est redevable autant qu'à vous et je ne vous laisserai pas l'abattre avant que je n'obtienne mes réponses.

Antoine considéra la cicatrice, hocha la tête, la figure inondée de larmes.

– Je ne comprends pas, geignit Guy Lestrange.

Subitement, Esther chancela sous le poids du fusil : Antoine venait de le lâcher sans préavis et de bondir sur ses pieds. La redingote ondoya tandis qu'il s'inclinait en une profonde révérence, les épaules encore secouées de sanglots.

– Je vous dis bien *adieu*, monsieur le maire. Nous nous reverrons en enfer.

Et, d'un coup sec, il envoya son poing dans la figure déconfite du notable, brisant net l'arête du nez.

– Tirez-lui dans la bouche, ajouta-t-il à l'attention d'Esther. Que les policiers mettent trois heures à le reconstituer.

C'est ainsi que disparut Antoine dans sa superbe étole de chagrin, flamboyant comme il avait toujours été depuis ses plus jeunes années, l'âme condamnée à jamais aux errements dans les bois de Combe-Lavau. Et pourtant vivant, si puissamment vivant.

– Bravo, mademoiselle Louve.

Adèle Lestrange quitta le sofa, se dirigea vers la console près de la fenêtre pour se servir une rasade de whisky. Elle fit tournoyer le liquide dans le verre, jouant avec les rayons de lumière qui traversaient le cristal.

Puis elle inclina la tête, ébaucha un sourire en direction d'Esther.

– Votre sang-froid est véritablement remarquable.

Esther sortit de sa léthargie, braqua de nouveau le fusil sur Guy Lestrange dont le soulagement fut de courte durée.

– Ne bougez pas.

– Que diable faites-vous ? Maintenant que vous avez fait fuir ce cinglé, détachez-moi donc ! Adèle, fais quelque chose !

– Il y a environ quinze ans, répliqua Esther, vous avez enlevé des jeunes filles pour le compte de Serge Cordier.

Le maire s'arrêta de gesticuler et la stupeur se peignit sur ses traits. Il la fixa de sa paire d'yeux glaciale, une lueur de haine à présent bien visible dans les pupilles dilatées.

– Vous êtes aussi folle que Maison-Rouge, ma parole.

– J'en ai compté quatorze, pour être tout à fait précise. Treize d'entre elles sont mortes. Égorgées.

Esther fit glisser sa pelisse et écarta son col de chemise, exposant le collier de chair bourrelé qui ceignait sa propre gorge. Elle haussa les épaules.

– Treize sont mortes, une a survécu.

– Je ne sais pas de quoi vous parlez. Je ne suis pas coupable de ces… actes.

Esther arma le fusil dans un claquement sec, Guy Lestrange sursauta. La lumière des bougies vacilla.

– À L'AIDE ! hurla-t-il soudain. ON NOUS ATTAQUE, AU SECOURS !

– Criez donc, j'ai crié aussi dans mon pigeonnier. Il n'y avait rien à faire, la forêt avalait tout.

– Vous êtes folle ! Libérez-moi, je suis innocent ! À L'AIDE !

– Mes hurlements, mes appels, mes prières, tout. Nul ne m'a jamais entendue.

– C'était très isolé, ponctua la voix d'Adèle depuis le fond de la pièce. C'est pour cela que nous avions choisi l'Huis du Bout.

À cet instant précis, des notes de piano s'élevèrent. Guy Lestrange et Esther Louve se tournèrent de conserve vers Adèle, installée sur le tabouret de velours élimé. Elle jouait une « valse du printemps », la mélodie emplit la salle à manger comme une caresse. Esther retint son souffle.

– Qu'avez-vous dit ?

Sa question était à peine audible masquée par le son du piano, mais Adèle éclata de rire. Un rire d'une étonnante clarté.

– Oh, je vous en prie. Vous n'avez quand même pas cru que *Guy* était derrière tout cela… Guy est faible, ma petite Esther. Faible comme l'était mon père. Non, les hommes comme eux ont besoin de femmes comme nous pour les guider, voyez-vous ?

Le maire regardait à présent sa femme comme s'il la voyait pour la première fois, frappé d'effroi.

– Mais qu'est-ce que tu racontes, Adèle ?

La fille de Serge Cordier soupira, excédée, ses doigts agiles courant toujours sur les touches noires et blanches.

– D'ailleurs, dit-elle, ses pupilles bleues sondant Esther, Guy ne sait même pas où se trouve l'Huis du Bout. Il est mauvais en géographie.

Interdite, soudain incapable de respirer, Esther se déplaça lentement dans le salon, tenant toujours en joue le maire que la stupeur rendait pourtant inoffensif. Elle contourna le piano et baissa les yeux.

– Vos souliers… Les souliers à pressions.

Elle tituba. Adèle haussa les épaules.

– Beaucoup d'hommes portent des pressions, je vous l'accorde. J'ai toujours eu un faible pour ce genre de modèle. Des années que j'en porte.

Adèle acheva le morceau de musique, laissa retomber ses mains sur ses genoux.

– C'était vous, souffla Esther.

– Je vous l'ai dit. Mon père était un homme faible, il avait besoin de moi. Quant à Thomas… Eh bien Thomas était un être fidèle, loyal.

– Adèle… de quoi parles-tu ? s'étrangla le maire.

Elle le contempla avec dédain.

– Ne t'inquiète pas, Guy. Nous allons faire arrêter ce pauvre comte. Il n'a plus toute sa tête, il faut le comprendre. Mais il paiera pour le meurtre de Thomas. Tu devras téléphoner au commissariat de Grand-Cœur. Je ne ferais pas confiance à l'inspecteur Lavau pour arrêter son ami, si j'étais toi.

Adèle se leva, récupéra son verre de whisky posé sur le piano, le vida d'un trait.

– C'est étonnant, quand même, cette histoire de souliers. Je ne pensais pas que vous aviez remarqué mes chaussures, à l'époque. Vous ne me paraissiez guère en état de… Esther ?

Mais Esther n'était plus là. La jeune femme s'était volatilisée à la suite du comte de Maison-Rouge.

Dans la salle à manger éclairée par la chiche lueur des bougies, le maire de Haut-de-Cœur n'osait plus bouger, n'osait plus parler. Adèle Lestrange se resservit un verre.

Chapitre 22

Adrien, le garçon, est mort.

C'était une chose qu'Esther avait dite, mais pas celle-ci, celle-ci c'était sœur Marie. Il en fallait de la mémoire pour se souvenir de tout ce que sœur Marie avait pu dire en tant d'années. Sœur Marie, Jeanne, Antoine. De la mémoire, Matthias en avait. Il n'avait que ça, de la mémoire. Il se souvenait de tout, tout le temps. Pardieu, il se souvenait quasiment de l'haleine du comte de Maison-Rouge qui l'avait trouvé dans les bois de Combe-Lavau, quarante ans plus tôt. Il se souvenait du pelage graisseux des cabots, de ses petits membres engourdis. Bon, s'en souvenait-il vraiment ou bien les récits de bonnes sœurs s'étaient-ils gravés en lui tels des souvenirs, ça il n'y avait pas tellement moyen de le dire. D'autant qu'au-delà, rien. Pas une image, pas une impression, rien. Matthias se souvenait de tout, tout le temps, mais il avait oublié la seule chose dont il aurait vraiment aimé se souvenir : la figure de sa mère.

L'inspecteur acheva sa tasse de café, le regard perdu par la fenêtre du jardin. Il se demandait quand finirait enfin l'hiver, quand fondrait toute cette neige entassée depuis si longtemps qu'on se rappelait à peine la couleur des pavés dessous.

Adrien, le garçon, est mort. Adrien Lambert, le jardinier du Clos qui avait eu une amourette avec une novice. C'était attirant, les novices, Matthias en savait quelque chose. Et bien entendu, cette raclure de TS qui ne supportait pas le bonheur des autres avait tout fait capoter, au diable la novice et son jardinier, au diable l'amour, bonjour l'exil, la guerre et les larmes. Selon Esther, il fallait chercher dans ces prémisses la raison de son assassinat. Esther avait dit quelque chose, elle avait dit : *Je gage que la novice s'est vengée.*

Matthias déposa sa tasse dans l'évier, enfila ses bottes par-dessus ses chaussettes de laine usées. *Votre prieure est certainement de mèche*, ou quelque chose comme ça. Esther ne plaçait pas grand foi en sœur Marie, ça on l'avait compris. Bien ! Il suffisait d'aller interroger sœur Marie sur toute cette histoire. Elle avait connu les deux protagonistes, elle saurait éclairer sa lanterne sur ce qui s'était passé au puits du Diable. On était d'accord, ce n'était pas un fantôme légendaire qui avait cané les deux gamins.

Le policier sangla son cache-poussière et sortit dans la tempête de neige qui faisait rage dans les rues de Haut-de-Cœur depuis le milieu de la nuit.

Au couvent des Ursulines, on l'informa que la prieure s'était rendue chez son amie madame Gauthier, rue des Halles, pour leur partie de cartes hebdomadaire. Cela soulageait la prieure, de jouer aux cartes sans entendre perpétuellement le brouhaha des orphelins. Matthias rebroussa chemin, traversa la place de l'Église et remonta la rue Basse. Les habitants restaient cloîtrés chez eux, Yvette Lauriac lui adressa un signe de la main quand il passa devant le café Bontemps. Bientôt elle prendrait racine, cette pauvre Yvette, et on pourrait venir la contempler à cet endroit comme dans un musée de vieilles choses. Yvette aurait dû partir sitôt sortie du Clos, pleinement éduquée avec son certificat en poche. Au lieu de quoi elle s'était tout droit dirigée vers le Bontemps où elle avait proposé au fils de la maison de l'épouser et tutti quanti. Tutti quanti, c'est-à-dire pas grand-chose finalement car le couple n'avait jamais eu d'enfants. Mais au moins, Yvette entendait de chez elle les cloches des Ursulines, et ça suffisait.

L'inspecteur remonta la ruelle jusqu'à la rue des Halles, passant devant la cave fermée à double tour de Mélanie Gauthier, tambourina à la porte de la maison. Sur sa droite, la lanterne qui éclairait le perron de la mairie se balançait follement dans le vent, et la porte de la remise en contrebas battait à tout-va.

Matthias frappa à nouveau et, comme personne ne répondait, il crocheta la serrure et entra. Pénétrer chez les gens sans invitation, une sale habitude qu'il avait contractée et dont il n'avait pas la moindre intention de se défaire. Trop utile.

– C'est Matthias ! annonça-t-il dans un sursaut de politesse.

D'un seul geste, il ôta tout à trac masque, lunettes et casque et referma la porte. Le vacarme de la tempête se tut, la chaleur caressa agréablement ses oreilles. Le vestibule de la maison comprenait un porte-parapluie et une boîte à clés suspendue au mur. En face de lui, la porte du cellier, sur sa droite celle d'un petit appartement qui avait longtemps été les quartiers de Jeanne avant son mariage. Sur sa gauche, l'escalier qui conduisait aux pièces à vivre de l'étage.

– Mélanie ! Sœur Marie !

Seul le vent, à l'extérieur, lui répondit. Elles n'étaient pas là.

L'inspecteur gravit l'escalier quatre à quatre, dépassa le coffre surmonté de poupées de chiffon sur le palier, déboucha dans la petite cuisine dont la fenêtre donnait sur la rue Basse. Personne. Trois marches plus haut et il fut dans le salon moquetté, ce salon dans lequel il avait pris tant de goûters, disputé tant de parties de jeu. Matthias se souvenait de tout, tout le temps. Son regard se promena sur la maie, parée depuis toujours d'un service en porcelaine ébréchée, sur le canapé et le gros fauteuil, sur le guéridon qui accueillait les travaux de crochet, sur la lampe en papier peint, sur la longue table de salle à manger, sur les consoles et sur le buffet aux vitres de verre.

Matthias se souvenait de tout, tout le temps. Il se souvenait de Mélanie qui leur servait une brioche, s'essuyait les mains dans son tablier, ouvrait le tiroir de droite du buffet. Elle l'ouvrait sans rien en sortir, regardait à l'intérieur un moment, sans rien dire, et le refermait. Ce geste, il l'avait vu faire tant de fois.

En quelques enjambées, il fut devant le buffet, ouvrit le tiroir. Il sortit la photographie et la déposa sur la table. Aux côtés de Marie et d'Adrien Lambert, la dernière fillette souriait par-delà les années. Ses cheveux bruns épais, son menton rond, son front dégagé, sa petite oreille au léger écartement inférieur. Les détails lui sautèrent à la figure, et il comprit.

Matthias tira une chaise et s'assit. Il attendit.

Mélanie Gauthier, quand elle rentra chez elle en compagnie de la prieure, s'étonna de trouver à sa table de salon l'inspecteur Lavau, raide comme un passe-lacet. Ce qu'elle souhaitait vraiment, c'était boire un thé bien chaud et s'assoupir dans son fauteuil pendant que Marie ferait la lecture du journal, par exemple, ou bien jouer au rami. Mélanie se sentait lasse depuis le matin, ça aurait dû lui mettre la puce à l'oreille.

Elle n'était pas près de jouer aux cartes, songea-t-elle en avisant la massive silhouette du policier qui prenait quasiment toute la largeur de la table dans son anorak de grand garçon. Mélanie échangea un regard avec Marie, un regard qui signifiait *Surtout ne dis rien, tu n'es pas obligée, tais-toi ma pauvre fille tais-toi*. Mais Mélanie ignora la prieure, tira une chaise et s'assit pesamment en face du petit Lavau.

– Tu ne vas pas te faire prier comme une vieille cocotte, dit-elle. Dis ce que tu as à dire.

Matthias planta ses yeux d'aigle dans les siens, la faisant frissonner de honte et de culpabilité. Il en fallait de la méchanceté pour tromper ces yeux-là, les yeux de l'aigle de la forêt.

– Thomas était vraiment une ordure. On a beau le savoir, découvrir à quel point il était une ordure déjà si jeune, ça fait quelque chose.

– Matthias, tu ne devrais pas…

– Taisez-vous, sœur Marie. Prétendons un instant que vous n'êtes pas là, voulez-vous ?

Il ne la regardait même pas.

– Je comprends que vous ayez pu lui en vouloir, poursuivit l'inspecteur, le regard rivé sur Mélanie. Qui ne lui en aurait pas voulu ?

Il secoua la tête, poussa devant lui la photographie des trois enfants, identique à celle qui se trouvait dans le bureau de la prieure, au couvent des Ursulines. La vieille femme la contempla comme elle l'avait fait si souvent, et sourit.

– C'était une belle journée, le jour où cette photo a été prise. Une belle journée.

– Thomas Sorel et ses deux compagnons vous ont dénoncés, Adrien Lambert et vous, et vous vous êtes vengée. Vous, la sœur Léa.

Mélanie hocha la tête, sans se départir de son sourire triste.

– C'est bien deviné, mon petit, dit-elle comme si elle félicitait un garçonnet pour son cahier de notes.

– Je me souviens de tout, tout le temps. Je peux reconnaître n'importe quoi si je sais quoi chercher. J'ai contemplé cette photo toute ma vie dans le bureau de sœur Marie mais je n'ai jamais fait le rapprochement avec vous parce que je n'avais aucune raison de le faire.

Matthias baissa les yeux sur la photo.

– À présent, cela me semble évident. Vous n'avez pas tellement changé. Les oreilles, surtout. Écartement inférieur.

Mélanie hocha de nouveau la tête, cette fois en signe de remerciement pour ce qu'elle prenait comme un compliment. À ses côtés, la prieure ne pipait mot.

– Ce que je ne comprends pas encore, c'est pourquoi vous avez attendu tant de temps pour compléter votre vengeance. Je veux dire, toute la première partie de cette histoire fait sens. Vous êtes amoureuse du jardinier, ces horribles gosses vous dénoncent et votre amant est envoyé à la guerre d'où, de toute évidence, il ne reviendra jamais. Bien. Vous empruntez la cape blanche de votre bonne amie ici présente, qui revêt la double casquette de cheffe religieuse et de maîtresse-contrebandière, après tout pourquoi pas l'Église en a vu d'autres, et vous vous en prenez aux gamins au Puits du Diable. Mon avis est que vous avez voulu leur flanquer une belle frousse en vous faisant passer pour le fantôme de la Dame Blanche.

Avec des mouvements lents, la prieure s'assit à son tour. Mélanie Gauthier, attentive, acquiesça.

– Les choses se sont à peu près passées comme ça, tu as raison. Je voulais qu'ils se fassent dessus, ces petits morveux.

– Mais votre affaire tourne mal, deux de ces trois abrutis font une mauvaise chute dans le souterrain et meurent. Notre ami TS s'en tire avec un bras cassé.

– Un regrettable accident, prescrit depuis des lustres.

– La mort de Loyseau et de Périgueux, oui, mais pas celle de TS.

– Je n'ai pas tué TS.

– Non ? C'est pourtant logique. Sœur Léa – vous – provoque la mort de deux orphelins et, l'instant d'après, disparaît dans la nature. Des années plus tard, Mélanie Gauthier emménage à Haut-de-Cœur et voyons pourquoi pas, adoptons une orpheline pour faire bonne figure. Mais voilà que notre Jeannette se met en ménage avec cette raclure de TS et son bras plus du tout cassé. Voilà qu'il lui tape dessus comme un sourd à la moindre occasion. Qu'il menace de faire éclater la vérité sur l'entreprise de contrebande de notre irréprochable prieure. Que sa bisbille avec le comte de Maison-Rouge dégénère complètement… C'est trop, vous en conviendrez. Beaucoup, beaucoup trop de méchanceté pour un seul homme. On pourrait presque croire à un canular, tellement c'est trop. Mais vous, vous savez. Vous savez que c'est une mauvaise engeance, rien de plus et rien que ça, qu'on n'y peut rien et que si, TS est bel et bien capable de tout ça en même temps. Vous décidez d'arrêter les frais, voilà tout. Je ne sais pas encore comment vous vous y êtes prise pour venir à bout de cet animal, chaque chose en son temps, on verra ça plus tard.

Matthias fit une pause, les yeux flamboyant de colère, haletant. Après une hésitation, il ajouta :

– Je ne suis pas sûr que l'on puisse vous en vouloir.

– Pourquoi as-tu l'air si fâché, dans ce cas ?

L'inspecteur soupira, haussa les épaules. Avec lenteur, il glissa la photographie dans la poche de son cache-poussière et secoua la tête.

– Parce que j'aurais dû le savoir, dit-il. Bien, allons-y.

– Allons-y où ?

– Mais, en cellule, Mélanie, en cellule. Pour ne pas embrouiller davantage la situation, je continuerai de vous appeler Mélanie.

– Je n'ai pas tué TS.

– C'est ça.

– Je t'assure. Tout le reste est vrai, sauf ça.

– J'ai assez perdu de temps à courir après d'autres meurtriers potentiels. Dépêchons-nous.

– Matthias, écoute-moi.

Sœur Marie s'était levée à son tour, la main posée sur l'épaule de son amie.

– Je sais que tu m'en veux. Tu m'en veux à mort. Tu te sens trahi, je comprends. Mais tu l'as dit toi-même, Thomas était un homme…

– Mauvais ?

– … torturé, qui avait fait beaucoup de choses terribles. Personne ne le regrette, personne ne le pleure. Pourquoi poursuivre cette enquête ?

L'inspecteur considéra la religieuse avec un dédain qu'elle ne lui connaissait pas, restant silencieux de longues secondes. Quand il brisa enfin le silence, il dit :

– Quand je pense que vous m'avez envoyé chez Bertillon pour que j'apprenne à faire les bons choix. C'est un comble.

– Matthias…

– Voilà que maintenant, je devrais couvrir tous vos méfaits, ma sœur ? Au risque de passer pour une vieille carne rabat-joie, j'oserai vous rappeler qu'Irem Lauriers croupit en prison. Et j'ajouterai que notre bon maire, qui est un autre parangon d'exemplarité dans ce patelin pourri, se fiche pas mal qu'elle soit coupable ou non. Il veut votre tête, ma chère Marie, oui, la tête de la contrebande en échange de la liberté d'Irem. Ne me tentez pas, je suis à deux doigts de céder. Par égard pour l'éducation que vous m'avez donnée, je vais essayer d'échanger la liberté de l'innocente Irem contre la véritable coupable. J'aurai au moins l'impression de faire mon devoir, dans tout ce merdier !

Et c'est ainsi que l'inspecteur Lavau plaça aux arrêts la vieille Mélanie Gauthier, sans un sourcillement pour les hauts cris de sa fille, Jeanne Sorel, sans un regard supplémentaire pour la prieure du clos des Ursulines. Il referma sur elle la porte de la cellule, serra la main d'Irem, merci inspecteur, mais vous êtes sûr de… Irem ça ira, contentez-vous de vous réjouir, au revoir tout le monde et merci pour rien.

Dans un état de fureur qui frisait le débordement, Matthias regagna ses pénates au 7, rue des Juifs, appela Esther dans toute la maison, perdit les pédales en constatant que la jeune femme était toujours absente. Laissant libre cours à sa colère, il retourna minutieusement le contenu de sa chambre pour se passer les nerfs et, quand il eut terminé, il se rendit dans celle d'Esther.

En renversant la commode, il tomba nez à nez avec les travaux graphiques qui ornaient le mur. Il s'effondra.

Chapitre 23

Pendant de longues minutes, il caressa l'idée de s'enivrer jusqu'à ce que mort s'ensuive. Prostré au sol contre le lit d'Esther, ses yeux parcouraient le vaste entremêlement de noms, de lieux, de flèches et de ratures dont elle avait noirci le mur. Un goût de bile dans la bouche alors qu'il n'avait même pas commencé à boire, Matthias assembla mentalement le puzzle d'Esther.

Ainsi, elle avait trouvé son pigeonnier. Sa prison.

Matthias saisit la collerette de cuir abandonnée au pied de la commode et passa les doigts sur les dix-sept boutons. Dix-sept boutons, dix-sept verrous à son âme. Combien de fois ne s'était-il pas imaginé les faire sauter l'un après l'autre, humer l'odeur de la peau sous la collerette ? Matthias n'était pas dupe. Un tel harnachement de cuir camouflait une blessure, la trace d'un passé tourmenté. Patiemment, il avait attendu qu'Esther trouve la paix. Qu'Esther défasse elle-même les boutons.

À présent qu'il tenait la collerette entre ses mains et qu'Esther n'était pas là, à présent que son bourreau était mort et qu'elle avait découvert le pigeonnier, il redoutait de ne plus la revoir. Rien ne retenait plus Esther à Haut-de-Cœur, sa quête s'était achevée quand

Marcus Taillandier lui avait remis les clés de sa propre histoire.

À l'idée qu'Esther l'ait quitté pour de bon, Matthias sentit la nausée l'envahir.

L'inspecteur songea qu'il restait une bouteille de liqueur dans le placard de la cuisine. Il se leva, déposa la collerette sur le lit et regagna le rez-de-chaussée. Il comptait boire en attendant Esther, et si elle ne rentrait pas, eh bien il boirait jusqu'à l'inconscience.

Il en était à son troisième verre d'affilée quand des coups sourds frappés à sa porte retentirent. Ce n'était pas Esther, Esther ne frappait pas, elle avait les clés. Il décida d'ignorer l'intrus. *Ils peuvent aller au diable, tous autant qu'ils sont.*

L'individu cogna plus fort, un juron étouffé par le vent parvint aux oreilles de l'inspecteur. Renversant sa chaise dans un accès de rage, il franchit en trois enjambées l'espace qui le séparait de la porte d'entrée et ouvrit cette dernière à toute volée, menaçant de l'arracher de ses gonds.

– QUOI ?

Guy Lestrange le bouscula sans ménagement pour entrer dans la pièce, couvert de neige. Au-dehors, la tempête faisait rage. Interdit, Matthias claqua la porte et retourna à la table de la cuisine.

– Qu'est-ce que vous voulez ? grogna-t-il, sentant son humeur s'assombrir de seconde en seconde.

Le maire secoua l'échine mais n'ôta pas sa toque de fourrure. Ses yeux étaient aussi froids que la glace, le milieu de son visage présentait un hématome violacé. Son nez était vraisemblablement brisé.

– Maison-Rouge, éructa-t-il comme s'il crachait un morceau de verre coincé dans sa gorge.

Matthias se resservit de la liqueur, vida le verre d'un trait.

– Quoi, Maison-Rouge ?

– Je vous avais ordonné de l'arrêter.

– Vous ne me donnez pas d'ordres, Lestrange. Et j'ai déjà arrêté l'assassin de Sorel, ajouta-t-il.

– Je me contrefous de cette vieille peau de Mélanie Gauthier ! explosa le maire en abattant sa main sur la table. Je veux Antoine de Maison-Rouge hors d'état de nuire !

Comme l'inspecteur lui adressait une œillade circonspecte, il tempéra sa colère.

– Votre bon ami le comte s'est introduit chez moi par effraction hier soir, daigna-t-il expliquer. Il nous a menacés, mon épouse et moi, avec un fusil à poudre. Il veut ma peau, Lavau. Ce comte de mes deux veut ma peau pour…

– Pour avoir engagé les mercenaires qui ont tué sa famille, acheva Matthias à sa place.

Devant l'incrédulité du maire, il tira de sa poche la lettre pliée en deux. Guy Lestrange considéra le morceau de papier avec aigreur, détourna le regard.

– Cela ne prouve rien. Ces deux sauvages se sont fait bouffer par les loups, ils ne risquent pas de témoigner contre moi.

Matthias se leva en soupirant, froissa la lettre entre ses doigts. Puis, sans un mot, il ouvrit la porte du poêle en fonte et jeta le document à l'intérieur. Les méfaits du maire et de TS s'embrasèrent, les derniers mots qui liaient la mort sanglante de Louise et Gustave au notable de Haut-de-Cœur et à son larbin se désagrégèrent.

Guy Lestrange ricana.

– Vous êtes trop bon, inspecteur. Vous venez de faire disparaître la preuve de mon implication dans cette sombre histoire.

– De rien. Mais je viens surtout de détruire le mobile d'Antoine pour le meurtre de Sorel. Rien ne peut plus le relier à cette ordure, désormais. Il est libre. Et si d'aventure une mouche le piquait, ajouta-t-il, rien ne pourrait le relier non plus à votre assassinat.

Réchauffé par les vapeurs du poêle et de l'alcool, Matthias ricana devant la figure décomposée de Guy Lestrange.

– Je ne vous retiens pas, monsieur le maire. Et je vous conseille de regarder par-dessus votre épaule.

Lentement, comme sortant d'une paralysie provoquée par une piqûre d'insecte, Lestrange porta la main à son visage et frotta son menton inhabituellement couvert d'une barbe fine.

– J'aurai votre insigne, Lavau.

– Ne vous attaquez pas à mon insigne, Lestrange, ou je vous la ferai bouffer.

– J'aurai votre insigne, répéta le maire, une rage blanche dans la voix. J'aurai votre insigne et je ferai coffrer cette petite salope d'Esther Louve qui se permet de lancer des accusations contre nous.

Matthias fusilla Guy Lestrange du regard et, avant que son cerveau n'en ait donné l'ordre, propulsa son poing dans la figure fielleuse du notable qui hurla comme un animal et tomba à genoux sur le sol. Son nez endommagé se brisa à nouveau, du sang gicla sur le plancher et la toque de fourrure. L'inspecteur secoua mollement sa main.

– Tirez-vous, Lestrange. Et fermez votre gueule.

Le maire se releva en titubant, ahuri de douleur et de fureur, sa main gantée pressée sur son nez en miettes. Dans un ultime emportement, il balança sa botte dans la cagette qui contenait les carnets noirs, déposée près de la porte par l'inspecteur qui les avait oubliés. Plusieurs carnets se répandirent sur le sol et Guy Lestrange sortit de la maison pour s'enfoncer dans la tempête de neige, laissant la porte battre dans le vent.

Une infime satisfaction lui soulageant un peu les entrailles, Matthias referma la porte sans la claquer et se pencha pour ramasser les carnets.

L'un d'eux s'était ouvert dans la chute et une page s'était pliée. L'inspecteur la lissa machinalement et son regard tomba sur la photographie et le portrait anthropométrique. Il écarquilla les yeux.

NOM : inconnu
TAILLE : un mètre soixante-dix-huit
ENVERGURE : un mètre quatre-vingt-un
HAUTEUR DU BUSTE : quatre-vingt-quinze centimètres virgule deux
LONGUEUR DE LA TÊTE : VALEUR INEXACTE
LARGEUR DE LA TÊTE : VALEUR INEXACTE
OREILLE DROITE : six centimètres virgule sept
PIED GAUCHE : vingt-sept centimètres virgule quatre
MÉDIUS GAUCHE : onze centimètres virgule neuf
AURICULAIRE GAUCHE : neuf centimètres virgule neuf
COUDÉE GAUCHE : quarante-sept virgule neuf
COULEUR DES YEUX : bleue
COULEUR DES CHEVEUX : blanche

Marques particulières et cicatrices :
L'individu est muet en raison de sa mâchoire brisée ; profil gauche défiguré de l'oreille au

menton. Les mesures de la longueur et de la largeur de la tête n'ont pas pu être relevées avec exactitude.
Le nom de l'individu est inconnu, ne sachant écrire il n'a pas pu le communiquer à l'agent en charge du bertillonnage.
L'oreille droite présente un pli intérieur convexe.

Matthias s'assit avec lenteur, le cœur en arrêt, et scruta le visage photographié de face et de profil, laissant les images imprégner ses prunelles incrédules. Il connaissait ce visage, il le croisait presque tous les jours à Haut-de-Cœur.

Quant aux mensurations, son extraordinaire mémoire les relia immédiatement à une autre fiche, un autre profil, par-delà le temps.

Cet homme était Adrien Lambert. Et en même temps, ce n'était plus lui.

*

Sonné comme un carillon après sa découverte, il n'entendit pas tout de suite qu'à nouveau, on tambourinait à sa porte. Les cheveux en bataille après son altercation avec le maire, la mine à l'envers, il ouvrit le battant à la volée et trouva sur son seuil le petit Pierrot. Chahuté par la tempête, tremblant comme une flammèche de bougie, le pauvret tenait une enveloppe serrée contre son torse maigrelet et claquait des dents. Matthias avisa le sceau reconnaissable entre mille de la police scientifique et, ni merci ni merde, arracha l'enveloppe au petit et lui claqua la porte à la figure.

C'était vraiment des rigolos, à la Scientifique. Locard et toute sa clique, ses vieux camarades. Des rigolos, oui. L'enquête était bouclée ! Ils avaient un train de retard décidément. Matthias jeta sur la table l'enveloppe qui contenait les résultats des relevés d'empreintes digitales effectués sur le corps de TS, le nom du criminel rien de moins, et se resservit un verre de whisky. Il avait décidé de s'en mettre une bonne, c'était bien parti. Cela dissiperait peut-être, quoi qu'il en doutât, l'amer goût de la trahison. Le sentiment d'avoir regardé passer les plats pendant des années et de s'être totalement fourvoyé sur cette histoire de fous. La sœur Léa et Adrien Lambert, sous son nez. Depuis toujours.

Négligeant le verre, Matthias vida la moitié de la bouteille à grandes lampées, en tête à tête avec l'enveloppe, tous deux se regardant en chiens de faïence. À présent qu'il se doutait fortement de ce qu'elle contenait, il était moins pressé de l'ouvrir.

Les yeux gris et vitreux parcourent la feuille de papier, il lâcha une exclamation dédaigneuse. *Eh bien voilà. Je le savais.* Les empreintes n'appartenaient pas à Mélanie Gauthier. Ni à Mélanie, ni à Irem, ni à Antoine. Des rigolos, les collègues de la Scientifique ? *De sombres crétins, oui !*

Matthias vida le reste de la bouteille dans l'évier, se passa la main sur le visage. Puis, comme il ne tenait pas en place, il se harnacha et sortit dans la tempête.

Il était mieux dans le froid et la neige.

Là-bas, frôlant les cimes des Bois de Combe-Lavau, l'aigle poussa un cri.

Chapitre 24

– J'aurais pu m'en douter, quand même. J'aurais pu me douter que je l'emporterais pas au paradis, cette histoire des petits Loyseau et Périgueux.

Mélanie Gauthier tendit la main à travers les barreaux de la cellule, recueillit quelques cerneaux de noix dans sa mitaine, où trouvait-il des noix avec ce temps pas possible, elle se le demandait. Elle était soulagée d'avoir de la compagnie. Elle avait bien cru que personne ne viendrait et diable, elle ne pouvait pas vraiment blâmer qui que ce soit. Elle croqua une noix. Emmitouflée dans son manteau vert foncé, le capuchon enfoncé sur la tête pour se protéger du froid, elle paraissait frêle et menue, mais c'était une illusion. Elle n'était frêle ni de physionomie ni de tempérament, la preuve : toute bonne sœur qu'elle ait été, elle n'avait pas hésité à envoyer *ad patres* deux orphelins, bon c'était quand même un accident, mais elle n'avait pas réussi à regretter. Il y en a des comme ça, des gamins, on sait dès le départ qu'on n'en fera rien que des délinquants ou des escrocs à la petite semaine. Et c'est pas comme si le monde pouvait souffrir davantage de délinquants ou d'escrocs, pas vrai ? Alors Loyseau et Périgueux, elle ne s'attardait pas trop sur le repentir.

– Mais tu vois, dit-elle la bouche pleine (sa respectabilité ne pouvait pas tomber plus bas), j'aurais pas cru que je me ferais prendre pour le meurtre du seul crétin que j'ai pas tué au Puits du Diable.

Et de hausser les épaules, en proie à une perplexité sidérée.

Mélanie jeta un coup d'œil à la silhouette assise contre les barreaux, dans le couloir. Malgré les courants d'air, il ne semblait pas avoir froid. Sa main droite reposait sur le garrot du loup qu'on voyait souvent traîner dans le coin, comment s'appelait-il déjà, oui, Blue. Mélanie ne l'aimait pas trop, elle lui trouvait un air faux-jeton, du genre qui attend que vous ayez le dos tourné pour vous bouffer les mollets. Mais bon, ce n'était pas ses affaires, ce loup.

– J'en ai mis du temps, à comprendre, souffla-t-elle. À comprendre que c'était toi qui avais tué cette raclure de TS. Que c'était toi tout court, d'ailleurs.

La silhouette s'ébranla, la tête se tourna vers elle mais pas complètement. Au-dehors, le vent ne faiblissait pas.

– J'étais si malheureuse, je me disais que si tu avais été vivant, je l'aurais senti et j'aurais été moins misérable. Ce qu'on peut se dire quand on est jeune et amoureux, hein ? Et puis si tu avais été vivant, j'aurais tué les deux couillons pour rien, et ça ben je devais pas être prête à assumer. Alors j'y ai cru. On m'a dit « Il est mort ma pauvre fille remets-toi », et j'y ai cru.

La voix de Mélanie se craquela en une fêlure muette, elle sentit avec étonnement ses yeux se remplir de larmes. La main de la silhouette quitta la tête du loup, se faufila entre les barreaux et les doigts parcheminés se refermèrent avec douceur sur les mitaines de Mélanie.

– Dieu ne sera certainement pas d'accord, Il est jamais d'accord avec rien note bien, mais je crois que c'est ma plus grande faute.

Elle renifla bruyamment, s'essuya le visage d'un revers de manche et sourit à travers ses larmes.

– Bien sûr, s'il en avait été autrement, je n'aurais pas eu Jeanne. Avec le recul tu vois, je pense pas que j'aurais pu vivre sans Jeanne. Donc bon an mal an…

L'autre haussa les épaules, l'air de dire *Oui je comprends*. Le loup se redressa, les oreilles pointées vers l'entrée de la prison.

– Mais quand même, répéta Mélanie. Tu m'as sacrément manqué, tout ce temps.

Au bout du couloir, la porte battante grinça sur ses gonds, la haute silhouette de l'inspecteur Lavau obscurcit les lieux. Il n'y avait pas moyen de voir son visage, avec son accoutrement. Mélanie le connaissait bien, le petit Lavau, tu parles il avait tellement traîné avec sa gamine qu'elle avait cru un moment en avoir adopté deux et pas une seule. Alors il pouvait bien se trimballer avec son attirail lugubre qui lui cachait la figure et lui donnait des airs d'exécuteur, elle pouvait lire dans ses pensées rien qu'en observant sa démarche. Enfin là, sa démarche n'exprimait pas grand-chose. Il n'allait pas vite, donc il n'était pas pressé, il ne lambinait pas, donc il ne rechignait pas spécialement à la tâche qui l'attendait. Les épaules droites des types sûrs d'eux-mêmes, une habitude de pédant qu'il avait prise à Lyon. Ses godillots faisaient un boucan dans ce couloir pénitentiaire, les boucles cliquetaient à qui mieux mieux comme un compte à rebours de mauvais augure. Avec tout ça il ne pipait mot, pas un bavard. Mélanie se sentit cloche. Pour une fois que son intuition lui aurait servi à quelque chose, elle était en berne. La vieille femme jeta une œillade à son compagnon qui s'était levé mais ne paraissait pas inquiet. Le loup suivait l'inspecteur de ses yeux jaunes, les oreilles dressées, aux aguets.

Matthias s'arrêta devant la cellule, hocha la tête en signe de salutations. Se souvenant soudain qu'il ressemblait à un scaphandrier au fond d'un fleuve, il ôta masque et lunettes, frotta sa barbe embroussaillée.

Mélanie s'apprêtait à parler bien qu'elle n'eût pas idée de ce qu'elle voulait dire, mais elle réalisa que Matthias ne la regardait pas. Il se désintéressait d'elle, la criminelle, pour se tourner tout à fait vers l'autre. Ils se jaugèrent sans animosité, puis l'inspecteur dit :

– Ainsi, c'était vous.

Le Vieil Anar hocha silencieusement la tête. Silencieusement, il ne pouvait pas faire autrement, avec son rictus ravagé. Le regard de Mélanie passa de l'un à l'autre, et elle songea que ça y est, on y était, le grand final. Ça manquait cruellement de spectateurs. Où étaient Marie, Jeanne, ce fou de comte, ce diable de maire ? Où étaient tous les protagonistes de leur drame commun ? Allaient-ils manquer ce dénouement grotesque ? Elle secoua la tête, dépitée.

– Sœur Marie m'avait dit qu'Adrien Lambert était mort, je n'avais aucune raison de ne pas la croire.

Le Vieil Anar opina du bonnet, son œil valide scrutant les traits de l'inspecteur. Il attendait, la main jouant avec le pelage de Blue. Matthias le dévisageait avec intensité, examinant les innombrables cicatrices qui jalonnaient la figure de l'indigent. Il semblait rechercher quelque chose dans les tréfonds de ce visage, dans les tréfonds aussi de sa propre mémoire.

– C'est la guerre qui vous a emporté une partie de la gueule, je présume. C'est pour cela que je ne vous ai pas reconnu quand vous êtes arrivé à Haut-de-Cœur. Comment aurais-je pu ?

– Le reconnaître ? intervint Mélanie. Tu ne l'as jamais rencontré.

– J'ai lu la fiche d'Adrien. Mais je n'ai pas fait le rapprochement avec… ça, maugréa-t-il en désignant la mâchoire torturée du Vieil Anar.

– Tu as lu la fiche, répéta Mélanie.

– Oui. Chez Bertillon, à Paris.

– Tu as lu des centaines de fiches.

– Plutôt des milliers.

– Tu as lu des milliers de fiches et tu prétends que tu aurais dû le reconnaître ?

Matthias eut un geste irrité en direction de Mélanie, le genre de gestes que l'on adresse aux enfants tellement insistants qu'ils en deviennent pénibles. Mais comme la vieille femme le fixait avec incrédulité, il récita :

– Un mètre soixante-dix-huit, envergure un mètre quatre-vingt-un, hauteur du buste quatre-vingt-quinze centimètres virgule deux, longueur de la tête dix-neuf centimètres virgule quatre, largeur de la tête seize centimètres virgule huit, oreille droite présentant un pli intérieur convexe et mesurant six centimètres virgule sept. Pied gauche vingt-sept centimètres virgule quatre, médius gauche onze centimètres virgule neuf, auriculaire gauche neuf centimètres virgule neuf, coudée gauche quarante-sept virgule neuf. Juste avant la guerre, Adrien Lambert avait les cheveux brun foncé, les yeux bleus, une fossette au menton et un grain de beauté remarquable sur la pommette gauche. Si je savais dessiner, je vous croquerais sa trombine, mais mon talent n'est pas là. Mon talent, c'est que je me souviens de tout.

Le sourcil gauche de Mélanie (six centimètres virgule quatre, mais aucun rapport) se leva si haut qu'il faillit s'envoler de sa figure. Le Vieil Anar quant à lui semblait sourire, même si en réalité on n'aurait pas su dire, étant donné l'état de délabrement de son visage. Entre ce faciès et la façade des monuments bombardés par l'ennemi, il n'y avait pas franchement grande différence. Toute la partie gauche s'était effondrée. Le front rentré en dedans comme un embossage à l'envers, l'œil disparu, la pommette enfoncée, la mâchoire brisée qui s'était ressoudée n'importe comment et lui tirait un sourire crispé très hugolien. Matthias poursuivit :

– Cette fiche au nom d'Adrien Lambert a été dressée il y a quarante ans, quand vous avez été renvoyé des Ursulines et mobilisé par l'armée. Elle faisait partie des carnets que j'ai étudiés à Paris, mais je ne m'en suis souvenu que quand Esther a croisé l'histoire de la bonne sœur et du jardinier dans les archives du couvent, il y a deux jours.

La mâchoire de Mélanie menaçait de se décrocher. L'échange entre les deux hommes était presque… aimable. Matthias fit une pause, reprit :

– Le jardinier, Adrien Lambert. L'enfant sur la photographie. Tout cela n'avait pas tellement d'importance, puisque vous étiez censé être mort. C'est ce que je croyais. Jusqu'à ce que Lestrange me refourgue la cagette.

– La cagette ?

L'inspecteur balaya l'interrogation de Mélanie tel un détail sans importance.

– Il y a trois ans, quand la patrie a de nouveau mobilisé les citoyens, vous avez lâché vos loups sur les gendarmes. Pas de blessés, mais cela vous a valu quelques semaines en cellule. C'est à cette occasion qu'un agent zélé mais peu compétent a dressé un second portrait parlé. Une seconde fiche.

Le vieil homme hocha de nouveau la tête.

– Croyez-le ou non, cette seconde fiche a atterri dans ma cuisine, conclut Matthias. Un document brossant le portrait d'un homme à l'identité inconnue, muet et une partie du visage arrachée. Tous les autres détails et caractéristiques étaient identiques, à la virgule près, à la fiche d'Adrien Lambert. Deux fiches, un seul homme.

Le Vieil Anar haussa les épaules, l'air de dire *Mon vieux, qu'est-ce que j'y pouvais*. Il désigna Mélanie puis dessina dans les airs un point d'interrogation. Un tel geste se passait de précisions, il demandait comment l'inspecteur l'avait finalement confondue. L'inspecteur regarda la vieille femme.

– Quand j'ai découvert la photo dans votre buffet, Mélanie, et que je l'ai reconnue, j'ai su qu'Esther avait eu raison. Si le garçon était Adrien, alors la fillette était Léa. Et il n'y avait aucune raison que vous possédiez cette photo, sauf si Léa, c'était vous.

La vieille femme frissonna au souvenir de leur confrontation. Elle ne l'avait pas vue venir, celle-là.

Matthias poursuivit :

– Cette histoire a quelque chose d'ironique, vous ne trouvez pas ? Nous avions toute une palanquée de suspects, un boulevard entier pavé des saloperies de TS. Et en fin de compte, c'est le lointain passé qu'il fallait chercher. Je me suis simplement planté de coupable.

– Que veux-tu dire ?

– Les empreintes digitales ont confirmé ce que j'avais déjà compris, bien sûr.

– Bien sûr, ponctua Mélanie comme si elle avait la moindre idée de ce dont il parlait.

– Celles prélevées sur le corps de TS correspondent à celles sur la fiche du Vieil Anar ici présent. *Alias* Adrien Lambert.

Mélanie songea que l'affaire était pliée. Cette histoire d'empreintes avait l'air de quelque chose de définitif. Mais l'inspecteur ne semblait pas en avoir fini avec eux.

– Ce qui m'échappe encore, dit-il en se grattant la nuque dans un bruyant froissement de cuir, c'est pourquoi avoir attendu tout ce temps pour compléter votre vengeance. Pourquoi avoir vécu toutes ces années à quelques pas de TS avant de passer à l'acte.

Matthias regardait le Vieil Anar, sachant pourtant bien que ce dernier ne pourrait lui répondre. Mélanie intervint.

– Il n'a jamais été question de vengeance. Les petits au Puits du Diable, c'était un accident. Il n'y avait pas de « travail à finir » comme tu sembles le dire. Thomas, il faisait sa vie, je ne m'en mêlais pas.

– Alors que s'est-il passé ?

– Il s'est souvenu, soupira Mélanie, les épaules soudain basses. Ça devait sacrément le travailler, parce qu'un jour il a débarqué comme un dingo à la quincaillerie et il m'a dit qu'il se souvenait très clairement de cette nuit-là, au Vieux-Château. Qu'il savait que la Dame Blanche, c'était moi. Que ce n'était pas un fantôme qui avait tué ses camarades, mais la sœur Léa déguisée en fantôme et que la sœur Léa, c'était moi.

– Il a menacé de vous dénoncer.

– Ce n'était même pas une menace. Il voulait me confondre, un point c'est tout.

Mélanie se tourna vers le Vieil Anar, lui sourit avec gentillesse.

– Quand TS en a eu fini de brailler et qu'il est sorti de la boutique, je lui ai couru après pour essayer de le raisonner. Adrien était là, assis par terre à quelques mètres à peine.

Matthias hocha la tête. Les dernières pièces du puzzle s'assemblaient.

– Vous avez tout entendu et vous avez tué TS pour l'empêcher de dénoncer Mélanie. C'est pour cela que vous avez choisi sa cave comme théâtre de votre crime ; vous vouliez qu'elle sache que ce geste était pour elle. Que vous la protégiez.

Les deux petits vieux nouèrent leurs mains à travers les barreaux ; l'inspecteur vit dans l'œil du Vieil Anar qu'il avait fait mouche. Il ne lui restait plus qu'un point à éclaircir.

– Et la langue ?

– Quoi, la langue ? demanda Mélanie, décontenancée.

Les deux hommes se dévisagèrent un moment, puis le Vieil Anar ouvrit les lèvres et désigna du doigt l'intérieur de sa cavité buccale. Vide.

– Je comprends, lui dit Matthias.

Et il comprenait. Il comprenait qu'à la guerre où le petit Thomas Sorel l'avait envoyé, Adrien Lambert avait perdu la parole. La parole, la moitié de la figure et avec ça, la possibilité de jamais reparaître à Haut-de-Cœur comme par le passé. Il comprenait que le coup de sang de Sorel envers Mélanie avait été l'affront de trop. En tranchant la langue de TS, Adrien Lambert le privait à son tour de parole et signait son crime. En la lui fourrant dans le cul, il retournait contre lui des décennies d'humiliations et de bassesses infligées à autrui.

Les comptes étaient soldés.

Ils se regardèrent tous trois, le loup au milieu d'eux. Cela dura un moment, comme s'ils s'étaient endormis debout ou que le froid les avait engourdis complètement. Puis, dans un jaillissement qui fit sursauter les deux vieux, l'inspecteur Lavau tira de sa poche un jeu de clés à la manière d'un diable qui surgit de sa boîte.

– Bon ! Puisque vous n'avez tué personne Mélanie, je vous libère.

Tué personne, ça c'était contestable il y avait quand même eu Loyseau et Périgueux, mais comme Matthias n'était visiblement pas désireux de revenir dessus, pas plus que sur cette histoire de langue, la vieille femme se tut. Elle guetta le gros bruit du verrou de la cellule qui cédait et sortit dans le couloir en essayant de ne pas avoir l'air trop pressé. Son regard croisa l'œil bleu du Vieil Anar et elle se figea. L'indigent lui sourit avec tendresse, tendit les doigts pour lui caresser la joue. Elle voulut attraper ces doigts, les réchauffer dans ses mitaines, les garder dans les siens pour les maigres années qui leur restaient à vivre tous les deux, mais déjà le Vieil Anar lui échappait, reculait dans la cellule où, quelques instants auparavant, elle se tenait encore.

– Qu'est-ce que vous faites ?

La question fusa, les vieux amants se tournèrent vers l'inspecteur. Mélanie le connaissait bien, le petit Lavau, et elle vit très nettement à ce moment-là qu'ils commençaient à lui taper sur les nerfs, à lanterner comme ça. Le Vieil Anar écarta les bras, alors quoi tu ne m'arrêtes pas ?

Matthias haussa les épaules, lui fit signe de sortir et referma la porte de la cellule sur le vide.

– En ce qui me concerne, Adrien Lambert est mort à la guerre il y a longtemps. Le Vieil Anar est un autre individu – d'ailleurs, il faudrait vous trouver un nom ce serait plus commode. Deux fiches, deux individus. C'est comme ça que ça marche. Bref, cette raclure de TS est canée et on ne sait pas qui a fait le coup. D'ailleurs, tout le monde s'en fout. L'inspecteur jette l'éponge et vous salue bien, messieurs dames.

Sur ces mots, Matthias Lavau tourna théâtralement les talons et s'éloigna dans un cliquetis de boucles et un froissement de cuir. Il était ainsi Matthias, quand les choses l'ennuyaient il s'en allait, pas de faux-semblants, pas de demi-mesure.

– Et le maire ? Il ne voudra pas son coupable ? l'appela encore Mélanie.

– Le maire, j'en fais mon affaire, répondit-il sans se retourner.

La main du Vieil Anar se posa sur son épaule, Mélanie se tourna vers lui. Son ancien compagnon lui désignait Blue. Le loup avait emboîté le pas de l'inspecteur, trottinant à son côté comme un chien fidèle.

– Le loup cherche Esther, s'exclama la vieille femme. Où est-elle ?

Matthias s'arrêta, baissa les yeux sur l'animal qui leva vers lui sa tête noire. Ils n'avaient en commun que d'être nés de la forêt et d'y avoir été recueillis. Cela ne suffisait probablement pas pour que Matthias aime le loup, mais c'était bien assez pour qu'il se fie à lui.

– Esther avait un compte à régler, dit-il. Chez le maire, justement.

Et alors, par-dessus la tempête et par-dessus le vent, si proche qu'elle claqua aux oreilles de chaque habitant de Haut-de-Cœur depuis la ferme de Chèvreloup jusqu'au clos des Ursulines, une détonation.

Le loup détala.

Chapitre 25

Le jour où Adèle Cordier annonça à son père qu'elle ne souhaitait pas se marier, qu'elle avait pour ambition de reprendre la direction des usines quand lui-même passerait le flambeau, Serge rit.

Il ne *ricana* pas, ne balaya pas le projet d'un geste distrait de la main comme on chasse une mouche, il rit franchement. Il rit aux larmes, comme s'il venait d'entendre la meilleure plaisanterie jamais racontée. Ils étaient en plein souper, et cet éclat eut pour effet immédiat de maculer la nappe blanche de gouttelettes de sauce et de vin mêlés. Adèle dut patienter, un sourire crispé sur les lèvres, que passe cette hilarité. Sa mère, de l'autre côté de la table, émit un petit rire grêle pour imiter son époux. Adèle l'ignora, reporta toute son attention sur le paternel qui, enfin, essuyait ses yeux humides avec sa serviette de table. Vraiment, il s'en était payé une bonne !

– Ah, ma petite, j'ai toujours su que ta mère n'était pas le couteau le plus affûté du tiroir, mais cela me chagrine que toi, tu te révèles aussi sotte !

– Sotte, père ? demanda Adèle d'une voix aussi douce qu'interrogative.

– Sotte, c'est le mot. Pour ne pas comprendre sa simple fonction en ce monde, il faut être sot. Fais un effort, ajouta-t-il avec un sourire un peu moins large. Une femme, ça n'est déjà pas bien brillant, alors deux femmes qui ne savent pas aligner deux idées sans se prendre les pieds dans le tapis, merci mais non merci.

Il était ainsi, papa. Sans concession. Impassible, Adèle répéta :

– Ma fonction ?

– Tu vois ? Tu ne comprends pas. Ton rôle, ma chère enfant, est d'être une bonne fille – tu l'es assurément, je ne peux pas me plaindre – puis une bonne épouse. Soutenir ton époux, l'épauler dans son ascension sociale, le reproduire en plusieurs exemplaires pour la postérité.

Adèle porta sa fourchette à sa bouche, mastiqua un morceau de rôti.

– C'est… succinct, dit-elle.

– Mais ô combien précieux, mon enfant, ô combien précieux. D'ailleurs, j'ai pris ma décision concernant ton futur époux. C'est étonnant que nous en parlions aujourd'hui !

Adèle ne s'était pas attendue à ce que son père soit aisément convaincu. Elle ignora délibérément l'allusion à Guy Lestrange, qui s'empressait autour d'elle depuis plusieurs mois, posa ses couverts et persista :

– Je me demande qui, mieux que moi, pourrait vous seconder puis vous succéder, père. J'ai de belles idées pour l'avenir.

À nouveau, le patriarche, comme il aimait qu'on le nomme, s'esclaffa.

– De belles idées ! Ah que tu es drôle, Adèle chérie ! C'est très bien l'humour, ma douce. Tant que tu ris avec élégance, c'est très bien.

– Vous êtes un exemple de réussite, père. La société Cordier commence à rayonner dans tout le pays, et même chez nos voisins européens.

Adèle ne souriait plus, poursuivant son propos sans s'émouvoir de l'extrême condescendance dont elle faisait l'objet.

– Je gage qu'avec certaines décisions stratégiques, nous pourrions davantage enraciner notre nom dans l'histoire de cette région. L'exploitation des minerais, les forges et les fonderies… nous pourrions passer à la construction mécanique et bien d'autres choses. Nous devons consolider nos établissements industriels.

Soudain, Serge ne s'amusait plus. Ses yeux se plissèrent, il reposa le verre de vin qu'il éclusait depuis le début du souper.

– Consolider nos établissements… éructa-t-il avec effort.

– Oui ! J'ai consulté les comptes, et…

– Tu as quoi ?

– Dans votre bureau, allons. Votre secrétaire était allé déjeuner. Je ne voulais pas l'impliquer, voyez-vous ? C'est une affaire de famille. Vous et moi. C'est moi, votre héritière. Pas Guy Lestrange ni les divers exemplaires que vous voudriez que je ponde. Moi.

Un silence de glace s'installa dans la salle à manger, que nul cliquetis de couverts ne vint briser. Le père et la fille se jaugeaient. Comme Serge paraissait frappé de mutisme, Adèle continua :

– Nous pourrions bâtir une cité ouvrière. Nos usines croissent de plus en plus vite, le nombre d'employés augmente. Organisons pour eux le logement de nos gens, père, organisons l'éducation de leurs enfants en construisant une école. Plusieurs, mêmes. Comme je l'ai dit, ils sont nombreux. Je me suis renseignée, c'est ainsi que l'on fait déjà en Moselle et dans le Haut-Rhin.

Adèle fit une pause, scrutant la figure fermée de son père. Des idées, elle en avait tant ! Elle songeait à un hôpital pour les ouvriers, à des établissements de cantine adjoints aux usines, à des transports… Adèle savait précisément où elle souhaitait emmener l'entreprise de son père et comment elle comptait y parvenir.

– Tu y as beaucoup réfléchi, dis-moi… commença Serge Cordier d'une voix blanche.

– Si nous leur proposions des habitats avec des jardinets, cela inciterait les hommes à cultiver un potager, à passer du temps dehors avec leur famille. Ils n'iraient pas au bistrot écouter les mauvaises langues. Père, il faut comprendre qu'ainsi, nous… vous seriez le maître absolu. Vous contrôleriez la vie de cette ville. *Toute* la vie.

– Changer l'architecture de la ville, hein ?

– La faire évoluer, ponctua la jeune femme. Dans notre sens.

Serge plongea les yeux dans son assiette, prit une gorgée de vin. Adèle se demanda si ses arguments avaient porté leurs fruits ; si son père se rendait enfin compte qu'elle n'était ni gourde, ni particulièrement bienveillante (donc faiblarde). Qu'elle le dépassait en tout et que toutes ces années, elle avait eu les yeux partout, l'esprit aiguisé, les oreilles grandes ouvertes.

Serge s'en rendait compte, bien sûr, et cela n'était pas pour lui plaire. Sa pâleur n'augurait rien de bon, lui qui avait plutôt le teint rougeaud.

– Nous recevrons Guy à souper demain, nous pourrons ainsi officialiser vos fiançailles.

Adèle ferma les yeux et baissa la tête. Sa main lissa la nappe immaculée. Elle contempla son annulaire nu.

– Père…

– Dorénavant, tu ne parleras plus à quiconque des affaires Cordier, tu m'entends ? Tu feras ce qu'on te demande, parce que c'est ainsi que se comportent les femmes honorables. Je ne tolérerai plus que tu te montres transgressive, suis-je bien clair ?

Ces mots conclurent la conversation. Le patriarche quitta la table, suivi par son épouse trottinant derrière lui. Adèle resta seule. Le mois suivant, Serge maria sa fille comme on vend un bon cheval ; pour en tirer profit. Il intronisa Guy son successeur et poursuivit sa spectaculaire ascension industrielle.

– Mon cher papa, Dieu le bénisse, a fini par réviser son jugement. Notez bien qu'il aura pris son temps ; Guy et moi étions mariés depuis quinze ans alors.

Adèle Lestrange se détourna de la fenêtre, rabattant le rideau sur la tempête de neige qui faisait rage dans les rues de Haut-de-Cœur, et fit face à Esther Louve.

– À cette époque, je ne savais pas grand-chose de ces… histoires. J'entendais les rumeurs qui circulaient dans les usines, colportées par les jaloux, les frustrés. Je n'y croyais pas, mon Dieu comment aurais-je pu ? Il s'agissait de mon père.

Adèle ébaucha un sourire contrit.

– Et puis un jour, je suis venue rendre visite à ma mère. Elle était malade, pauvre chose, et n'a jamais pu sortir du lit pour se promener avec moi. Quand je suis sortie de sa chambre, j'ai entendu des cris qui venaient du salon. Je me suis précipitée. Quel spectacle !

La femme du maire laissa échapper un rire dans lequel perlait encore, après tant d'années, une touche de sidération.

– Mon père était là, cigare aux lèvres, le visage ceint de cet air de contrariété pincée que je lui connaissais si bien. Il avait ôté sa veste et sa chemise était toute défaite. Plusieurs boutons avaient été arrachés. Il portait une marque de griffure au visage.

Esther réprima un frisson.

– Thomas aussi était présent. Il avait l'air préoccupé, comme gêné de me trouver là, dans le salon de mon enfance. Au départ, je n'ai pas compris la scène que j'avais sous les yeux.

Nouveau ricanement.

– Et puis je vous ai vue, Esther. Allongée sur le tapis blanc, la gorge ouverte d'une oreille à l'autre, enfin presque, vous me comprenez. Le tapis blanc, voyez un peu le dégât. De toute évidence, vous aviez… *rendez-vous* avec mon père, ce jour-là dans notre salon. Le fourbe, il profitait que ma mère était souffrante, vous vous rendez compte ? Vous aviez rendez-vous et… vous vous étiez débattue. Thomas avait dû intervenir.

La femme du maire hocha la tête, les yeux voilés par le souvenir.

– À cet instant, j'ai su que les rumeurs disaient vrai et que je tenais ma revanche.

Son sourire s'élargit tandis que ses yeux se posaient sur Esther.

– Je l'ai empêché de vous… Enfin bref, vous comprenez. De vous faire ce qu'il faisait aux autres. Bon, vous n'aviez plus l'air très vivant. Thomas m'a dit que vous étiez accidentellement tombée sur son couteau, gorge en avant. Je me demande parfois s'il ne me prenait pas pour une cruche, lui aussi. Vous n'étiez plus très vivante, mais vous n'étiez pas morte non plus, malgré le sang qui vous pissait de l'encolure. Je me suis dit « Adèle, voilà la solution ! Tu vas sauver la fille et elle se rendra bien utile. » Oui, bien utile. Je le tenais, voyez-vous ?

Si Esther voyait quelque chose, ses yeux d'ambre étaient tellement plissés qu'il était impossible d'y lire quoi que ce soit.

– Papa, oh, papa était très calme, comme toujours. Il fumait son cigare, cela sentait atrocement mauvais. Cela indisposait ma mère, je suis certaine que c'est pour cela qu'il fumait. Il vous a regardée, mademoiselle Louve, avec un tel air de dégoût ! J'aurais été vexée, moi, de cet air. Il a dit quelque chose comme « Regarde comme elle est amochée, je n'en veux pas », je ne me souviens pas des mots exacts. Ils n'étaient pas flatteurs, ça non. Ben voyons, hop, on gaspille ! Et avec ça mon bon Thomas qui me contemplait, la figure embarrassée, il attendait que je nous sorte tous de ce mauvais pas, tiens. Il me tenait encore rigueur de mon mariage avec Guy, cela revenait sans cesse entre nous. Comme si j'avais eu mon mot à dire ! Cela lui causait des crises de colère de temps en temps, je pense que c'est pour cela qu'il…

Adèle fit un geste devant sa gorge pour désigner la cicatrice qui ornait le cou d'Esther.

– … enfin qu'il s'était occupé de vous comme ça, n'importe comment.

Soupir excédé.

– Le temps pressait, vous vous vidiez de votre sang sur le tapis. Mon cerveau turbinait à plein régime, si vous me passez l'expression. Je savais, bien entendu, que personne ne devait vous trouver : vous étiez la preuve vivante que mon père n'était qu'un malade soumis à ses pulsions répugnantes. Si la chose était amenée à s'ébruiter, tout serait fini : le grand Serge Cordier serait arrêté, les usines fermées. Notre famille serait ruinée, notre nom sali à jamais. Je ne pouvais pas laisser cela arriver.

D'un autre côté, je refusais de vous laisser mourir ; cette preuve vivante, je comptais bien m'en servir. C'est à ce moment-là que j'ai pensé au pigeonnier.

Adèle fit quelques pas dans la pièce, joua quelques notes sur le piano.

– J'avais entendu dire que l'Huis du Bout était à vendre pour une bouchée de pain. Je voulais que l'entreprise l'acquît pour le bois de construction, mais évidemment, papa avait refusé. « Mêle-toi de tes affaires », voilà ce qu'il disait.

Elle ricana, leva un doigt instructif.

– Sans le lui dire, j'ai acheté ce morceau de forêt en son nom et Thomas vous a enfermée dans la tour de pierre. Mon père n'a jamais su où vous vous trouviez ; il savait seulement que s'il me défiait, je vous sortirais de votre cachette comme un joker de ma manche pour le mettre hors d'état de nuire.

Adèle baissa la main, lissa le pan de sa robe, remit une mèche en place derrière son oreille. Ses yeux luisaient.

– Vous avez été ma bonne étoile et j'ai été la vôtre, mademoiselle Louve. Grâce à vous, j'ai dirigé dans l'ombre les entreprises Cordier. Tous mes projets se sont réalisés, ils ont contribué à l'essor de notre ville. Notre nom est aujourd'hui synonyme de prospérité et d'expansion, prononcé partout avec déférence et respect. Grâce à moi.

Adèle esquissa une légère révérence, telle une actrice saluant son public.

– Quant à vous, eh bien je crois pouvoir dire que je vous ai sauvée.

Esther se pinça l'arête du nez entre le pouce et l'index, expira lentement par les narines.

Raide et blanc comme un cierge de Pâques, le maire se tenait planqué derrière une tapisserie, ses pieds et sa tête déconfite dépassant à peine. Une odeur d'urine flottait dans le salon bourgeois des Lestrange. Adèle scrutait le visage d'Esther pour ne pas avoir à regarder le fusil.

Le fusil.

Une chose énorme dans les mains d'Esther, lourde comme un âne mort avec ça. Elle en avait des crampes dans les bras. Le fusil du vieux comte de Maison-Rouge, celui d'avant Antoine, celui qui avait trouvé Matthias dans les bois de Combe-Lavau. L'arme n'avait pas servi pendant des décennies, et voilà qu'elle braquait sans vergogne deux personnes en deux jours. Guy Lestrange balbutia :

– Mademoiselle Louve, je vous en prie… Adèle, vous voyez bien, Adèle est…

Sa voix mourut d'elle-même sans qu'Esther ait besoin de le menacer, de lui intimer le silence. L'aura de fureur qu'elle dégageait, ses yeux d'ambre devenus roux, sa peau tout entière irisée d'une vibrante colère, tout cela fit que le pauvre Guy se pissa dessus une nouvelle fois. Esther ne l'avait même pas regardé.

– Vous m'avez sauvée, répéta-t-elle à voix basse.

– Eh bien vous êtes en vie, n'est-ce pas ? Si je n'étais pas intervenue pour empêcher Thomas de vous achever, vous ne seriez pas là à pointer cette arme sur moi.

Adèle badinait comme si Esther s'était dérobée à une sauterie ennuyeuse.

– Et les autres ?

La voix d'Esther n'était qu'un murmure.

– Les autres ?

– Celles que vous n'avez pas sauvées. Les treize jeunes femmes enterrées dans la clairière, autour du pigeonnier.

– Oh, celles-là. Je vois ce que vous voulez dire. Pourquoi ai-je laissé mon déséquilibré de père continuer ses… méfaits, c'est ce que vous vous demandez. Eh bien, c'est simple. De la sorte, il accumulait les preuves contre lui-même et me laissait tout le loisir de gérer les usines en son nom, sans jamais se mettre en travers de mon chemin.

Du coin de l'œil, Esther entrevit la figure affolée de Guy tournée vers sa femme, sa main qui s'agitait, *Tais-toi donc, idiote, n'aggrave pas la situation !* Mais Adèle croisa les bras sur sa poitrine, en un geste de défi dérisoire.

– Des milliers d'hommes et de femmes me doivent leur emploi, leur maison et jusqu'à leur vie entière, siffla-t-elle. J'ai fermé les yeux sur les crimes de mon père, je les ai exploités, c'est vrai. Mais je l'ai fait pour le bien de toute une ville, de toute une région. À quoi rime de remuer tout ce passé, à présent ? Mon père a disparu et Thomas, mon pauvre Thomas… Si loyal. Il est mort, que voulez-vous de plus ?

Elle fit un pas en avant, Esther arma le fusil dans un claquement sonore. Adèle, Adèle se tenait au pied du pigeonnier. Elle déambulait autour sans jamais entrer, comment entrer, alors qu'il n'y avait pas de porte, elle chantonnait en jouant avec les feuilles mortes du bout de ses souliers. Enfermée dans sa tour, Esther fermait les yeux, se bouchait les oreilles, se recroquevillait sur le sol spongieux, mais ces souliers à pressions revenaient la hanter. Ils traînaient dans la terre, se tachaient de sang. La voix d'Adèle, la voix du rêve.

Esther cligna des paupières, le temps de chasser la vision.

– Qu'avez-vous dit ? demanda-t-elle d'une voix sourde en réalisant qu'Adèle continuait à parler.

– J’ai dit que si j’étais vous, je pardonnerais et je passerais à autre chose. C’est épuisant, cet acharnement.

Alors, Esther sourit. Ce n’était pas un sourire franc, pas de ceux qui disent la joie, évidemment non, plutôt un pauvre sourire fatigué, un sourire qui rendait les armes.

– Je vous pardonne.

Puis elle épaula le fusil, mit Adèle en joue et tira.

Les murs de la maison tremblèrent, Esther elle-même chancela. Ses oreilles bourdonnaient, comme si des écoutilles s’étaient brusquement fermées, comme si elle était enterrée vivante. Les sons lui parvenaient de façon étouffée. Les sons ? Le hurlement de Guy Lestrange, le hurlement d’un loup. Elle abaissa le fusil d’où s’échappait un mince filet de fumée et contempla son œuvre.

Le corps d’Adèle, propulsé en arrière, avait été privé de sa tête, dont il ne restait plus qu’un magma de chairs rougeâtres écrasées sur le mur. Il s’affaissa lentement sur le canapé, barbouillant de sang les coussins et les broderies, puis s’affala sur le sol comme un gros paresseux. Une flaque d’un rouge intense se propagea sur le plancher, imprégna les tapis. Partout, des éclats d’os et de cervelle jonchaient la pièce. Un vrai carnage, comme si une grenade avait explosé dans son décolleté.

Une cavalcade dans l’escalier.

Esther exhala un soupir, respira. Déjà, Matthias se précipitait sur elle, la saisissait aux épaules, Esther vous allez bien, que s’est-il passé, pourquoi, le coup de feu… L’inspecteur était pâle, si pâle, il refusait de se tourner vers le corps. C’est vrai, Matthias ne supportait pas la vue du sang. Par-dessus son épaule, elle vit le Vieil Anar s’arrêter net sur le seuil de la porte, contempler le merdier qu’elle avait mis. Le loup s’était arrêté derrière lui, un peu en retrait. *Le Vieil Anar. Blue.* À cet instant,

Esther croisa le regard voilé de blanc de l'indigent et comprit. Depuis le premier jour, Blue lui donnait la réponse.

Le vieil homme avait descellé les pierres de la tour. Il avait creusé son passage vers la lumière et il lui avait laissé le loup pour la guider hors des bois. Elle lui devait tout.

Elle tendit le fusil à Matthias qui le prit. Sur une console, elle s'empara d'un petit ciseau de couture et, minutieusement, coupa la tresse de ses cheveux qu'on lui avait toujours connu. Elle garda la mèche une seconde dans sa main puis, sans y penser à deux fois, la laissa tomber sur le cadavre d'Adèle Lestrange. Elle dit simplement :

– Le pigeonnier s'est écroulé. C'est fini.

Épilogue

Adèle Lestrange fut enterrée en petit comité, dans un coin de cimetière envahi par les ronces où personne ne se rendait jamais. *In extremis*, on balança TS – ou ce qu'il en restait, la glacière de la boucherie ne l'avait pas si bien conservé – par-dessus son cercueil, dans une boîte clouée à la va comme je te pousse par Alphonse Bertrand, l'antiquaire, qui n'avait pas bien compris pourquoi cette tâche lui incombait, mais bon s'il pouvait rendre service alors d'accord. Le maire, Guy Lestrange, voulut faire poser une épitaphe, mais l'inspecteur Lavau lui suggéra de garder ses grandes idées pour sa carrière politique misérable et de ne plus jamais se mêler des affaires de Haut-de-Cœur. Il promit de le clouer nu sur le perron de sa maison s'il osait un jour raconter ses déboires, et de l'y laisser jusqu'à ce que les loups viennent lui bouffer les parties. Guy Lestrange ravala ses grands airs, ses dents qui rayaient le parquet ; Serge et Adèle Cordier étaient morts, son homme de main était mort, il n'était plus personne et trop de gens savaient le rôle qu'il avait joué dans le terrible trépas de Louise et Gustave de Maison-Rouge. Mieux valait, en effet, faire profil bas.

Antoine de Maison-Rouge, justement, reparut quelquefois à Haut-de-Cœur. On l'identifiait de loin avec ses allures d'aristocrate déjanté, sa redingote rayée bleu et blanc à boutons d'or, son haut-de-forme qui avait retrouvé son ruban pourpre, ses godillots de conscrit. Antoine était fou, fou à lier, mais si beau, avec des yeux pareils on ne pouvait pas vous tenir rigueur de grand-chose. Il vécut dans son château en ruines avec ses chers fantômes pour seule compagnie, il rendit visite de temps à autre à sa bonne amie Jeanne Sorel. Le jour où le printemps revint, très longtemps après notre histoire, il s'endormit sur un banc de pierre au soleil, dans la cour du château de Nobles-Pierres, et ne se réveilla jamais. Ce jour-là, Matthias mourut aussi un peu.

Jeanne Sorel ne quitta jamais Haut-de-Cœur, retenue au clos des Ursulines par son élastique invisible. Elle emménagea avec sa mère dans sa maison de la rue des Halles et occupa l'appartement du rez-de-chaussée. Elle continua d'enseigner aux orphelins et elle continua d'alimenter le marché noir avec la prieure, on ne change pas une équipe qui gagne. Jeanne ne se remaria pas, son cœur était, avait toujours été, à Antoine. Elle le laissa aller, elle le laissa même mourir car elle n'y pouvait rien, et elle l'aima jusqu'à la fin.

Mélanie Gauthier reprit le cours normal de son existence, enrichie toutefois d'une considérable manière : elle se colla en ménage avec le Vieil Anar, auquel on inventa un nom puisqu'il ne pouvait plus s'appeler Adrien Lambert. Deux fiches, deux individus. Le Vieil Anar pensait, Mélanie parlait, voilà, Jeanne avait perdu un mari et sa mère avait gagné un amoureux. Personne n'y trouva rien à redire parce que c'était, somme toute, la seule issue heureuse de toute cette mascarade.

Sœur Marie se réconcilia avec Matthias. Cela lui prit un paquet de temps et pas mal de féroces empoignades avec son orphelin préféré, mais elle ne lâcha pas le morceau avant que l'inspecteur, excédé, accepte de lui pardonner ses trahisons. Trahisons dont elle ne s'excusa pas vraiment, d'ailleurs, elle avait fait de son mieux et si c'était à refaire… mais bref, inutile d'insister. Une fois les neiges fondues, on la vit souvent en compagnie de Mélanie et Adrien, ses vieux amis, déambuler dans les allées fleuries du cimetière. Ces vieux-là se choisissaient leur tombe, c'était d'un marrant. En cachette parfois, elle allait déposer une minuscule pâquerette sur la tombe d'Adèle Lestrange, mais la fleur n'était pas pour Adèle. Elle était pour le souvenir d'un enfant qui avait mal tourné.

Marcus Taillandier retourna à l'Huis du Bout pour tenter de convaincre la vieille femme de se rapprocher de la civilisation. Complètement sénile, elle le reçut cette fois avec une carabine et il s'en fallut de peu pour que le séduisant légiste ne crève d'une façon absurde. Dieu merci il en réchappa et en profita pour retourner voir le pigeonnier. Quand il parvint au centre de la clairière, il n'y avait plus rien. Le pigeonnier s'était bel et bien effondré.

Esther Louve resta chez Matthias Lavau. Elle avait accompli sa mission, elle était en paix. Elle apprit sans émotion la mort de ses parents, ceux qui lui avaient tourné le dos après sa sortie du pigeonnier, et Matthias lui dit qu'elle réagissait comme une véritable petite orpheline. Bien qu'elle ait été absoute de son crime par l'inspecteur, qui avait brandi la légitime défense comme un prêtre un flacon d'eau bénite, on avait craint pour l'âme d'Esther après l'épisode du fusil. On avait craint qu'elle perde définitivement les pédales, qu'elle se noie dans ses rêves et ses visions, qu'elle disparaisse en elle-même comme c'était arrivé à Antoine. Mais le contraire se produisit, et Esther Louve revint à la vie. En quelque sorte, elle naquit une troisième fois. Un jour, cela la prit au réveil, elle courut chez le quincaillier, acheta trois pots de peinture blanche et fit disparaître ses graffitis sur le mur de sa chambre. Non pas que la chose la dérangeât beaucoup, elle dormait à présent de l'autre côté du dit-mur. C'était bien, ça.

Matthias continua de suivre les cris de l'aigle. Il continua d'aimer l'hiver par-dessus tout, le froid, la nuit. Arpenter la forêt, écouter le crissement de la neige sous ses pas, résoudre des enquêtes à Grand-Cœur, à Lyon, à Paris même où le conduisit son impressionnant talent de mémoire, embrasser Esther : ce fut sa vie et cela lui alla.

Quant à Blue, le loup noir des bois de Combe-Lavau, il disparut un jour du côté de Chèvreloup et on ne le revit jamais.

FIN